Dariks Memoiren

Seelensammler

AF236237

Bisher verdingte sich Darik als Tagelöhner und Söldner. Außerdem besitzt er ein Faible für das Übernatürliche, da er selbst nicht ganz normal ist. Neben allen Fragen, die sein Leben aufwirft, ist die nach seiner Existenz, das größte Rätsel.

Über den Autor:

Lucian Caligo ist 1985 in München geboren. Seit er schreiben kann, verfasst er fantastische Geschichten. Während der Arbeit als Krankenpfleger studierte er das Leben. 2015 beschloss er, seiner Leidenschaft mehr Raum einzuräumen und seine Werke zu veröffentlichen. Seither jagt ein Buchprojekt das nächste, sehr zur Freude seiner wachsenden Leserschaft.

Mehr über Werke und Autor unter:

www.lucian-caligo.de

LUCIAN CALIGO

Dariks Memoiren

Seelensammler

2. Auflage

Bibliografische Information der Deutschen Nationalbibliothek:
Die Deutsche Nationalbibliothek verzeichnet diese Publikation in der Deutschen Nationalbibliografie; detaillierte bibliografische Daten sind im Internet über http://dnb.dnb.de abrufbar.

Illustration: **Rudolf Eizenhöfer**
Lektorat: **Christina Reichel**

Herstellung und Verlag: BoD – Books on Demand, Norderstedt

ISBN: 978-3-7528-6970-5

Für Rudy,
danke für das Cover,
es ist eine Freude mit dir zu arbeiten

Prolog

Allein durch unsere Erinnerungen werden wir zu dem, was wir sind ... Ich spüre, wie das Vergessen nach mir greift, wie mein Wesen erlischt. Bitte hilf mir ...«

»Ich bin hier, Darik«, versicherte sie. »Erzähl mir deine Geschichte.«

Wo beginnt man, wenn man davon berichtet, wer man ist? Vielleicht bei seiner Kindheit, dort wo alles begann? Bei dem Versuch mich daran zu erinnern, blickte ich bereits in leeren Raum. Es blieb mir nicht viel Zeit.

Wenn ich auch nichts sehen konnte, so spürte ich doch das Mitgefühl und die Geduld der Frau, die an meinem Lager wachte, in dem ich sterben sollte. Sie hielt meine Hand. Sie würde mich nicht alleine lassen, bis es endgültig vorbei war.

»Vagabund, Taugenichts und Tunichtgut, so wurde ich genannt. Auch wenn ich nicht offen widersprach, so habe ich mich immer als ein Abenteurer verstanden«, begann ich. »Einer, der den Bedürftigen hilft, wenig für sich nimmt ... Aber wir alle halten uns für gute und rechtschaffene Menschen. Das war ich wohl nicht, also ein Mensch.

Hier begann es, das größte Abenteuer dieses verlöschenden Lebens ...«

Die Nacht im Wald

Ich hing kopfüber in einem Pferdetrog. Nicht weil es mir gefallen würde, es hatte sich vielmehr so ergeben. Ich hatte ein paar zwielichtige Gesellen um ihr Geld gebracht. Nun hatten sie mich eingeholt und wollten mir den Zaster abpressen. Die Schwierigkeit bestand darin, dass ich nicht eine Münze besaß, nie besessen hatte.

Um die Zeit totzuschlagen, bis sie die Lust daran verloren mich zu quälen, las ich einen Aushang, der gegenüber an die Stallwand angeschlagen war:

›... ergeht der fürstliche Beschluss: Wer dem schauerlichen Treiben der marodierenden Bande Einhalt gebietet, soll mit einhundert Silberlingen belohnt werden.‹

Ein verlockendes Angebot. Vielleicht etwas zu verlockend, dachte ich noch so bei mir, als mir der Kopf erneut nach unten gedrückt wurde. Das Wasser war abgestanden, deshalb jedoch nicht minder wohltuend. Ich spürte, wie meine Haut sich die Substanzen herauszog, die ich zum Leben benötigte. Für viele Menschen wäre diese Behandlung eine Tortur gewesen. Und natürlich tat ich meinen alten Freunden den Gefallen und mimte ihnen den Ertrinkenden. In Wirklichkeit war es für mich eine willkommene

Abwechslung zur Mittagshitze, von der ich mittlerweile ziemlich ausgedörrt war.

»Und, wie ist das?«, höhnte Grämond, mein ehemaliger Wegbegleiter. Ein feister, unfreundlicher Geselle, für den es nichts Wichtigeres als Geld zu geben schien. Aber irgendwoher musste seine Leibesfülle schließlich stammen. So ein fetter Ranzen unterhielt sich nicht von allein.

»Hilfe«, spie ich das Wasser aus. Es fiel mir schwer so etwas wie Angst, vor dem Ersticken oder Ertrinken vorzutäuschen, denn solch eine Gefahr kannte ich nicht.

»Vielleicht bist du jetzt redseliger«, grinste Grämond.

Ich blinzelte das Wasser aus meinen Augen. Dabei ließ ich mich tief in die Arme seiner beiden Spießgesellen sinken. Diese bekamen sogleich Mühe, mich auf den Beinen zu halten. »Ich habs ausgegeben«, erklärte ich ihm verzweifelt.

»Das glaube ich dir nicht«, erwiderte er. »Ich kenne dich gut genug, um zu wissen, dass du immer was auf die Seite legst.«

Tatsächlich log ich. Aber aus anderen Gründen. Die Bauernfamilie war nicht in der Lage, uns für die geleisteten Dienste zu bezahlen. Deshalb verzichtete ich darauf, Geld zu nehmen. Da ich alleine dem fiesen Gnom in ihren Feldern nicht Herr wurde, war ich gezwungen mir Hilfe zu suchen. Da kam mein alter Freund und seine beiden Kumpanen gerade recht. Dem Bauern hatte ich aufgetragen, den dreien, falls sie bei ihm auftauchten, zu sagen, ich hätte mich mit dem Geld auf und davon gemacht. Eine solch großherzige Geste traute Grämond einem Vagabunden wie mir nicht zu. Womit er nicht ganz unrecht hatte. Ich hatte es mir nicht nehmen lassen, die hübsche Bauerstochter zu verführen. Wobei »verführen« das falsche Wort war. Sie hatte mich regelrecht in ihr Bett gezerrt. Es überraschte mich nicht, dass dieser Wildfang keine Jungfrau mehr war. Ihre ungeheuerlichen Fertigkeiten beim Liebesspiel trafen mich dennoch unvorbereitet. Lange war ich nicht mehr so entlohnt worden. Schon daran zu denken, zwang mir das dümmliche Grinsen eines Lustmolchs ins Gesicht. Aber wer kann, der kann. So hieß es zumindest, oder?

»Was grinst du so bescheuert?«, fragte Grämond grimmig. »Ich will jetzt wissen, wo mein ... ich meine, unser Anteil ist.« Allmählich schien ihm der ohnehin schon dünne Geduldsfaden zu reißen.

»Gut ich habs verloren«, versuchte ich ein weiteres falsches Geständnis.

Wütend zog er sein Messer. »Jetzt reicht es!«, brauste er auf. »Dann werde ich dich eben so lange mit meinem Messerchen kitzeln, bis du redest.«

Da ich jegliche Körperspannung fallen gelassen hatte, fiel es seinen beiden Kumpanen besonders schwer, mich vom Wassertrog wegzuschleifen.

Grämond kam auf mich zu gewatschelt. Seine grauen Augen funkelten böse.

Ich entschied, dass es nun an der Zeit war, die schlecht sitzende Maske des halb Ertrunkenen fallen zu lassen. Ich zog meine Beine an und sprang auf. Zur völligen Überraschung der beiden Kerle, die bisher vergeblich versucht hatten, mich einigermaßen in einer aufrechten Position zu halten. Dem Rechten schlug meine Schulter heftig ins Gesicht. Er vermochte sich nur kurz der Ohnmacht zu erwehren, bevor er niedersank. Den Linken traf ich am Kinn. Er taumelte nach hinten. Mit einem Tritt in den Magen unterband ich dessen halbherzigen Versuch, das Schwert zu ziehen.

Jetzt da mir Grämond Auge in Auge gegenüber stand, wich das Rot seiner prallen Wangen einer Leichenblässe. Scheinbar gelang es dem Zorn, den Mangel an Tapferkeit auszugleichen, denn er stürzte sich überraschenderweise auf mich. Ein guter Kämpfer zu sein, dessen war er sicher nicht schuldig, aber er bewegte seine Körpermasse überraschend schnell. Mit meinem linken Unterarm wehrte ich sein Messer ab. Für gewöhnlich trug ich Armschienen aus Leder, die mich vor solch schwachen Angriffen schützten, heute war es jedoch zu heiß dafür. Die Klinge schnitt durch das Hemd und glitt über meine Haut. Noch bevor ich den Schmerz spürte, schlug ich Grämond mit der Faust gegen die Schläfe. Er taumelte an mir vorbei und ging wie ein Mehlsack zu Boden.

»Ach verdammt«, fluchte ich, als ich den zerschnittenen Ärmel beurteilte. Ein guter Schneider war teuer. Die Wunde an meinem Arm beachtete ich kaum. Mein zähflüssiges Blut schloss diese bereits. Es bedurfte keiner Behandlung. Dennoch krempelte ich den Ärmel nach oben, damit der Lebenssaft nicht noch weiter in den Stoff eindrang. An meinem eigentümlichen Blut scheiterte selbst die beste Waschfrau.

»Was bist du?«, keuchte der Kerl, den ich mit einem Tritt zu Boden geschickt hatte, als er die Schnittwunde sah.

»Anders«, antwortete ich, während ich meinen Schwertgurt anlegte, den mir die drei abgenommen hatten. Ich überprüfte den Sitz der Waffen. Ein stumpfes Kurzschwert, welches ich mit Links führte. Es diente, lediglich der Parade von Angriffen. Von dem Langdolch ging die eigentliche Gefahr aus. Mit der geschwungenen Klinge fand ich jedweden Schwachpunkt eines Panzers. Den Inhalt meines Rucksacks hatte Grämond, auf der Suche nach dem Geld, achtlos auf den Boden geleert. Ich sammelte meine Habe zusammen. Diese bestand unter anderem aus den Lederarmschienen, einem Amulett, einem Buch mit dem Titel »Märchen, Mythen und Legenden« und einem unscheinbaren Messer. Der schon sehr mitgenommene Wälzer war ein treuer Begleiter geworden. Besonders ab dem Zeitpunkt, als ich feststellen musste, dass die meisten Geschichten darin nicht die Spinnerei eines Fantasten waren, sondern schlicht die Wahrheit. Das Buch hatte mir häufig gute Dienste geleistet. Ebenso wie das Messer, welches ich von einer wunderlichen Alchemistin erhalten hatte. Die Klinge bestand aus einer Silberlegierung und war außerdem geweiht worden. Eine nützliche Waffe gegen alles Unheilige.

Mein Interesse galt weiterhin dem Aushang, den ich zuvor nur durch einen Wasserschleier wahrgenommen hatte. Ein unsinniges Unterfangen, ein Plakat mit so viel Text aufzuhängen, denn schließlich konnten die meisten Menschen nicht lesen. Allerdings verhieß die Botschaft nichts Gutes. Weshalb man diesen Anschlag vermutlich absichtlich hinter der Gaststätte, bei den Ställen verbarg. So wurden noch weniger Reisende darauf aufmerksam.

Um den Hain bei Königsberg geschehen grausame Morde. Die Gesetzlosen haben Reisende und die Landbevölkerung zum Ziel. Es wird geraten, sich nach Einbruch der Nacht von dort fernzuhalten. Jeder, der einen brauchbaren Hinweis über den Aufenthalt der Mörder erbringt, kann mit einer Belohnung rechnen. Da die Angriffe mittlerweile auch Staatsbeamten gelten, ergeht der fürstliche Beschluss: Wer dem schauerlichen Treiben der marodierenden Bande Einhalt gebietet, soll mit einhundert Silberlingen belohnt werden.

»Einen brauchbaren Hinweis«, ich fasste mir unwillkürlich an den Hals. Einmal hatte ich den Fehler begangen, der Staatsgewalt detaillierte Hinweise über eine Diebesbande zu bringen. Ich hatte sie so gründlich ausgekundschaftet, dass man mich für einen der

Halunken hielt und mich zum Dank dafür aufknüpfte. Ich verbrachte eine verdammte Nacht am Strang. Am nächsten Morgen erklärte mich ein Medikus für tot. Ich wurde zusammen mit dem Lumpenpack, derer man durch meine *Hinweise* habhaft geworden war, in ein Massengrab geworfen. Dies war mir eine Lehre. Seither war ich dazu übergegangen, gleich Resultate zu liefern.

Dieser Aushang klang vielversprechend.

Wahrscheinlich handelte es sich um eine Mörderbande, die sich daran aufgeilten, anderen Gewalt anzutun. Vielleicht war es aber auch ein Kult, der irgendeinem der alten Herrscher, den Farudähen, opferte. Es konnte auch eine tollwütige Bestie sein. In jedem Fall war ein Wald ein gutes Versteck.

Weil ich völlig abgebrannt war, hatte ich entschlossen, mich der Sache anzunehmen. Nicht ahnend auf was ich mich einließ.

»Hör zu«, sprach ich beiläufig zu dem einen von Grämonds Männern, der noch bei Bewusstsein war. Er hatte es nicht gewagt aufzustehen. »Ich habe heute besonders gute Laune, deshalb lasse ich dich am Leben.« Ich setzte ein diabolisches Grinsen auf, welches ihm verheißen sollte, dass ich nicht vor einem Mord zurückschreckte, wenn dieser dazu diente, meine Stimmung zu heben. »Ich empfehle dir, dich von Grämond fernzuhalten und einem ehrlichen Handwerk nachzugehen. Wenn mir zu Ohren kommt, dass ihr die arme Bauernfamilie nicht in Ruhe lasst, dann finde ich euch. Und mit Sicherheit bin ich dann sehr schlecht gelaunt, verstanden?«

Er nickte erschrocken.

»So ist´s brav.« Im Vorbeigehen tätschelte ich seinen Kopf wie den eines Hundes, der folgsam Männchen machte. Ihn zu töten wäre vielleicht die bessere Wahl gewesen. Denn schließlich musste er ahnen, dass ich anders als die Menschen war. Dies genügte für gewöhnlich, um mich der Hexerei anzuklagen. Allerdings pflasterten bereits zu viele Leichen meinen Weg. Deshalb verzichtete ich, wo es möglich war darauf, meine Gegner umzubringen. Nenn es den widersprüchlichen Ehrencodex eines Vagabunden. Im Grunde wusste ich nicht, was mich daran hinderte, meine Gegner endgültig zur Strecke zu bringen. Selbst nachdem ich bereits neununddreißig Menschen in das Kerbholz meines Gewissens geschlagen hatte, zögerte ich noch immer dabei, jemandem den Todesstoß zu versetzen. Jeder Soldat, den ich danach fragte, hatte mir versichert, dass das Töten immer leichter werden würde. Manch einer empfand dabei mittlerweile Vergnügen oder gar Lust. Solche Gefühle wollten sich bei mir nicht einstellen. Die Zahl der von mir Getöteten lastete wie eine Schuld auf mir, die irgendwann abgegolten werden musste. An der Macht über Leben und Tod, an der sich so manch ein Krieger berauschte, lag mir nichts. Mich reizte das Mysteriöse, den Schleier des Unbekannten zu lüften. Mein eigenes Leben war dabei das größte Geheimnis, das es zu enträtseln galt.

***

Ich bereute es sogleich, *Königsberg* betreten zu haben. Wie in allen Städten überlagerte der Gestank nach Pisse und Fäkalien alles. Welchem widersinnigen Gedanken ich auch entsprungen war, insgeheim dankte ich meinem Erschaffer dafür, dass ich nicht darauf angewiesen war, über die Nase atmen zu müssen. Ein vorsichtiges Schnuppern genügte mir um festzustellen, dass diese Stadt wie alle anderen war. Hohe Häuser, verdreckte Straßen, auf denen sich Auscheidungen und Essensreste zu einem widerwärtigen Brei vermischten. Schlechtgelaunte Menschen, deren Nähe man nicht nur wegen ihres Schweißgeruchs mied. Diese Stadt besaß so gar nichts Königliches. Freilich, die Fachwerkhäuser ragten hoch hinauf. Auch wenn sie teilweise so schief gebaut waren, dass sie nur stehen blieben, weil dicke Holzstreben sie zu den Nachbarbauten hin abstützten. Auch die Stadtmauer machte vermutlich Eindruck auf viele Menschen, für mich hingegen erschien sie wie ein Gefängnis. Was trieb jemanden nur dazu hier wohnen zu wollen? Es gab kaum einen lebensfeindlicheren Ort als eine Stadt. Für gewöhnlich war ich am liebsten barfuß unterwegs, doch hier erschienen mir die Sohlen meiner Stiefel viel zu dünn.

In den Straßen herrschte ein Gedränge, das mir nicht erlaubte, den sich hier versammelnden Menschen aus dem Weg zu gehen.

Was wollte ich nur hier? Ach ja richtig, ich erhoffte mir ein Bild davon zu machen, was im Umland vor sich ging. Dass man in Königsberg Angst vor marodierenden Banden hatte, wollte ich nicht glauben. Gerade war ich mit offen zur Schau gestellten Waffen an der Stadtwache vorbeigelaufen, ohne dass sie mich eines zweiten Blickes gewürdigt hätten.

Erst als ich mein Missfallen dieser Stadt gegenüber beiseite geräumt hatte, stellte ich fest, dass ich nicht der einzige Waffenträger war. Es wimmelte hier geradezu von Jägern, Abenteurern und Söldnern. Zwielichtige Gesellen, von denen man besser Abstand hielt. Was den Stadtbewohnern sicherlich schwerfiel, denn sie wurden von deren Aufmarsch fast gänzlich verdrängt. Die Vernünftigen zogen sich in die Häuser zurück und verhielten sich still. Jene, die sich hinauswagten, trugen unfreiwillig zum Amüsement der Söldner bei.

Offenbar war das Gesindel von der Aussicht auf leichtes Geld angelockt worden wie Schmeißfliegen von einem Haufen Scheiße. Beim Anblick dieser Konkurrenz verblasste meine Hoffnung auf die Belohnung. Allerdings hatte ich einen zu weiten Weg auf mich genommen, um gleich aufzugeben. Vielleicht war es mir möglich, diese Gesellen für meine Absichten zu ... *gewinnen*. Natürlich ohne dass sie es wussten. Mit

Grämond hatte dies ebenfalls vortrefflich geklappt, zumindest bis er mich bei meiner Flucht erwischt hatte, nachdem er mir auf die Schliche gekommen war.

Das Pack, in den Straßen von Königsberg - zu dem ich mich selbstverständlich dazuzählte - drängte zum Hauptplatz. Ich wurde von ihnen mitgerissen wie von der Strömung eines reißenden Flusses. Es blieb mir nichts anderes übrig, als mich meinem Schicksal zu ergeben und mich mittragen zu lassen. Alsbald kam der Strom zum Erliegen. Ich fand mich auf dem Hauptplatz vor einem Holzpodest wieder, zu dem wie aller Orts ein Galgen gehörte. Ich fragte mich jedes Mal, wenn ich so ein Mordwerkzeug erblickte, ob es abschreckend wirken sollte? Oder stand die Todesschlinge für einen Grad an Zivilisation, den ich nicht verstand? Wie dem auch sein mochte, auf dem Podest schritt ein adrett gekleideter, junger Mann, mit einer auffälligen Feder am Hut, herum. In einer Schänke hätte ich ihn für einen Barden gehalten. Da er aber die Farben des Fürstentums trug, handelte es sich wohl eher um einen Herold, auch wenn ihm die bewaffnete Eskorte fehlte. Die starke Stimme des Mannes hallte über den Marktplatz. Weder schrie er, noch schien er sich dabei besonders anstrengen zu müssen.

»Fürst Pirmin der Achte von Gabur entbietet den tapferen Recken seinen Gruß und Dank, da sie sich hier eingefunden haben, um die Bande im Wald zur Strecke zu bringen!«, rief er über die versammelte Menge hinweg. Ich an seiner Stelle wäre eher misstrauisch, oder zumindest vorsichtig, wenn sich in meiner Stadt so viele zwielichtige Gesellen unter Waffen aufhielten. Der Wächter am Stadttor hatte auf mich wie ein Ehrengardist gewirkt. Vermutlich unterhielt der Fürst von Gabur keine eigene Streitmacht. Dies war nicht unüblich für ein Fürstentum, das erst kürzlich an den Kaiser gefallen war. Ein Grund mehr warum es Pirmin nach so vielen Söldnern verlangte, die seine Probleme lösten.

»Er lässt jeden der tapferen Recken bitten, sich so schnell als möglich zu dem Wald aufzumachen, damit sein Volk wieder ruhig schlafen kann.«

»Erst lädt er uns ein, und schon gehen wir ihm auf den Sack«, spottete ein breitschultriger Kerl vor mir. Die Worte galten seinen Kumpanen, die ebenso verwegen aussahen. Sie kleideten sich wie Jäger. Allerdings waren sie entweder so flink, dass sie ihrer Beute zu Fuß nachstellten, oder sie hatten ihre Gewandung, aufrechten Jägersmännern abgenommen. Denn sie besaßen weder eine Armbrust noch einen einzigen Bogen. Dafür trugen sie Schwerter, die sie offen zur Schau stellten. Schon die Griffe zeugten von exzellenten Klingen. Diese Waffen waren wohl ebenfalls über zweifelhafte Wege in ihre Hände gefallen.

»Fürst Pirmin der Achte von Gabur zahlt jedem, der dazu beiträgt diese Bande zur Strecke zu bringen, zweihundert Silberlinge!«, rief der Herold. »Wie ihr seht, kennt seine Großzügigkeit kaum Grenzen.«

Die versammelte Menge jubelte. Ich hingegen wurde misstrauisch. Etwas stimmte hier nicht. Anstatt das Angebot zu begrenzen, angesichts der vielen Söldner, erhöhte er es sogar. Es sollte ihm doch klar sein, dass nach Abschluss der Arbeit jeder hier behaupten würde, seinen Teil dazu beigetragen zu haben. Nach der Auszahlung musste unter den Söldnern blutiger Streit ausbrechen. Denn diese Gestalten würden zwangsläufig der Versuchung erliegen, den eigenen Lohn um zweihundert Silberlinge zu erweitern.

»Glück auf, liebe Freunde!« Unter dem Jubel der Umstehenden verließ der Herold das Podest. Gänzlich unbehelligt verschwand er in einer Gasse. Niemand ging davon aus, dass er das Geld bei sich hatte, sonst hätte er keine fünf Schritt überlebt. Der Einzige, der die Verfolgung aufnahm, war ich. Nur ein Lügner erkennt einen anderen Lügner. Die Söldner auf dem Platz, verstanden sich ohne Frage auf Mord und Totschlag, auf ihre Weise waren sie aber ehrliche Männer. Allein ich ahnte, dass der Herold etwas verschwieg.

Bei meinen Bestreben, ihm zu folgen, kämpfte ich mit der Menschenmenge wie ein Ertrinkender gegen die Wellen. Außerdem wollte ich den schwitzenden Leibern, der Männer nicht zu nahe kommen. Endlich gelang es mir, das Meer stinkender Kerle hinter mich zu bringen. Es schüttelte mich bei dem Gedanken, was sich durch den Kontakt mit ihnen alles in mein Leinenhemd eingenistet haben musste.

Wenn er nicht wie ein Pfau durch die Straßen stolziert wäre, so hätte ich den Herold bereits verloren. Der Versuch, in solch einem Dreckloch Würde auszustrahlen, war lächerlich.

Ich passte ihn an einer schmalen Gasse ab. Widerstandslos ließ er sich in den Schatten bugsieren. Es ging so schnell, dass uns kaum einer bemerkte.

Der Herold sah mich abgeklärt an, als wüsste er genau, was ich von ihm wollte.

»Ich habe kein Geld bei mir«, seufzte er. »Durchsuche mich ruhig, wenn du willst.« Er lud mich dazu ein, indem er vorsichtig die Arme hob. »Aber passe auf mein Gewand auf. Der letzte deiner Freunde hat es mir unter dem Arm zerrissen. Ein guter Schneider kostet viel Geld.«

Natürlich wurde er heute nicht zum ersten Mal überfallen.

»Oh keine Sorge«, beteuerte ich. »Deine Kleidung lasse ich ganz, Ich werde dir lediglich den Arm brechen und dir ein Knie zertrümmern.«

Er erschrak heftig.

Selbstverständlich war es nicht meine Absicht, ihn zum Krüppel zu schlagen, allerdings hatte er für sein überhebliches Gebaren eine Abreibung verdient.

»Lass uns nochmal darüber reden! Das Geld kommt morgen früh hier an, ich kann -«, platzte er heraus.

Er verstummte, als ich das Paradeschwert zog. »Ich will wissen, warum der Fürst so großzügig ist!«, offenbarte ich mein wahres Anliegen.

»Der Schutz, seiner Untertanen, ist ihm ein -«

»Eh, du sollst doch nicht lügen.« Drohend hob ich den Eisenprügel.

»Aber ich darf nicht- Au!«, jammerte er, als ich ihm auf die Finger schlug.

»Von mir erfährt keiner was«, beteuerte ich, um ihm die Zunge zu lockern. »Zumindest nicht, dass du mit mir geplaudert hast.«

Der Herold sah sich nach allen Seiten um. Außer uns befand sich niemand in der Gasse. »Es ist sein Sohn«, flüsterte er.

»Sein Sohn?«

»Pirmin der Neunte«, seine Augen tanzten hilfesuchend nach links und rechts an mir vorbei.

Um seine Aufmerksamkeit zurückzuerlangen, schüttelte ich ihn heftig am Kragen. »Was ist mit ihm?«

»Er befindet sich im Wald ... seit sieben Tagen und ist nicht mehr herausgekommen«, offenbarte er.

»Und weil er glaubt, man brächte ihm seinen Sohn zurück, zahlt der Fürst so gut?«, fasste ich zusammen.

»Ja genau«, stimmte er zu. Als ich ihn losließ, blitzte in seiner Miene für einen Lidschlag die Häme auf. Er glättete gerade seine Kleider, als ich ihn erneut gegen die Hauswand stieß. Er sah mich erschrocken an. »Ich lass mich nicht für dumm verkaufen«, um meinen Worten

Nachdruck zu verleihen, drückte ich ihm das Paradeschwert gegen die Kehle. »Was verschweigst du?«

»Bitte«, brachte er gepresst über die Lippen. »Ich darf -«

»Den Marktschreier mit zerdrücktem Kehlkopf mimen?«, jetzt lag die Häme bei mir.

»In Ordnung, in Ordnung!«, knickte er ein. Er atmete übertrieben erleichtert auf, als ich ihn freigab. »Es ist eine Finte«, gestand er. »Die Gesetzlosen des Landes sollen in den Wald ziehen und dort umkommen, so wird er sie ohne Verluste los.« Er befühlte prüfend seinen Hals, um sicherzustellen, dass dieser wirklich noch den Kopf mit dem Rumpf verband.

»Dann sind die Morde nur ein Gerücht, das der Fürst in die Welt gesetzt hat?«, fragte ich, wobei ich einen Schritt auf ihn zu machte. Diese Drohgebärde ließ ihn heftig zusammenzucken.

»Nein, aber so schlägt er zwei Fliegen mit einer Klappe«, erklärte der Herold. »Seit das verdammte Kaiserreich ...«, er stockte und tadelte sich innerlich für den Fluch auf den Kaiser. »Es sind fast alle Soldaten abgezogen worden, wir haben nicht mehr genug Männer, um für Ordnung zu sorgen. Seither nimmt die Zahl der Gesetzlosen stetig zu. Dazu kam auch noch die Sache mit dem Wald und die Entführung des jungen Fürsten.«

»Er sitzt also wirklich im Wald fest«, vergewisserte ich mich.

Der Herold nickte. Seine höfische Etikette war von ihm abgefallen, wie ein schlecht geknoteter Umhang. Ohne diese Fassade erschien er tatsächlich glaubhaft.

»Und was lauert da im Wald?«

»Was weiß denn ich!«, empörte sich der Herold. »Wir gehen von einer verdammten Räuberbande aus, die Lösegeld für den Bengel haben wollen.«

»Gab es denn Forderungen?«

»Nach einem Lösegeld?«, vergewisserte er sich.

Ich nickte.

»Nein«, antwortete er zögerlich. Als fiel ihm in diesem Moment auf, dass die Theorie an diesem Umstand krankte.

»Danke«, ich steckte das Schwert weg und vollführte eine übertriebene Verbeugung, bevor ich ihn in der Gasse stehen ließ.

»Halt, was tust du jetzt?«, rief er mir nach. Die Antwort blieb ich schuldig.

***

Ich saß auf einer Bank vor einer Taverne, in der ich keinen Platz mehr bekommen hatte, da sie gänzlich überfüllt war. Mein Bedauern darüber hielt sich in Grenzen. In dieser stinkenden Kloake zusätzlich eine tiefe Decke über dem Kopf zu haben, stehende Luft um mich herum, vielleicht noch ein Feuer in der Nähe, das wäre zu viel gewesen. Der blaue Himmel erinnerte mich daran, dass es noch andere, bessere Orte gab.

Etwas irritiert hatte mir die Schankmaid einen Eimer Wasser überlassen, ohne dafür Geld zu nehmen. Entgegen meiner Erwartung war das kühle Nass klar und sauber. Ich erfrischte meine Füße darin. Eine gute Art, um neue Kraft zu schöpfen. Während ich über meine nächsten Schritte nachdachte, sah ich mir die Gestalten an, die hier durch die Stadt schlichen. Es handelte sich meist um die unangenehme Sorte von Abenteurern, die auf schnelles Geld aus waren. Bewaffnet mit allerhand Kriegsgerät, deren offene Handhabung im Kaiserreich eigentlich verboten war. Der Plan des Fürsten verdiente meine Anerkennung. All diese Halunken hatten wegen der Belohnung ihr Versteck verlassen und würden sich alsbald gegenseitig das Fell über die Ohren ziehen. Das Vorhaben besaß nur einen Schwachpunkt. Er konnte unmöglich sicher sein, dass dieses Gesinde sich im Wald gegenseitig auslöschte. Die Überlebenden würden ihren Zorn mit Sicherheit an der Landbevölkerung auslassen, wenn sie herausfanden, dass sie in eine Falle geraten waren. Noch dazu riskierte er das Leben seines Sohnes. Das alles schien mir sehr gewagt. Je länger ich darüber nachdachte, umso weniger ließen sich die einzelnen Teile zu einem Gesamtbild zusammenfügen. Es schien so, als fehlten mir noch erhebliche Informationen.

Vielleicht war ich dem Herold doch auf den Leim gegangen.

Hier und da kam es zwischen den Söldnern und den Stadtbewohnern zu kleinen Auseinandersetzungen. Fremde waren gerne gesehen aber nicht in diesen Massen und von diesem Menschenschlag. Meist ging es bei den Konflikten um das liebe Geld. Die Halunken drückten mit der Zurschaustellung von roher Gewalt, die Preise bei den Händlern und Handwerkern. Vor allem der Schmied hatte arge Probleme damit, den Leuten die zuvor verabredete Summe abzunehmen. Von der Stadtwache drohte kein Eingreifen, sie wussten sich in der Unterzahl und taten gut daran, sich im Verborgenen zu halten.

Auch wenn ich meinen fragwürdigen Sinn für Gerechtigkeit beleidigt sah, so hielt ich mich aus den Angelegenheiten heraus. Menschen untereinander behandelten sich nun mal wie primitive Kreaturen. Eine Erkenntnis, mit der ich mich schon längere Zeit abgefunden hatte.

»Tun die Füße weh?«, fragte eine engelsgleiche Stimme. Sie drang sogleich in mein Wesen und veranlasste mein Herz zu harten Schlägen.

Ich drehte mich um. In der Tür der Taverne stand eine in Leder gewandte Frau. Die gehärteten Platten aus Tierhaut saßen perfekt an den Rundungen ihres Körpers. In ihrem Gürtel stellte sie mehrere Messer zur Schau. Auf ihrem Rücken hing eine wuchtige Armbrust.

Die Bolzen dazu trug sie in einem Köcher an ihrem Oberschenkel. Ihre braunen Haare hatte sie zurückgebunden. Sie besaß ein Lächeln, das mich sogleich vereinnahmte. Es dauerte, bis ich bemerkte, dass ich sie anstarrte. »Was? Oh«, ich erinnerte mich an den Wassereimer, in dem meine Füße steckten. »Ja, war ein langer Marsch ...«, log ich routiniert.

»Ich finde Männer interessant, die offen zu ihren Schwächen stehen. Das zeugt von Stärke.« Sie biss sich auf die Unterlippe, während sie mich mit ihren dunklen Augen musterte. Bei meinen ungewöhnlich harten Gesichtszügen blieb sie hängen. Ein anderes Weib hatte diese als scharfkantig wie ein Fels beschrieben. Da ich nicht viel Wert auf mein Äußeres legte, hatte ich nie einen Gedanken daran verschwendet. Erst jetzt, da mich diese Frau ansah, dachte ich darüber nach. Ich fragte mich, ob ich ihr gefiel und ob sie sich auch Morgen noch an mich erinnern würde. Eine befremdliche Überlegung, die so gar nicht zu mir passte.

»Du kommst nicht von hier, oder?«, schlussfolgerte sie.

Ich schüttelte den Kopf. Teils um zu verneinen, teils um mich von ihren tiefen Augen loszureißen, in denen ich zu versinken drohte, wie in einem schwarzen Ozean.

»Und woher kommst du?«, fragte sie lächelnd. Meine Verlegenheit schien ihr Spaß zu bereiten.

Zur Antwort deutete ich mit meinem Daumen über die Schulter.

»Von dort also, und du willst sicher nach dort?«, sie zeigte in die entgegengesetzte Richtung.

»So ist´s«, räusperte ich mich.

»Mailien, was ist jetzt?«, fragte eine Männerstimme. Ich musste suchen, um sie einzuordnen. Dabei stand der Kerl direkt neben ihr. Er war ein - nun eigentlich beachtete ich ihn nicht weiter. Meine Missachtung ging so weit, dass ich ihn gänzlich vergaß.

»Das ist ...«, stellte sie ihren Begleiter vor. Wie gesagt, ich strich den Kerl und seinen Namen sogleich wieder aus meinem Gedächtnis. Ihr Name spukte mir dagegen unaufhörlich durch den Kopf. *Mailien ... Mailien ... Mailien ...*

»Haben wir die Vorstellungsrunde beendet?«, fragte der Begleiter der schönsten Frau, die ich je gesehen hatte.

»Du kennst uns jetzt, wie ist dein Name?«, fragte sie neugierig.

»Darik«, stellte ich mich vor.

Wenn ihr Begleiter zu etwas gut war, dann um mich ein wenig von ihr loszureißen, sodass ich einen klaren Gedanken fassen konnte. »Du bist ebenfalls wegen des Geldes hier?«

»Hör dir das an ...«, der Name ihres Weggefährten blieb auch diesmal nicht in meinem Gedächtnis hängen. »Wie sich Darik ausdrückt.« Sie blickte mich an. »Dein Äußeres passt nicht zu einem Gelehrten«, stichelte sie.

»Aber ja«, beantwortete sie letztendlich die Frage.

»Genauso wie du. Wir könnten noch einen starken Arm gebrauchen, unsere Gruppe ist etwas ... ausgedünnt worden.«

»Lass den Kerl«, wandte ihr Begleiter, der nicht mehr Substanz besaß als ein Schatten, ein. »Schau ihn dir an, der Weichling nimmt ein Fußbad«, spottete er. Auch wenn ich ihn nicht wirklich wahrnahm, wusste ich ihn sogleich einzuschätzen. Er empfand mehr für seine Gefährtin und wollte ihre Gesellschaft um keinen Preis teilen.

»Ich will eure Zweisamkeit nicht stören«, erwiderte ich. Langsam zog ich meine Füße aus dem Eimer und ließ sie abtropfen. Dabei vermied ich es auch nur eine Fußsohle auf den verdreckten Stadtboden zu setzen.

Mailien baute sich vor mir auf. Mit ihren Fingern spazierte sie über meine Brust nach oben. »Wenn du es dir anders überlegst ... wir begegnen uns sicher im Wald.« Sie tippte mir frech auf die Nase.

Zu mehr als einem unartikulierten Schlucklaut war ich nicht im Stande. Ich sah ihr noch lange nach, als sie hüftschwingend davon schritt, gefolgt von ihrem Schatten.

Ich bemerkte kaum, wie ich mir die Schuhe zuschnürte. Mailien erinnerte mich an ein Tier, von dem ich einst gehört hatte. Ein Insekt, glaube ich, dieses fraß ihre Partner nach dem Liebesspiel auf. Diese Frau wirkte ähnlich gefährlich. Sie wusste genau um ihre Wirkung auf Männer. Ihre Bewaffnung sprach dafür, dass sie ihre Opfer entweder aus dem Hinterhalt zur Strecke brachte, oder diese ganz nah an sich heranließ, um sie abzustechen. Männer benutzte Mailien dabei als ihren Schild. Und alle Männer wären bereit, sich für diese Frau in brenzlige Situationen zu begeben. Oder gar ihr Leben zu riskieren, nur um ihr die eigene Stärke zu beweisen. Nur so konnte ich es mir erklären, dass ihre Begleiter ständig wechselten. Sie kamen bei dem Versuch um, die Gunst vom Mailien zu erringen. Um ein Haar wäre ich ebenfalls in ihre Fänge geraten.

Wenn ich ehrlich bin, drehten sich meine Gedanken immer noch um sie, als ich beim Schmied meine Waffen abholte. Der Schmied sah mich verblüfft an, als ich, ohne zu murren und zu verhandeln oder gar eine Drohung auszusprechen, den von ihm genannten Betrag zahlte. Ich nahm den Mann kaum wahr. In meinen Ohren sangen die Nymphen Mailiens Namen im Chor.

Erst als ich vor die Stadttore trat, die unbelastete Luft einatmete und die Sonne auf der Haut spürte, fand ich zurück in den gegenwärtigen Moment. Die Wirkung von Mailiens Gegenwart verblasste allmählich. So sehr hatte mich bisher noch keine Frau vereinnahmt.

Wenn ich etwas fürchtete, dann Feuer und in heißer Liebe zu einer Frau zu entbrennen. Es missfiel mir, nicht mehr Herr über meine Gefühle zu sein. Und doch, wenn man mich vor wenigen Augenblicken gefragt hätte, so hätte ich geschworen, Mailien für immer und ewig zu lieben. Ich entschied, dass es besser war mich von dieser Frau fernzuhalten. Dass ihre Fähigkeit Männer zu beeinflussen keinen natürlichen Ursprung haben konnte, fiel mir zu diesem Zeitpunkt nicht ein. Ich war froh, ihrem Einfluss entkommen zu sein.

***

»Was soll ich dir sagen, das erinnert mich doch sehr an meine Heimat, mit den Hügeln, dem Fluss dort drüben und dem Wald. Nur das Wetter war schlechter. Aber das hat uns nicht wirklich interessiert, gegen die Kälte gab es Schnaps und was für welchen. Wenn man glaubt, Mönche könnten nicht trinken, na da hast du dich aber getäuscht. Meine Herrn! Die vertragen vielleicht ...«

Es gab Momente, in denen ich mich fragte, was ich wohl an mir hatte, dass mir jeder zweite seine Lebensgeschichte erzählen wollte. Der Kerl redete wie ein Sturzbach und änderte dabei unentwegt das Thema. Er brachte es fertig, im selben Satz über das Wetter zu sprechen, seinen Geburtsort zu beschreiben und von einem Saufgelage zu berichten, das drei Jahre zurücklag. Seine Worte wandelten sich in meinem Gehör irgendwann zum Rauschen eines Wasserfalls. So war das Geplapper auszuhalten. Mein selbsternannter Begleiter nannte sich Baldrinus. Er war noch keine Zwanzig und trug zerrissene Kleidung, die vermuten ließ, dass es sich bei ihm um einen glücklosen Abenteurer mit wenig Erfahrung handelte. In gewisser Weise erinnerte er mich an mich selbst, zu Beginn meiner Reise. Sein Schwert in der ausgeblichenen Lederscheide weckte ebenfalls Erinnerungen. Wahrscheinlich war es nicht besonders scharf. Ich hatte in meinen Anfängen einen Dolch in so einer Schwertscheide getragen, um gefährlicher auszusehen. Ein grober Fehler, denn damit provozierte ich die wirklich gefährlichen Menschen. Oft war ich deshalb in Situationen geraten, in denen meine Gegner zu lachen begonnen, wenn ich aus der Schwertscheide lediglich einen schartigen Dolch zog. Darauf folgte meist eine saftige Abreibung. Damals hatte ich eines gelernt: Es war besser unterschätzt, als überschätzt zu werden. Mein Begleiter Widerwillens erinnerte mich wie gesagt an die Zeit meiner Anfänge. Vielleicht empfand ich deshalb diese väterlichen Gefühle für ihn. Denn sonst wäre mir dieser abgerissene Wicht herzlich egal gewesen.

Baldrinus war als Waise in einer Klosterstadt aufgewachsen. Nachdem seine Vorliebe für Frauen bekannt wurde, hatte man ihn verstoßen. Interesse am gleichen Geschlechte zu haben, wäre kein Problem gewesen, so meinte er. Denn jeder Mönch nannte einen *Bückknaben* sein Eigen. Seither schlug er sich mehr schlecht als recht alleine durch.

Ich befand mich zusammen mit ihm und etwa fünfzig bis sechzig Halunken auf dem Weg zu besagtem Wald. In diesem hauste die mordende Diebesbande, die vermutlich den jungen Fürsten in ihrer Gewalt hatte.

Unser Tross wirkte wie eine Jagdgesellschaft. Es gab Bögen, die ein oder andere Armbrust und auch Hunde. Die meisten der Männer prahlten mit ihren Errungenschaften. Ganz so, als wären wir alle zu einem Wettkampf unterwegs. Den Ernst der Lage erkannten sie nicht. Woher sollten sie auch wissen, dass sie nicht Jäger, sondern Gejagte waren. Ich hatte mich dazu entschlossen, ebenfalls in diese Falle zu tappen. Da ich wusste, dass es eine war, glaubte ich, aus dieser Situation glimpflich und mit fetter Beute herauszukommen. Damals hielt ich das für eine gute Idee, heute könnte ich mich selbst ohrfeigen, wenn ich daran denke, wie naiv ich war. Wie erwähnt, ging ich von einer marodierenden Räuberbande aus. Baldrinus hoffte hingegen auf willige Amazonen. Das Gerede eines Jungspundes, der sich die Hörner erst noch abstoßen musste.

Unter den Kerlen, die gemeinsam zum Wald schritten, gab es vor allem zwei Gruppen. Eine die aus jenen Schlägern bestand, die ich schon auf dem Marktplatz gesehen hatte, die Jäger ohne Bogen. Die andere setzte sich aus einfachen Männern vom Land zusammen. Mit ihren primitiven Langbögen wirkten sie auf mich wie eine Bauernmiliz, die nicht dem Geld hinterherjagten, sondern das Morden beenden wollten. Auf dem Weg von der Stadt zum Wald hinab, schlossen sich die übrigen Abenteurer jeweils einer der beiden Gruppen an. Ich fühlte mich zu keiner Gruppe zugehörig. Die aufrichtigen Männer wären mir als Kameraden lieber, allerdings glaubte ich nicht an ihren Erfolg. So blieb ich als Einziger alleine. Nachdem Baldrinus ebenfalls zu keiner der Gruppierungen passte, hatte er mich zu seinem Begleiter auserkoren.

»Ich habe einmal in Ginsterburg einen Waldschrat gestellt. Er hatte sich in der Stadt verlaufen, war ein freundlicher Zeitgenossen, man musste ihn nur mit Hirschblut hervorlocken und in den Wald führen. Der hat sich vielleicht gefreut, die alte Weide wiederzusehen, er hätte sie am liebsten bestiegen. Aber sein Ast war noch nicht hart genug, wenn du verstehst ...«, Baldrinus stieß mir mit dem Ellenbogen in die Seite, um mich auf seinen Scherz hinzuweisen. »Das war lustig«, beschwerte er sich. »Was hast du denn?«, erkundigte er sich, als er meine Blicke bemerkte.

»Müsste es hier nicht Menschen geben?«

»Gibts doch, ein ganzer Haufen wackerer Recken. Von denen jeder auf eine üppige Belohnung hofft. Das wird Streit geben, darüber wem, was und wie viel zusteht ...«, plapperte er fröhlich.

»Schau dich um«, verlangte ich. Zwischen Wald und Stadt lagen einige kleine Höfe von Familien, die sich nahe dieser *Metropole* niedergelassen hatten. Es gab auch ein paar Pferdekoppeln und eine Mühle. Dennoch vermochte ich keine Menschenseele zu sehen. Zunächst war ich davon ausgegangen, dass die Bauern sich in ihren Häusern versteckten. Eine weise Entscheidung, wenn so viele üble Gesellen über ihre Ländereien zogen.

Doch in den offenen Fenstern fehlten die neugierigen Blicke. Einige Hühner waren aus ihren Ställen ausgebrochen und pickten nun die Saat von den Feldern. Ein Stier hatte Eingang in ein Haus gefunden, fraß aus einem Getreidesack und schiss auf den Boden. Niemand machte sich die Mühe die Tiere einzufangen.

»Das ist ganz schön gruselig«, fing Baldrinus die hier vorherrschende Stimmung ein, die bestenfalls zu einem Leichenacker passte. »Als ich Kind war, da habe ich bei solchem Wetter immer draußen gespielt, die Saat war ausgebracht, es gab nicht viel zu tun. Und mich hätten keine zehn Pferde zum Studium an die Bücher gebracht. Ich konnte damals so schnell rennen, dass mich der dicke Klosterbruder auf seinem Ackergaul nicht eingeholt hat. Der konnte vielleicht fluchen, das sage ich dir ...«

Scheinbar nahm seine Beunruhigung Baldrinus nicht die Freude am Plappern. Seine Worte vermischten sich erneut zu einem nervtötenden Rauschen.

Vor uns zeigte sich bereits der Wald, der auf mich zunächst wie ein Hoffnungsschimmer am Horizont erschien. Ein unendliches Grün, dessen sich der Mensch noch nicht bemächtigt hatte. Bald bemerkte ich jedoch, dass mit dem Wald etwas nicht stimmte. Normalerweise empfand ich ein belebendes Hochgefühl beim Anblick eines sich im Wind wiegenden Blättermeers. Doch dieser Wald übertrug eine andere Stimmung auf mich. Er vermittelte ein drückendes, schwermütiges Gefühl, so als würde er in Ketten liegen. Als hätte etwas Übles von ihm Besitz ergriffen, das weit über einen Baumpilz hinausging.

»Oder?«, fragte Baldrinus.

»Was?«

»Ich meine den Arsch, den würde ich auch mal gern besteigen«, er deutete auf einen Jäger vor uns, der eine ungewöhnlich zarte Statur besaß. Die enge Hose aus Leder ließ satte und feste Rundungen vermuten. Die ich sogleich erkannte. Es handelte sich um Mailien, mit ihrem wagen Begleiter. Um sie hatten sich viele der Jägersmänner versammelt, die ihr zu imponieren versuchten.

»Aber an diese Art Frauen kommen solche seltsamen Käuze, wie wir, nicht ran«, plauderte Baldrinus.

»Es gibt Beine, die muss man nicht öffnen«, tat ich ab.

»Was stimmt denn mit dir nicht?«, er sah mich mit seinen trüben Augen an. »Du zäumst Pferde doch nicht etwa von hinten auf?«

»Was?«, fragte ich irritiert.

Er fuhr sich zur Antwort mit dem Daumen hinter den Rücken und tat so, als würde er ihn sich in den Arsch einführen.

»Da muss ich dich enttäuschen«, grinste ich. »Aber du findest schon noch deinen Mann.«

Baldrinus lief rot an. Seltsam, ich hatte wirklich gedacht, dass ihm nichts peinlich wäre. Vielleicht hatte ich auch einen Teil seines Wesens aufgetan, dem er sich bisher nicht bewusst gewesen war. Mir fehlte allerdings die Muße, dieser Neigung auf den Zahn zu fühlen. Aber auch die Gelegenheit, denn in diesem Moment kamen wir am Waldrand an. Die Jagdhunde bellten laut und knurrten, nur um daraufhin in ein anhaltendes Winseln zu verfallen. Die Schläger drangen nur bis unter die erste Baumreihe vor und verharrten dort, den Blick nach oben gerichtet. Ich vernahm einige Flüche. Manche Gesichter der hartgesottenen Kerle verloren ihre Farbe. Die Jäger hingegen, versammelten sich wie ängstliche Schäfchen.

»Was ist? Auf, auf zur fröhlichen Jagd!«, rief Baldrinus wohl um von seiner Verlegenheit abzulenken.

»Nach dir!«, kam es von weit vorne. Tatsächlich bildeten die Männer eine Gasse, um ihn hindurchzulassen. »Aber vorher empfehle ich einen vorsichtigen Blick die Bäume rauf«, der Hohn in der Stimme des Redeführers kam nicht vollends zum Ausdruck. Das Grauen überlagerte ihn.

Während Baldrinus zögerte, machte mich dieser Tonfall neugierig. Deshalb nutzte ich die Gasse, um mir die Sache näher anzusehen. Baldrinus dackelte mir wie ein Hund mit eingezogenem Schwanz hinterher.

Unter der ersten Baumreihe sah ich, wie mir geraten wurde hinauf. Da waren sie, die Bauern, Pferdezüchter und Müller, gemeinsam mit ihren Frauen hingen sie dort, die Kehlen in die Astgabeln geklemmt. Mit grauer Haut die Hälse überstreckt und verdreht. Ihre

Fingernägel waren teilweise abgebrochen und mit Blut verkrustet. Aus den Augen eines Stallburschen brachen bereits weiße Maden heraus. Ansonsten wiesen die Toten keine Verletzungen auf. Wie sie sich allerdings in den Ästen hielten, war mir ein Rätsel. Dass man sie zur Abschreckung aufgehängt hatte, erschloss sich mir. Natürlich wollten die Mörder nicht, dass man zu weit in den Wald vordrang. Als ich den Blick von den Toten über mir löste, wurde mir der Schrecken erst bewusst. Jeder Baum in Sichtweite wurde von mindestens fünf Leichen ... das Wort »geschmückt« ist vielleicht etwas makaber, aber so sah es aus.

Wenn die Ermordeten wirklich der Abschreckung dienten, wieso hatte man sie nicht so aufgehängt, dass man sie von weitem sah? Um sich des Grauens gewahr zu werden, musste man erst einige Schritte in den Wald tun. Dies stellte in meinen Augen einen Widerspruch da. Dennoch verfehlten die Toten ihre Wirkung nicht. Der Verwesungsgeruch, den der Wind zu uns herunterwehte, trug sein wesentliches dazu bei. Selbst den härtesten Männern wich die Farbe aus dem Gesicht. Da ich schon viel Bizarres gesehen hatte, blieb mein Geist davon fast gänzlich ungetrübt.

»Wo wollt ihr denn hin?!«, fragte der Söldner, der Baldrinus herausgefordert hatte, eine kleine Gruppe von Jägern, die versucht hatten sich unbemerkt abzusetzen. Von ihnen kamen *besonders* glaubwürdige Ausreden, dass sie erst noch ihre Messer schleifen mussten. Manch einer hatte die Pfeile vergessen und andere wollten die Hunde füttern. Tatsächlich schienen es die Tiere noch eiliger zu haben als die Menschen, von hier wegzukommen. Einen tierischen Instinkt sollte man nicht unterschätzen. Leichen schüchterten Hunde keineswegs ein, in dem Wald musste es noch etwas anderes geben, das ihnen Angst machte.

»Das müssen wirklich starke Eichhörnchen gewesen sein«, urteilte Baldrinus über die Toten in den Bäumen.

»Bist du nicht ganz dicht?«, erkundigte sich der großmäulige Söldner.

»Ich verstehe, was du meinst«, sprang ich bei. »Die Leichen sind nur in die Äste gezwängt. Wenn ein Mensch dies getan hätte, dann hätte er vermutlich Seile benutzt um sie festzumachen oder sie gleich an Stricke gehängt. Das hier ist eine sehr umständliche Methode.«

»Eigentlich wollte ich nur einen Witz machen«, gestand Baldrinus.

»Du willst sagen, das waren keine Menschen, die das getan haben?«, fragte der als Jäger getarnte Söldner. Ich meinte, etwas angriffslustiges in seinem Blick zu erkennen. Dieses Gefühl galt jedoch nicht mir.

»Ich wollte schon immer einmal ein Monster erschlagen!«, verkündete er begeistert. Er riss sein Schwert aus der Scheide. Die offen zur Schau gestellte Begeisterung sprang auf einen großen Teil der Söldnertruppe über. Gefolgt von den Männern seines Schlags schritt er in den Wald. Einige davon gehörten wohl schon lange zu seiner *Jagdgesellschaft*. Andere teilten lediglich diese Leidenschaft. Nur wenige der Kerle, die ich als Söldner bezeichnete, nutzten die Gelegenheit, um sich davonzustehlen.

»Der ist ganz schön mutig«, urteilte Baldrinus, der mit mir zurückgeblieben war.

»In der Regel lassen sich Monster leichter erschlagen als Menschen«, versuchte ich, mir die Begeisterung der Söldner zu erklären.

»Ich weiß nicht, es ist nicht so leicht, an den Krallen und spitzen Zähnen vorbeizukommen«, wandte eine Frauenstimme ein. Ein eisiger Schauer überlief mich. Ich vermied es, mich umzudrehen, damit ich nicht erneut dem Liebreiz von Mailien erlag.

»Ich meine, dass eine Bestie nichts menschliches an sich hat und es deshalb leichter fällt, seine Klinge in dessen Leib zu stoßen«, beharrte ich.

»Wenn man an das Wesen herankommt«, schlug sich Baldrinus auf die Seite der Frau.

»Ja«, seufzte ich. Während mein neuer Freund noch das Weib anschmachtete, ließ ich meinen Rucksack von den Schultern gleiten. Ich gürtete das kleine Silbermesser, man wusste ja nie und legte mir die Armschienen an.

»Wir müssen ihnen nach, wenn wir nicht wollen, dass sie die Belohnung für sich alleine einstreichen«, sprach einer der Jäger. Er wirkte dabei recht unentschlossen, um nicht zu sagen furchtsam. Dies war mit Sicherheit seine erste Jagd, auf Menschen, oder Ungeheuer.

»Tut das, aber werft vorher einen Blick in die Baumwipfel«, erinnerte ich ihn. »Da oben ist noch viel Platz, und da hängt nicht nur die Landbevölkerung.«

»Da redet der Richtige, du willst doch auch das Geld«, durchschaute er mich.

»So ist´s«, gab ich unumwunden zu. »Aber das nutzt mir nichts, wenn ich tot bin.«

»Du hast also eine bessere Idee?«, er klang hoffnungsvoll. So ganz schien er seinem Bogen und dem Messer nicht zu vertrauen.

Ich nickte nur.

»Dann raus damit, starker Mann«, säuselte Mailien.

***

»Das ist brillant«, lobte mich Baldrinus unentwegt, obwohl wir rannten. Er schien den schnellen Lauf gewohnt zu sein. Auch Mailiens Begleiter kam wenig außer Atem, ganz anders als die Frau. Vermutlich ließ sie sich am liebsten tragen. Solch böse Gedanken hatte ich, um zu verhindern, dass sie erneut in meinen Geist eindrang.

»Das sagst du jetzt schon zum zehnten Mal«, beschwerte sich ein junger Kerl, mit Pfeil und Bogen bewaffnet. Er gehörte einer größeren Gruppe von elf

Schützen an, die sich alle meinem Plan angeschlossen hatten.

»Aber das ist doch auch genial. Ein Geniestreich«, begeisterte sich Baldrinus.

»Ich würde es ein feiges Manöver nennen«, urteilte Mailiens Schatten.

»Ich finde, es ist eine solide Strategie. In dem wir an einer anderen Stelle den Wald betreten, fallen wir den Banditen in den Rücken, wenn die von den Schlägern aufgescheucht werden. Sie laufen uns direkt in die Arme. Nichts ahnend ...«, nun ging Baldrinus die Puste aus.

Ich war nicht sonderlich optimistisch, selbst wenn es sich um meinen Plan handelte. Der Wald war viel zu groß, die Möglichkeit auf Erfolg verringerte sich dadurch. Außerdem mussten wir schnell sein, damit wir dem Feind tatsächlich in den Rücken gelangten, bevor die Schlägerbande ihn erreichte. Insgeheim ging ich davon aus, dass selbst wenn sie die Banditen fanden, diese sich sehr gut verschanzt hatten, sodass ein Stellungskampf entbrennen würde. Wenn es hier dagegen ein Monster gab, lief es vermutlich weg, oder eben auch nicht ... In beiden Fällen wäre es möglich, es zu überraschen. Wobei ich keine Bestie hinter den Morden vermutete. Welches Ungeheuer drapiert seine Opfer in den Bäumen, ohne sich an deren Blut oder Fleisch zu laben?

»Das ist jetzt weit genug«, keuchte Mailien. Sie konnte nicht mehr, ihre Haare klebten auf der verschwitzten Stirn und sie atmete schwer. Doch das tat ihrem Reiz keinen Abbruch. Ihr Geruch intensivierte sich dadurch und schlug alle in ihren Bann, sodass die Führung der Gruppe schlagartig von mir zu ihr wechselte. Die Männer hielten an. »Ja das ist weit genug«, bestätigte einer. Die anderen nickten zustimmend.

Ich entging ihrem Lockstoff, indem ich die Atmung einstellte.

»Wo willst du hin?«, fragte Baldrinus.

Ich hielt in der Bewegung inne. »Selbst wenn es weit genug ist, gibt es keinen Grund für eine Rast.« Ich schob einen schweren Ast beiseite, um mich tiefer in den Wald zu kämpfen. Ehrlich gesagt, versuchte ich, mich Mailiens Einfluss zu entziehen.

»Warte doch, was glaubst du alleine gegen eine Bestie ausrichten zu können?«, rief sie mir hinterher.

Wenn du wüsstest, verkniff ich mir zu sagen. »Wenn ich eine Bestie finde, dann komme ich zurück und mache Meldung«, log ich, zugegebenermaßen ziemlich schlecht. Außerdem wollte ich die Jägergruppe loswerden. Im Wald vermochten sie mit ihren Bögen nicht viel auszurichten. Solch exzellente Schützen waren sie nicht. Dafür sprach ihre primitive Bewaffnung. Ein Ast, über den man eine Sehne gespannt hatte, das war keine Schusswaffe, sondern die erbärmliche Hoffnung eines glücklosen Mannes, zu etwas Geld zu kommen. Die

Kerle besaßen wenig Erfahrung und wären mehr Ballast als Hilfe. Sie zitterten bereits, wenn ich nur das Wort »Bestie« aussprach. Mailien war ebenfalls hinderlich, in ihrer Gegenwart fiel es mir schwer, einen klaren Gedanken zu fassen. Auch wenn ich mit ihren Reizen umgehen ... na ja, sie kurzzeitig zu verdrängen vermochte. Im Kampf wäre dies nicht mehr so leicht. So bestand das Risiko, dass ich im Eifer des Gefechts mein Leben hergab, um ihres zu schützen. Ein Handel, welchen ich im Sterben sehr bereuen würde.

»Mein Freund macht gerne Scherze«, erklärte Baldrinus. »Er will selbstverständlich, dass wir mitkommen. Wir müssen uns aber im Verborgenen halten. Etwas hinter ihm. Damit wir die Bestie nicht verjagen.«

Ich versuchte, den Zorn auf Baldrinus hinter einem Lächeln zu verbergen. »Ja, so ist es«, beteuerte ich. Innerlich fluchte ich heftig. Gerade für Baldrinus hätte ich mir gewünscht, er würde zurückbleiben, damit er sein Glück auf anderen Wegen fand.

Natürlich machten die Jäger viel Lärm, während sie mir durch das Unterholz folgten. Allerdings waren sie nicht so ungeschickt, wie ich vermutet hatte. Vielleicht handelte es sich bei manchen von ihnen um Wilderer. Wenn man sich an ein Reh anschlich, musste man mit Vorsicht vorgehen. Dafür genügten ihre Schleichkünste allemal. Sie waren nur zu viele für eine erfolgreiche Jagd.

»Warum hältst du an?«, zumindest flüsterte Baldrinus, der sich bisher am tölpelhaftesten anstellte. Er stolperte unentwegt und trat auf Äste, die weithin hörbar knackten.

»Da brennt ein Feuer«, antwortete ich leise.

Er sog grunzend die Luft ein. »Ich rieche nichts.«

»Das ist es auch nicht. Ich kann ...«, ich vermied es, ihm zu sagen, dass ich Feuer spüren konnte, noch bevor es zu riechen oder gar zu sehen war. Zumindest wenn es unter freiem Himmel brannte. An das leichte Gefühl von Panik, das mich dabei begleitete, hatte ich mich gewöhnt. Dennoch versetzte mich ein offenes Lagerfeuer in den Zustand der höchsten Wachsamkeit. Zugegeben, manch einer würde es Angst nennen ... aber ich war ja nicht »manch einer«. *Wachsamkeit* klang wesentlich besser und wachsam war ich.

»Und wo ist es?«, fragte Baldrinus ungläubig.

Ich deutete nach Osten. »Etwa zwei bis dreihundert Schritte, vielleicht ein Lager.«

»Was habt ihr?«, erkundigte sich Mailien.

»Er glaubt, dass da vorn ein Lager ist«, erklärte Baldrinus, wobei er sich um einen abfälligen Tonfall bemühte. Vermutlich wollte der kleine Wicht dieser wunderschönen und einzigartigen Frau imponieren, dabei wusste doch jeder, dass sie nur Augen für ...

Ich schüttelte mich energisch.

»Was ist, hast du Angst?«, missdeutete Mailien meinen Versuch ihren Einfluss abzuschütteln.

»Etwas«, gestand ich. Angesichts eines offenen Feuers und einer Mörderbande, die hier lauern konnte, war das nicht gelogen.

»Lass uns nachsehen«, forderte sie mich heraus. Sie signalisierte den Wilderern zurückzubleiben. Ihrem Wunsch kamen sie ohne Widerspruch nach.

»Ich werde nicht zulassen, dass du mit dem Taugenichts dort hingehst.«

Ich zuckte erschrocken zusammen, ich hatte ihren Schatten kaum bemerkt und das, obwohl er neben mir am Boden kauerte. Erst als er sprach, drang er in meine Realität ein.

»Na dann komm mit«, bot ich an. Wenn ich ihn zwischen mir und Mailien hatte, so würde ich ihr nicht wieder erliegen, das hoffte ich zumindest.

Als wir drei uns in Bewegung setzten, stolperte Baldrinus uns hinterher. Zum ersten Mal war ich dankbar ihn dabei zu haben. Seine Unbeholfenheit würde meine Aufmerksamkeit binden. So lange ich mich über ihn ärgerte, blieb hoffentlich kein Platz in meinem Kopf, den Mailien besetzen konnte. Verstehe mich nicht falsch, ich liebe Frauen, besonders Schöne. Aber in ihrer Gegenwart die Kontrolle über meine Gefühle zu verlieren, das behagte mir nicht. Selbst wenn die Barden aller Zeit diesen Zustand in ihren Liedern herbeisehnten.

Zum Erstaunen aller zog ich die Stiefel aus und verstaute sie in meinem Rucksack. Das hatte den

Grund, dass ich auf fruchtbaren Boden barfuß leiser war. Auf den Kommentar von Mailiens Schatten reagierte ich nicht. Es war eine Wohltat und entspannte mich, den Waldboden unter den nackten Füßen zu spüren.

Während es Mailien und ihrem Gesellen gelang, nahezu lautlos durch das Unterholz zu streifen, so erfüllte Baldrinus den Zweck, von dem er nichts wusste. Er stolperte uns mehr hinter, als das er uns unauffällig folgte.

»Ich rieche ein Feuer«, erklärte Baldrinus, nachdem wir etwa fünfzig Schritte weit gekommen waren.

»Das riecht mehr nach einem saftigen Braten«, erwiderte Mailien. »Vielleicht sollte ich mich zeigen und ihnen ein paar Scheiben abschwatzen.« Sie grinste von sich überzeugt. Natürlich wusste sie um ihren Einfluss auf Männer, wie konnte es auch anders sein.

»Es wäre wohl besser erst einmal herauszufinden, wer das ist«, grummelte Mailiens Schatten. Er wollte seine Angebetete offenkundig nicht mit noch mehr Nebenbuhlern teilen.

»Ich bin dafür«, pflichtete ich ihm bei. »Baldrinus du bleibst hier«, befahl ich ihm, nachdem ich den empörten Ausdruck sah, der sich in seiner Miene ausbreitete, fügte ich hinzu: »Und sicherst unseren Rückweg. Das fehlt noch, dass sie uns in den Rücken fallen.«

Die Empörung löste sich in einem verständigen Nicken auf.

Zu zweit ... nein, zu dritt setzten wir unseren Weg fort. Mailiens Schatten war so unscheinbar, dass ich nicht selten vergaß, dass er sich bei uns befand.

Vor uns kam ein Lager in Sicht. Im Zentrum ein Feuer gesäumt von sieben Zelten, die jeweils Platz genug für fünf Männer boten.

»Für Banditen sind sie sehr gut bewaffnet«, machte der Schatten eine interessante Beobachtung.

Tatsächlich trug jeder der Kerle, die sich zwischen den Zelten und um das Feuer herum bewegten, jeweils ein Schwert am Gürtel. Gleichzeitig sah ihre Kleidung übertrieben schäbig aus. Schmutziges, zerrissenes Leinen.

»Das sind mindestens Zwanzig«, zählte Mailien. »Zu viele für uns. Wir müssen die Jungs hohlen.«

»Sechundzwanzig«, berichtigte ihr Schatten.

»Keiner weiß wie viele in den Zelten schlafen«, ergänzte ich.

»Aber was machen sie hier?«, fragte Mailien. »Das sind doch keine Wilderer. Dafür haben sie zu wenige Bögen dabei.«

Von unserer Position aus sahen wir nur vier Stück, sie lehnten an einen Baum zusammen mit ebenso vielen Pfeilköchern. Sie mochten höchstens genügen diese Gruppe mit Fleisch aus dem Wald zu versorgen. Auf dem Spieß über dem Feuer drehte sich jedenfalls ein ganzes Reh. Der Schnitt an dessen Bauch ließ vermuten, dass es von ungeübten Händen ausgenommen worden war. Wir hatten es also nicht mit Wilderern zu tun. Vielleicht handelte es sich hier um die gesuchten Banditen.

Da entstand ein kleiner Tumult im Lager. Zwei Männer kamen gerade von der Jagd zurück. Allerdings hatten sie kein Reh erlegt, sondern einen Lebendfang gemacht. Zwischen den beiden befand sich eine hagere Gestalt, die sie gefesselt und geknebelt hatten.

»Was soll dass denn?«, fragte ein besonders großer Kerl im Lager, als er den Gefangenen sah. »Ihr kennt doch die Order, es darf keiner überleben.«

»Ich weiß, aber so ein Knilch treibt sich nicht alleine im Wald herum. Vielleicht will er uns ja sagen, wo seine Begleiter sind«, erwiderte einer der erfolgreichen Menschenjäger. Er zwang den Gefesselten auf die Knie.

Der Anführer trat vor ihn und kraulte sich den schwarzen Bart. Von seinem Haupthaar war nicht mehr als der Hauch eines Kranzes geblieben. »Du hast es gehört, wo sind deine Freunde?«, fragte er mit einer Autorität in der Stimme, die mich verblüffte. Die Zeit in der kaiserlichen Armee hatte mich für diesen Tonfall sensibilisiert. Er gehört eindeutig zu einem Befehlshaber, der gewohnt war, dass man ihm bedingungslos gehorchte. Also ein Hauptmann, oder gar ein General. Vielleicht täuschte ich mich auch. Wobei ich mir jedoch sicher war ...

»Ich bin allein«, beteuerte der Gefangene, nachdem ihm der Knebel entfernt worden war. Die Stimme erkannte ich sofort. Aber nicht nur ich.

»Das ging schnell«, meinte Schatten. Er klang wenig überrascht. Ich hatte dagegen nicht geglaubt, dass man Baldrinus entdecken würde. Vermutlich war er den beiden direkt in die Arme gelaufen. Auch wenn er ein Tölpel sondergleichen war, so musste ich ihm seine Loyalität hoch anrechnen.

»Schneidet ihm zwei Finger ab, vielleicht wird er dann gesprächiger«, verlangte der verkappte General.

»Wir müssen ihn da raus hauen«, flüsterte ich.

»Ach und wie?«, fragte Mailien.

»Ohne ihn sind wir besser dran«, gab ihn Schatten auf.

Ich sah ihn einen Moment an. Er hatte natürlich recht, aber ich konnte Baldrinus nicht einfach so sterben lassen. Nicht zu dem Beding, dass man ihn zu Tode foltern würde. Es blieb zu dem ein seltsames Gefühl von Verantwortung für den Jungen.

Als ich einen der Männer sah, der mit einer Zange ankam, sprang ich auf. Dabei ließ ich den Rucksack von den Schultern rutschen, damit dieser mich nicht behinderte.

»Halt!«, gab ich mich schon von weitem zu erkennen, während ich auf das Lager zulief. »Er gehört zu mir!« Alle Blicke hefteten sich auf mich. Die feuchte Erde unter den Füßen ließ mich jeden Schritt spüren, den die

Männer taten. So wusste ich auch ohne es zu sehen, dass sie mich einkesselten, als ich das Lager betrat.

»Interessant«, der Anführer musterte meine Erscheinung. Er stutze kurz, als er die blanken Füße sah.

Ich entschloss, diesen Moment zu nutzen, um mich zu erklären. »Wir sind Pilzsucher, uns hat der Bratengeruch angezogen. Bitte, wir hatten nur Hunger, wir werden einfach wieder gehen«, versprach ich.

Der vermeintliche General sah mich zweifelnd an. Für einen Moment konnte ich ihn zögern sehen. Wie jemanden, der begann einen Befehl in Frage zu stellen. »Ihr kennt die Order«, erinnerte er seine Männer und sich selbst. »Bringt sie um.«

Der Erste, der das Schwert gegen mich erhob, brach sogleich gurgelnd zusammen. Aus seinem Hals ragte ein Bolzen. Ich nahm dem Sterbenden das Schwert ab und hieb die flache Seite der Klinge gegen den Kopf des Kerls, der mir am nächsten stand. Er taumelte und stürzte zu Boden. Da löste sich die Starre der anderen Männer. Sie griffen zu ihren Waffen und zogen den Kreis um mich enger.

»Drei in den Wald, sucht den ...«, der Satz des Befehlshabers endete in einem Todesröcheln. Wie aus dem Nichts war hinter ihm Schatten erschienen. Dem Mann die Kehle aufzuschlitzen, schien ihm sichtlich Freude zu bereiten, denn er ließ sich dabei Zeit. Als mehrere Männer auf sein Tun aufmerksam wurden, war er verschwunden. Ein weiterer Bolzen warf einen der Kerle, tief in die Brust getroffen, nieder. Ohne Führung und von drei Positionen angegriffen, entstand ein heilloses Durcheinander. Ich kämpfte mich zu Baldrinus durch und stieß die fremde Waffe hinter ihm in den Boden, sodass er die Fesseln daran zerschneiden konnte. Mit meinem Paradeschwert und dem Dolch in der Hand fühlte ich mich bedeutend sicherer. Ich parierte einen Schlag, der von hinten gegen meinen Hals geführt wurde. In der Drehung um meine Achse kam ich meinem Kontrahenten nah genug für den Dolch. Ich schlug ihm den Griff der Waffe so fest gegen die Schläfe, dass er wie vom Blitz getroffen niederging. Einen anderen entwaffnete ich mit einem geübten Hieb auf dessen Schwertheft. Den Nächsten sah ich zu spät. Das Schwert schlug mir in die Seite. Mein Gegner riss überrascht die Augen auf, als er die Härte meines Körpers spürte. Ich kam ihm einen Schritt entgegen. Hakte seinen Schwertarm unter und brach ihm diesen, mit solch einer Gewalt, dass die blutigen Knochen durch seine Haut stachen. Die Überraschung ließ ihn den Schmerz nicht spüren. Auch ihm blies ich die Lichter aus, indem ich den schweren Griff des Langdolches gegen seine Schläfe stieß.

Überall in der Menge tauchte Schatten auf, der mit den Gegnern kurzen Prozess machte. Dabei kannte er keine Gnade. Genau so wenig wie Mailien, die aus dem Hinterhalt mit ihrer Armbrust routiniert Bolzen gegen unsere Feinde schickte. Dort wo sie einschlugen, brachten sie den Tod.

Im Eifer des Gefechts schlug ich einem meiner Gegner die Schwerthand ab, weil ich seinem Angriff nicht anders entgehen konnte. Knochen barsten, Haut und Muskeln rissen unter der Wucht meines Hiebes. Bei solchen Wunden war es gnädiger, ihm den Todesstoß zu versetzen. Bei dem Versuch, den Dolch zwischen die Rippen zu rammen, verhakte sich die Klinge. Sie drang nicht weit genug in das Fleisch, um ihn tödlich zu verwunden. Im Kampf bedeutet zu zögern den Tod. Ich setzte an ihm vorbei und riss ihn über mein rechtes Bein nieder. Er schlug so hart auf dem Waldboden auf, dass ihm dabei hörbar das Genick brach. Jetzt waren es vierzig Leben, die auf mein Gewissen drückten.

»Kommt nur!«, rief Baldrinus, der sich mittlerweile befreit und das Schwert ergriffen hatte. Angriffslustig blickte er über das Schlachtfeld, auf dem jeder der hier lagernden Männer tot oder bewusstlos danieder lag.

Kurz überzeugte ich mich davon, dass mein Körper keinen zu großen Schaden genommen hatte. Der Schlag in die Seite war ziemlich kräftig gewesen. Aber mehr als eine tiefe Kerbe, aus der mein zähes Blut quoll, war mir nichts geblieben. Nach einiger Zeit sollte lediglich eine Narbe zurückbleiben, die unter den vielen verblassten Wunden nicht sonderlich auffallen würde. Ich ließ das Hemd über den Schnitt fallen. Ein Blick zu meinen Begleitern stellte sicher, dass mich niemand beachtet hatte. Selbst wenn meine Verletzungen meist nicht schwer wogen, schmerzten sie, bis sie verheilt waren, was wesentlich länger dauerte als bei gewöhnlichen Menschen. Dies war der Preis für die ungewöhnliche Robustheit.

Ich kniete mich zu dem Letzten meiner Opfer hinab, wobei es heftig in der Seite stach. Es bedurfte nur wenig Kraft, um das verschlissene Leinen am Leib zu zerreißen. Eigentlich hatte ich mit einem leichten Lederpanzer gerechnet, dass der Kerl ein Kettenhemd trug, überraschte mich. Ich betrachtete die sorgsam ineinandergefügten Eisenringe. Es handelte sich dabei um eine gute Arbeit.

»Was soll das bedeuten?«, sprach Mailien die Frage aus, die ich mir ebenfalls stellte.

»Ich weiß es nicht«, gestand ich. Nur, um sicherzugehen, überprüfte ich drei weitere Kämpfer. Auch sie waren auf diese Weise gerüstet. »Ihr Anführer wirkte auf mich wie ein General. Zumindest wie jemand, der darin ausgebildet wurde, Befehle zu geben.« Ich begann die Suche nach ihm. Hatte er nicht von einer Order gesprochen? Baldrinus, der sein Schwert dazu nutzt, eine Scheibe von dem Braten abzuschneiden, ignorierte ich.

»Hier ist er.« Schatten drehte den vermeintlichen General auf den Rücken. Seine Augen standen immer noch weit offen, ebenso wie der Mund. Er sah aus, als würde er verzweifelt versuchen durch die aufklaffende

Kehle zu Atmen. Seine Züge kündeten von dem grausamen Tod, den er erlitten hatte. Auch er trug ein Kettenhemd.

»Wenn er wirklich ein General war, dann trägt er ein Brandmal des Kaiserreichs auf der rechten Schulter«, erklärte Mailien.

»Woher weist du das?«, fragte Schatten grimmig. Er konnte sich die Antwort denken, die sie ihm schuldig blieb. Ihr süffisantes Grinsen sagte mehr als tausend Worte und befeuerte seinen Groll.

Bei dem Versuch, den Arm des Toten zu befreien, brachen wir ihm etliche Knochen. Wie ein jeder Soldat trug er unter dem Kettenpanzer ein wattiertes Hemd. Mit dem Messer legten wir den Oberarm frei. Und da war es, das Wappentier des Kaiserreichs. Zu meiner Überraschung war es gänzlich unversehrt, man erkannte jede Linie des Greifen, der mit den Klauen ein Pferd gepackt hielt. Wäre der Soldat ein Deserteur gewesen, so hätte er das Mal entfernen lassen. Es gab weise Frauen, die solch einen Zauber für nur wenig Silber wirkten. Eine andere Möglichkeit wäre, es sich aus der Haut zu schneiden oder es mit einem weiteren Brandmal zu verfremden. Es weiterhin zu tragen bedeutete Gefahr für Leib und Leben. Auf einen Deserteur wartete der Galgen, wenn man seiner habhaft wurde.

»Das ist das Zeichen des Fürsten«, stellte Baldrinus mampfend fest.

»Was meinst du?«, erkundigte ich mich.

»Etwas trocken, aber es ist in Ordnung.«

»Ich meine nicht den Braten. Du sagtest, das sei das Zeichen des Fürsten«, erinnerte ich ihn.

»Oh, das Wappen«, er deutete mit einem Stück Fleisch darauf.

»Der Greif ist das Wappentier des Kaiserreichs«, widersprach Mailien.

»Der Greif ja, aber das Pferd ist das Tier des Fürsten. Seine Familie ist berühmt für seine Pferdezucht, schon seit Jahrhunderten«, erklärte Baldrinus. »Jedes Land oder Fürstentum, dass das Kaiserreich unterwirft, darf sein Wappentier behalten. Allerdings nur in den Klauen des Greifen. Es soll deutlich machen, dass der Kaiser den alten Herrscher in der Hand, oder in den Klauen hat. Eine Demütigung, aber man gewöhnt sich dran«, erläuterte Baldrinus altklug.

»Woher willst du das denn wissen?«, fragte Mailien mit hochgezogenen Brauen. So kamen ihre dunklen Augen noch deutlicher zur Geltung, wie eine finstere Nacht in der man sich freiwillig verlief. Nur mit Mühe riss ich mich los.

»Ich habe eine Zeitlang im Kloster gelebt, Heraldik gehörte dort zum Grundstudium.«

»Aha«, kommentierte sie uninteressiert. An Baldrinus schien sie kein besonderes Interesse zu haben.

»Was ich immer noch wissen will, ist, was die Männer des Kaisers, oder auch die Soldaten des Fürsten, hier im Wald machen«, brachte uns Schatten zurück zu der eigentlichen Frage. Seine Anwesenheit hatte ich abermals aus meinem Gedächtnis gestrichen. Obwohl er neben mir stand.

»Das würde ich auch gerne wissen«, log ich, denn ich hatte eine Vermutung. Fürst Pirmin ging wohl nicht davon aus, dass sich Mörder und Söldner gänzlich gegenseitig auslöschten. Die Soldaten waren hier, um etwaige Überlebende zur Strecke zu bringen oder um das Leben seines Sohnes zu schützen. Aber warum hatten sie sich zu solch einer List entschlossen und warum hatten sie sich hier niedergelassen. Hätten sie bei ihrer Suche nach dem Fürsten nicht weiter in den Wald vordringen sollen?

Mit einem letzten Blick auf das Massaker, das wir angerichtete hatten, traten wir unseren Rückweg an. Auf mich ging nur einer der Erschlagenen, meine anderen Gegner würden mit heftigen Kopfschmerzen zu sich kommen. Die Übrigen hatten alle den Tod gefunden. Entweder durch Bolzen oder durch die Klinge. Dabei wurde die Grausamkeit von Schatten erst offenbar. In den Kehlen der meisten Soldaten klafften weit offene Schnitte. Schatten hatte dem Namen, den ich ihm gegeben hatte, alle Ehre gemacht. Wie ein todbringender Schemen war er durch die Männer geschritten. Sie hatten ihn vermutlich nicht kommen sehen. Auch ihr Geist hatte sich wohl dagegen gesträubt, ihn lange im Gedächtnis zu behalten. Selbst unter Lebensgefahr. Langsam reifte in mir der Gedanke, dass es sich bei diesem Kerl, um mehr als einen Menschen handeln musste. Ich wäre erleichtert, meine Begleiter hinter mir zu lassen und wieder eigene Wege zu gehen.

***

»Ich verstehe das nicht, erst ziehst du deine Stiefel aus, dann wieder an?«, beschwerte sich Schatten immer noch. Vermutlich ärgerte er sich darüber, dass Mailien für meine Eigenwilligkeit haltgemacht hatte und nicht mit ihm weitergezogen war. Nun machte er seinem Ärger Luft.

Ich wunderte mich am meisten darüber. Nicht dass diese Frau angehalten hatte, sondern über mein Bedürfnis die Barriere der Schuhsohlen zum Waldboden herzustellen. Für gewöhnlich empfand ich die Kühle durchaus als erfrischend. Die lockere Erde zwischen den Zehen hatte eine belebende Wirkung. Doch in diesem Wald krabbelte mir eine eigenartige Kälte die Extremitäten hinauf, die von meiner Lebendigkeit zehrte, anstatt diese zu bestärken. Selbst jetzt, da ich die Stiefel trug. Dieser Umstand lenkte mich dermaßen ab, dass ich gegen Mailien stieß, die unvermittelt stehen geblieben war.

»Nicht so stürmisch«, scherzte sie, doch der Grundton ihrer Stimme war ein besorgter.

»Wo sind sie hin?«, fragte Schatten.

Ich benötigte einen Moment um zu verstehen, dass er die Jäger meinte, die wir hier zurückgelassen hatten. Ihre Fußabdrücke waren deutlich im Waldboden zu erkennen. Von ihrer Anwesenheit kündete auch so manches niedergetretene Gewächs. Allerdings konnte ich keinerlei Fährten entdecken, die anzeigten, in welche Richtung sie verschwunden waren. Eine solche Gruppe hätte deutliche Spuren, die auf ihren Verbleib hinwiesen, hinterlassen müssen.

»Vielleicht sind sie zurück in die Stadt«, überlegte Baldrinus. »Ich hätte ebenfalls nicht übel Lust einen zu heben. Aber ich hab kein Geld, wenn mir jemand einen ausgibt, wäre ich nicht abgeneigt.« Er fand kaum Beachtung.

»Sie würden nicht einfach so verschwinden«, mutmaßte Mailien.

»Egal, ich habe da einige Fragen, die ich dem Herold stellen möchte«, grollte Schatten. Er setzte seinen Weg zum Waldrand fort. Dankbar folgte ich ihm. Es war nicht in Worte zu kleiden, warum dieser Wald mir auf einmal Unbehagen bereitete. Seine Präsenz lastete mir gleich einer drückenden Schwermütigkeit auf den Schultern. Über meine Begleiter war ich mittlerweile froh. Dieses Gefühl war nämlich so ablenkend, dass es mir kaum möglich war, mich auf den Weg zu konzentrieren.

»Was ist denn, warum haltet ihr an?«, fragte Baldrinus irritiert. Er befand sich ein Stück vor uns. Sein Durst trieb ihn dazu schneller zu gehen. Aber vielleicht spürte er auch etwas Ähnliches wie ich.

»Weil wir uns am Waldrand befinden«, flüsterte Schatten, selbst er wirkte nun eingeschüchtert. »Zumindest sollte er hier sein.«

»Unsinn, uns umgibt dichter Wald«, widersprach Baldrinus. Damit hatte er recht. In alle Richtungen waren wir von Bäumen umgeben, die uns mit ihrem Laub vor der Sonne abschirmten. Die Himmelsscheibe hatte mittlerweile ihr Rot über das Firmament gegossen und schickte sich nun an ihr Tagwerk zu beenden. Der Wald hingegen wirkte, als würde er sich endlos in jede Himmelsrichtung erstrecken. Der Weite zum Trotz fühlte ich eine Beklemmung, als hätte man mich in einen Sarg gesperrt und unter der Erde vergraben. Das zuvor freundliche Grün der Blätter, erschien in der Abendsonne um einiges dunkler. Dies verlieh den Bäumen etwas Lauerndes. Die Äste wiegten sich leicht in einem Wind, den ich nicht spürte. Dabei bogen sich alle Zweige in unsere Richtung. Ein heller Schrei, der nicht von Mailien stammte, ertönte. Baldrinus blickte entsetzt nach oben. Den Mund weit geöffnet stolperte er zurück. Über sein Gesicht rann Blut, einer Träne gleich. Ich folgte seinen aufgerissenen Augen und erstarrte. In den Ästen direkt über uns hingen die Vermissten. Ihre Hälse in Astgabeln gezwängt, als hätten die Bäume sie ergriffen. Ihre Münder standen offen. Blut lief daraus hervor und tropfte wie ein bizarrer Regen herunter.

»Nein!«, rief Baldrinus entsetzt.

Bei den Toten handelte es sich um die Jäger, die wir zurückgelassen hatten. Das bedeutete, sie hingen erst wenige Augenblicke dort oben. Baldrinus überwand seine Schockstarre und stürmte in die Richtung, in der er den Waldrand vermutete davon. »Ihr bekommt mich nicht!«, schrie er.

»Schnell wir müssen ihm hinterher, bevor er sich was antut«, verlangte ich von meinen Begleitern. Meine Worte verhallten unerwidert im Wald. Erschrocken sah ich mich um. Mailien und Schatten waren spurlos verschwunden. Und wenn ich sage »spurlos«, dann meinte ich das auch so. Sie hatten sich im wahrsten Sinne des Wortes in Luft aufgelöst. Ein Schauer jagte mir durch die Glieder. Ich zog den Dolch, auch wenn ich nicht wusste, wie ich mich verteidigen sollte. Angst war nicht mit Stahl niederzuringen. Meine Beine trugen mich Baldrinus hinterher. Je schneller ich lief, umso mehr verfiel ich in Panik. Ich spürte, wie man mich verfolgte. Wie der Wald selbst nach mir griff. Die Äste schlugen nach mir, um mich zu ergreifen und in die Baumwipfel zu ziehen. Ich tauchte unter ihnen ab, wand mich aus ihren Fängen, wenn sie mich zu packen bekamen. Eine Wurzel langte nach meinen Beinen und warf mich nieder. Ich stürzte der Länge nach hin. Die Klinge versank im Boden. Ich wagte nicht aufzusehen und wartete stattdessen darauf, dass der Wald mein Leben beendete. In Erwartung des Todes lauschte ich in die Stille hinein. Ich hörte weder Vögel zwitschern, noch das Knacken des Unterholzes, durch welches sich Tiere bewegten. Selbst der Wind blieb stumm. Es war so still, als drücke mir jemand seine Finger in die Ohren.

Niemand packte mich, nicht ein einziger Schlag traf meinen Körper. Ich vermochte nicht zu sagen, wie viel Zeit verstrich. Die verzehrende Kälte des Waldbodens ergriff Besitz von mir. Meine Glieder wurden steif. Entkräftet kämpfte ich mich auf die Knie. Der Wald lag still und ... so gar nicht friedlich da. Die Bäume wirkten angriffslustig, sie schienen mich zu beobachten. Nicht mit dem vertrauten Wohlwollen, sondern anklagend. Doch weder Äste noch Wurzeln langten nach mir. Einmal mehr wurde mir klar, wie lebhaft die Fantasie werden konnte. Besonders dann, wenn man sich in Schrecken versetzen ließ.

Unbegreiflicherweise fühlte ich mich für Baldrinus verantwortlich, sodass ich die Suche nach ihm fortsetzte. Wenn ich allerdings vorher den Waldrand finden würde, dann wusste ich nicht, ob mein Edelmut genügte, um mich länger unter dem Blätterdach aufzuhalten. Auch die Sonne verweigerte ihren Beistand. Die Nacht brach mit einer Grausamkeit herein wie noch nie zuvor. Das Silber des vollen Mondes verlieh den Blättern den Schimmer von unzähligen Klingen, die jederzeit hinabstoßen konnten, um mich aufzuspießen.

Unter einer Weide an einem Bach fand ich Spuren von jemandem, der seinen Durst an dem trüben Wasser gestillt hatte. Vielleicht war es Baldrinus gewesen. Zumindest konnte ich mir niemand anderen vorstellen, als diesen naiven Charakter, der es wagte, von der braunen Soße einen Schluck zu nehmen. Das Gewässer verhielt sich genauso still wie der Wald. Nicht ein Säuseln drang zu mir herauf.

Im Dunkel der Nacht war es schwer, den Fortlauf der Fährte ausfindig zu machen. Ich stieß durch Zufall auf die Fußspuren. Der Waldboden, wenngleich auch weich, weigerte sich, Fußabdrücke deutlich abzubilden. Es blieb mir lediglich, nach frisch abgebrochenen Ästen zu suchen, um die Spur nicht zu verlieren.

Das Gefühl der permanenten Bedrohung, die von dem Wald ausging, hielt sich. Wie das Klingenblatt einer Guillotine schwebte sie ständig über meinem Haupt. Für gewöhnlich gewöhnte man sich daran. Es war nicht möglich, tagelang Angst zu empfinden. Diese Gnade blieb mir jedoch verwehrt.

Ich hütete mich bei meiner Suche davor, Bäumen und anderen Gewächsen zu Nahe zu kommen. Ein unmögliches Unterfangen. Ich schob mich wie ein Akrobat an den Bäumen vorbei und unter den Ästen hindurch. Nur wenn es unumgänglich war, drückte ich sie sacht zur Seite. Entgegen meiner Gewohnheit ließ ich sie nicht zurückschnellen, sondern brachte sie langsam wieder in die Ausgangsposition. Alles, damit der Wald meine Anwesenheit nicht bemerkte. Wenn mich doch ein Ast streifte, erschrak ich, als hätte ein Teufel nach mir gegriffen.

Ein Wispern drang durch die Stille des Waldes, es klang wie das Flüstern eines verängstigten Kindes. Gefolgt wurde es von einem boshaften Kichern. Ich wandte mich suchend nach allen Seiten um. Allerdings vermied ich schnelle Bewegungen, um nicht erneut in Panik zu verfallen.

Im Schatten eines nahen Baumes erblickte ich die Konturen einer kleinen Gestalt. Für einen Moment schienen sich unsere Blicke zu treffen. Ein unmenschliches Knurren erklang. Die Silhouette bewegte sich, wobei sie immer kleiner wurde. Sie flackerte wie eine Kerze im Wind und verlosch. Ich schalt mich für meine lebhafte Fantasie, die hier der größte Feind zu sein schien. Als es mir gelang, die Fährte wieder aufzunehmen, blickte ich in die unwirklichen Augen eines Schattens, der sich vor mir erhob. Erschrocken stolperte ich zurück. Der Schemen streckte seine Hand nach mir aus. »*Kehr um!*«, verlangte er, bevor er verschwand, als habe ihn der Boden verschluckt.

Meine Hände zitterten und die Brust ächzte unter der Last des schweren Blutes, welches das Herz versuchte schneller durch meinen Leib zu schieben. Um mich zu beruhigen, tat ich ein paar Atemzüge. Es entspannte mich, die Aufmerksamkeit auf eine Funktion des

Körpers zu richten, auf die er nicht angewiesen war. Der Nebel um meinen Verstand lichtete sich, wenngleich die menschliche Natur weiterhin zur Flucht riet. Doch in mir wohnte noch etwas Anderes, etwas Gelassenes, etwas Gleichmütiges.

»Geister also.« Ich zog mein Silbermesser. Natürlich konnte ich nicht sicher sein, dass sie anfällig für das Edelmetall waren. Aber diese Waffe in der Hand zu spüren, gab mir etwas von dem Gefühl der Sicherheit zurück, das ich verloren hatte. Die Klinge war zusätzlich geweiht worden, damit sie noch mehr Übersinnlichem entgegenwirkte. Doch auch das hatte seine Grenzen. Sie reichte nicht aus, um verschiedene Dämonen oder Ghule zur Strecke zu bringen, die ihre unheilige Existenz auf andere Weise in dieser Welt verankerten.

In dem Wald ging etwas nicht mit rechten Dingen zu und Geister waren ein guter Hinweis darauf, dass ich in die richtige Richtung unterwegs war.

***

Ein drohender Schatten türmte sich vor mir auf. Von Riesen war ich niemals überzeugt gewesen. Sie hätten schließlich jemandem auffallen müssen. Doch im Dunkel der Nacht wirkte das Gebilde vor mir, als handele es sich um eben solch eine Kreatur. Der knorrige Baum besaß nur wenige Äste und der untere Stamm war viel zu breit. Er trug keine Blätter und sah aus wie tot. Das Silbermesser erhoben wie eine Laterne, bewegte ich mich auf ihn zu. Als ich in seinen Schatten trat, erkannte ich, dass er auf einem kleinen gemauerten Häuschen gewachsen war. Mit seinen Wurzeln, die vom Giebel über die Wände hinabreichten, stützte sich der Baum, sodass er das Dach des Bauwerks nicht zerdrückte. Erst als ich die Inschrift über der Tür las: »Zur ewigen Ruhe gebettet«, wurde mir klar, was von dem Baum vereinnahmt worden war: eine Krypta, mitten im Wald. Die Holztür des Gemäuers stand einen Spalt offen. Nicht weit genug, um sich hindurchzuzwängen. Als ich versuchte sie zu öffnen, wurde mir klar, dass die Angeln verrostet waren und sich deshalb kein Stück weit bewegen ließen. Hier hinein konnte Baldrinus nicht entschwunden sein. Jemand der sich fürchtete, würde wohl auch nicht sein Heil in einer Grabkammer suchen.

»*Verschwinde!*«, hauchte es mir drohend aus der Krypta entgegen. Ich wurde von einem Schatten ergriffen und fortgerissen. Geistesgegenwärtig stach ich mit dem Silbermesser nach ihm. Das Kreischen, welches darauf folgte, drang mir durch den ganzen Körper. Der Griff lockerte sich und ich schlug auf. Mein Rücken schmerzte, als ich mich an einem Baum emporzog. »Danke«, sprach ich zu der Buche.

Wut stieg in mir auf, als ich an den Geist dachte, der mich davon geschleift hatte. Niemand befahl mir, wohin ich gehen sollte! Erneut schritt ich zur Tür der Krypta, das Silbermesser wie einen Speer nach vorn gestreckt. Als ich mich gegen die Tür warf, vernahm ich erneut die heisere Stimme, die mir befahl, das Weite zu suchen. Der Schatten, der mich durch die Tür ansprang, warf sich geradewegs in das Messer und zerbarst daran. Sein Kreischen klang noch in meinen Ohren, als ich mich ein zweites Mal mit der Schulter gegen die Tür warf. Der Rost in den Angeln löste sich und die Tür schwang ächzend auf. »Ha«, triumphierte ich. Da spürte ich eine kalte Hand, die sich mir auf die Schulter legte. Reflexartig fuhr ich herum und rammte die Silberwaffe in den Leib des Geistes. Blut benetzte meine Rechte. Ich blickte in die weit aufgerissenen Augen eines Jägers. Er taumelte zurück, fasste das Messer, welches ihm in der Brust steckte und zog es heraus. Die Klinge war mit Herzblut besudelt, das ihm jetzt aus der Brust gepumpt wurde. Im Dunkel ergoss es sich wie ein schwarzer Bach über seinen Leib. Er war tot, bevor er vollends zu Boden ging. Fassungslos blickte ich auf mein Werk hinab. Noch ein Toter, der mich für immer verfolgte.

Voller Gram vergaß ich die Geister. Ich kniete mich zu ihm hinab. Verzweifelt suchte ich nach Worten, um mein Bedauern auszudrücken. Selbst wenn seine Seele bereits in die Zwischenwelt entschwunden sein mochte, wo er mich nicht mehr hören konnte. Ich brachte jedoch keinen Ton über die Lippen.

»Wie du willst!«

Es blieb mir keine Zeit zu reagieren. Reflexartig versuchte ich, mich an dem toten Körper festzuhalten, als ich an den Fußgelenken erfasst und in die Krypta hinabgezogen wurde. Vergebens.

Es blieb mir lediglich meinen Kopf gegen die Schläge der Steinstufen abzuschirmen, die wie von einem Faustkämpfer geführt, auf mich eindrangen, als ich hinab geschleift wurde.

Zunächst bemerkte ich nicht, dass die Tortur zu Ende war. Die Schmerzen in meinen Armen hallten so sehr nach, als würde man mich immer noch über die Stufen ziehen. Mit den Händen erfühlte ich den kalten Steinboden unter mir.

»Er stört unsere Ruhe!«

»So wie jeder von euch es tat ...«

»Hol seine Seele!«

Kraftlos drehte ich mich auf den Rücken. Um mich herum standen etwa acht Schemen. In der Schwärze wirkten sie wie der Schattenriss von Männern, die im Dunkeln mit dem Rücken zu einer Kerze standen. Der Sinn ihrer Worte erschloss sich mir nicht zur Gänze. Offenbar stritten sie darum, wer mich töten sollte. Natürlich ist klar, dass ich da unten nicht gestorben bin. Doch was geschah, war zumindest überraschend.

»Was ist, tut es gleich, ich hab nicht die ganze Nacht Zeit!«, spie ich ihnen trotzig entgegen. Ich wusste, dass es für mich ohne das Silbermesser keine Rettung gab.

Lange auf meinen Tod zu warten, das war die eigentliche Qual.

»Du wirst einer von uns!«, freute sich einer der Geister. Seine festen Umrisse zerflossen zu schwarzem Nebel, dessen fließende Konturen matt leuchteten. Ich musste mit ansehen, wie die ruhelose Seele in meine Brust eindrang. Eine noch nie verspürte Kälte drang mir in den Leib, auf der Suche nach meiner Seele schoss sie durch den Brustkorb. Eine eisige Hand schloss sich um mein Herz, als wolle sie es am Schlagen hindern. Das Gelächter der Geister hallte von dem Gewölbe wieder und vermischte sich mit den Schmerzensschreien, die mir unwillkürlich aus der Kehle drangen. Sie klangen wie die artikulierte Pein eines Fremden. So als würde ich neben mir stehen.

Urplötzlich war es vorbei. Ich fröstelte, doch ich fühlte keinen Schmerz mehr, nur noch die sterbende Kälte. Die Schreie waren jedoch nicht verstummt. Diesmal stammten sie von dem Geist, der versucht hatte mich in seine Sphäre zu geleiten. Er litt unter Angst oder Pein. Was auch immer eine körperlose Erscheinung dazu brachte zu schreien.

»Ich werde seiner Seele nicht habhaft«, erklärte er mit zitternder Stimme. *»Er ist kein Mensch.«*

»Schlaues Kerlchen«, spottete ich. Meine Glieder waren steif, so kam ich nur sehr schwer auf die Beine. Dass sie mich dennoch töten konnten, behielt ich besser für mich. Zumindest glaubte ich, dass mein Körper sterben würde, wenn er genug Schaden nahm. »Ihr entschuldigt mich.«

Einer Vermutung folgend suchte ich nach der Treppe. Die Schemen gingen mir dabei eingeschüchtert aus dem Weg. Ich fand die Stufen, indem ich darüber stolperte. Irgendwie gelangte ich nach oben. Erst als ich den Mondschein sah, spürte ich meine Beine wieder. Ich war schon fast zur Tür hinaus, als ich den Anführer der Geister kreischen hörte: »*Packt ihn, lasst ihn nicht entkommen!*«

Ich hörte das Fauchen der Schemen, die am Rande unserer Wirklichkeit die Stufen hinauf stoben. Ich sprang und bekam das Silbermesser zu fassen. Die Entitäten schossen davon, als ich mit der geweihten Klinge nach ihnen schlug.

Immer wieder kam einer der schwarzen Nebel kreischend und lachend auf mich zu. Bis der Letzte mein Messer zu spüren bekommen hatte.

Wie lauernde Raubtiere umkreisten sie mich. Da erhob sich ein weiterer Geist, aus der Brust des Jägers, den ich irrtümlicherweise erstochen hatte. Nur zögerlich, ohne feste Form waberte der Schatten seines Daseins aus dem toten Körper. »*Was? Nein?*«, erschrak er, über den widernatürlichen Klang seiner Stimme.

»Was ist dir widerfahren?«, fragte ich. Vielleicht hatte dieser Geist die Bindung an die Lebenden noch nicht aufgegeben. Dann wäre es möglich, von ihm zu erfahren, was ihn in dieser Welt festhielt.

»*Da war ein Licht ...*«, seine Worte zitterten durch die Nachtluft, sowie seine Erscheinung. »*Etwas hielt mich zurück ... Frieden ...*«

»*Bruder, tritt in unseren Kreis*«, lockte einer der Geister. »*Frieden im Tode ist uns armen Seelen nicht gegeben. Du kannst nur auf unserem Wege Ruhe finden. Sie haben dich alle belogen, nur ich spreche wahr. Ich kann dir einen Weg zeigen, damit du nicht leiden musst.*«

Der Geist des Toten waberte mehr und mehr aus der Brust seines Körpers, angelockt von den Versprechungen.

»Glaub ihm nicht!«, versuchte ich, ihn aufzuhalten. Ich fischte in meinem Rucksack nach einem Medaillon. Dieses wurde von den Priesterinnen der ersten Frau eingesetzt, um Verstorbenen den Weg ins Jenseits zu weisen. Ich zog es hervor und drückte es dem Toten gegen das Herz. »Kehre ein ins Haus des Herrn ... wo du Frieden ... Frieden finden sollst, für alle Ewigkeit zum letzten Schlaf«, stammelte ich die Begräbnisformel heraus, die mir nur bruchstückhaft im Gedächtnis geblieben war.

Der Geist des Verstorbenen brüllte erbost auf, als würde er dem Wahnsinn verfallen.

»*Es gibt keinen Frieden*«, triumphierte das alte Gespenst. »*Daran kann auch dein Hexenwerk nichts ändern.*«

»Werden wir sehen«, so schnell wollte ich nicht aufgeben. In meinem Gepäck fand sich eine Flasche mit Öl. Ein paar Spritzer davon auf die trockene Kleidung des Jägers und ein Funken, den ich mit einem Metallstück und Feuerstein riss und schon begannen sich die Flammen des Körpers zu bemächtigen. Ich stolperte zurück, als könnte das Feuer sogleich auf mich überspringen. Erstarrt verfolgte ich, wie das niederträchtige Element das Leinen der Hose auffraß, um an das Fleisch darunter zu gelangen. Durch die Wand aus Abscheu und Entsetzten in meinem Kopf, drang ein Mitleid erregender Schrei. Die Flammen schienen mich hämisch anzugrinsen.

»*Nein, hör auf! Es brennt!*«, kreischte die Seele des Toten.

»*Früher oder später wird dein Körper zerfallen, so ist es besser*«, behauptete das Gespenst. »*Unser aller Leib ist schon längst vergangen. Dies ist unsere Freiheit.*« Er hörte sich an wie ein Prediger.

Was ging hier nur vor? Für gewöhnlich erhoben sich Geister lediglich, wenn sie den letzten Segen nicht erhielten oder ihnen eine Bestattung verwehrt blieb. Beides hatte ich versucht. Das Amulett konnte unbrauchbar geworden sein, weil ich es einer Nonne nach dem Liebesspiel entwendet hatte. Vielleicht hatte es darüber die ihm innewohnende Macht verloren, wie die Trägerin ihre Unschuld. Feuer hingegen, beförderte alle ruhelosen Geister ins Jenseits, wenn man deren Leiche verbrannte. Aber auch dies gelang nicht. Die Seele des Erstochenen wandt sich über dem lichterloh brennenden Leib wie auf einer Folterbank und dachte nicht daran in die Unterwelt zu entschwinden. Die Qualen des Verstorbenen wurden vom Lachen der anderen Geister begleitet. Was hatte ich nur angerichtet? Es gab nicht viele Momente, in denen mir die Kontrolle entglitt, doch dies war in jener Nacht bereits der zweite. Wütend auf mich und die Geister entzündete ich an dem Toten meine *Notfackel* und schritt damit zur Krypta zurück. Über den Zorn vergaß ich meine Angst, vor dem heißen Element.

»Was hoffst du, dort zu finden?«, lachte der Anführer der Geister.

Ich ignorierte ihn.

Während ich die Stufen hinabstieg, brachen neben mir erneut die Geister durch die Wände. Es genügte jedoch, mein Messer hochzuhalten. Sie fürchteten den Kontakt mit der Klinge. Vermutlich hatten sie in dieser Existenz niemals zuvor Schmerzen erlitten.

Der Schein der kleinen Fackel genügte mir, das Wesentliche der Grabkammer zu erfassen. Am Boden lagen die Reste von zersetzter Kleidung und einzelne Rüstungsteile. Es mochten einmal drei Soldaten gewesen sein, von ihren Körpern war nicht mehr als Staub geblieben. Vielleicht hatten sie deshalb keine Ruhe gefunden. Aber warum brachen Soldaten in eine Krypta ein?

Am Ende der Kammer fand ich einen steinernen Sarg, die Insignien darauf waren leichter zu ertasten, als das ich sie sehen konnte. »Die Kirche des großen Richters«, las ich mit den Fingern. Dabei handelte es sich um eine fanatische Glaubensgemeinschaft. Wer in solch einer Krypta beigesetzt wurde, der musste einst ein hohes Amt bekleidet haben. Aber es war nicht davon auszugehen, dass dieser mit allen Ehren bestattet worden war. Denn sonst hätte seine Seele sich in Frieden zu Ruhe gelegt.

»Ja, ich war einst Priester des großen Richters«, sprach der Schemen hinter mir. *»Doch all das was wir predigen, ist eine Lüge. Sieh mich an.«*

Ich tat ihm den Gefallen, mehr als einen durscheinenden Schattenriss bekam ich jedoch nicht zu Gesicht.

»Ich war voller Eifer und gnadenlos, so wie es in unseren Statuten stand, doch der Einlass ins Jenseits wurde mir verwehrt. Schlimmer noch, es gibt so etwas nicht. Wir sind alle verdammt als ruhelose Geister durch die Lande zu ziehen. Ohne Bindung zu unserem Körper fallen wir dem Wahnsinn anheim. Nur ich habe mir Klarheit bewahrt und herrsche nun über die hier Verstorbenen.«

»Ich nehme an, weil Wahnsinn ein Wesenszug von euch Priestern ist, den ihr gut kennt«, die Spitze konnte ich mir nicht verkneifen.

Dafür erntete ich ein freudloses Lachen. *»Hör mir zu, verlasse diesen Ort und teile meinen Brüdern mit, dass sie einer Irrlehre aufsitzen!«*

Die Vermutung, dass dieser Priester zu Lebzeiten vermutlich viele Menschen auf den Scheiterhaufen gebracht hatte, die solch eine Meinung offen vertreten hatten, behielt ich für mich.

»Ich werde es tun.« Auch wenn ich das niemals vor hatte, hoffte ich, auf diese Weise die Krypta unbehelligt verlassen zu können. Langsam schritt ich zur Treppe immer darauf gefasst, hinterrücks angegriffen zu werden.

»*Geh abartiger Dämon, zieh hinaus, sei mein Apostel!*«, damit entließ mich der Priester.

Als ich aus der Krypta trat, löschte ich die Fackel, indem ich sie in den Boden rammte. Das Feuer, indem ich die Leiche verbrennen wollte, war mittlerweile erloschen. Die Flammen hatten sich nur durch die erste Hautschicht gefressen. Bedauernd blickte ich auf mein Werk. Ich hoffte inständig, dass ich der armen Seele nicht zu viel Leid zugefügt hatte. Zu töten war mir ein Gräuel, aber eine Seele in den Wahnsinn zu treiben, so weit war ich noch nie gegangen. Im Moment jedoch blieb mir keine Zeit, mich zu grämen. Es galt diesen verdammten Wald zu verlassen.

Ich fand keine weiterführenden Spuren. Sie hatten vermutlich nicht zu Baldrinus gehört, sondern zu dem armen Teufel, dem ich … Dafür fand ich etliche Grabsteine, teilweise eingewachsen in Bäume. Einige davon waren sogar in die Baumkronen gehoben worden.

»Ein verfluchter Friedhof«, stellte ich fest. Über die Jahre schien der Wald sich diesen einverleibt zu haben.

Doch das passte nicht. Wer auf einem geweihten Ort beigesetzt wurde, der benötigte kein Begräbnisritual. Es war unmöglich, dass Geister hier ihr Unwesen trieben. Der verstorbene Priester irrte, es gab zumindest *eine* Unterwelt. Ich war einer der Wenigen, die da sicher sein konnten. Deshalb wusste ich auch um die Wirkung von dem geweihten Boden eines Leichenackers. Es gab nur eine Möglichkeit, warum die Geister hier verweilten. Etwas hielt sie fest. Möglicherweise ein Bann, den jemand um den Friedhof gelegt hatte. Was auch immer es war, es konnte sich des heiligen Bodens nicht bemächtigen. Im Gegenzug vermochten die Geister diese Barriere auf ihrem Weg in die Unterwelt nicht zu durchdringen.

Zu einem Gräberfeld gehörte eine Kirche oder ein ähnliches Gebäude, vielleicht fand ich dort Antworten.

Selbst wenn es mir wiederstrebte, musste ich auf der Suche weiter ins Zentrum des Friedhofs. Meiner Erfahrung nach musste man bei einem geheimnisumwobenen Ort immer in die Mitte, um das Rätsel zu lüften.

Über die Bäume schob sich die silberne, halbrunde Scheibe. Nein, dies war nicht der Ort, an dem ich mich aufhalten wollte. Weder der Wald, noch der Leichenacker, mit seinen ruhelosen Bewohnern. Das warme Bett einer willigen Frau wäre mir lieber gewesen. Meinetwegen auch ein einsames Bett in einer Herberge mit großen Fenstern.

Notdürftig reinigte ich mein Silbermesser an einem Grasbüschel. Eigentlich wollte ich es zurück in die Scheide schieben, entschied mich jedoch dagegen. Das Gefühl beobachtet zu werden riss nicht ab. Mit einer gewissen Spannung erwartete ich den nächsten Schrecken.

»Geister haben wir abgehakt«, sagte ich mir. »Wie wäre es mit einem lüsternen Sukkubus.« Natürlich legte ich keinen Wert darauf, solch einem Wesen zu begegnen. Es ging mir darum, meine Stimmung zu heben, indem ich scherzte.

Im Mondschein vermochte ich eine Grabinschrift zu lesen. »Albert Huns, geboren dreizehnhundertdrei, verstorben dreizehnhundertfünfzig.« Dies bestätigte meine Vermutung, dass es sich um einen sehr alten Friedhof handelte. Der Grabstein war fast fünfhundert Jahre alt.

Zwischen den Bäumen sah ich einen großen Schatten, der zu einem Gebäude gehören mochte. In mir keimte ein kleines Pflänzchen der Hoffnung.

Ich hatte das Gebilde noch nicht ganz erreicht, als ich Stimmen hörte. Eine klang, als würde ein Sumpf versuchen zu sprechen. Die andere gehörte zu …

»Baldrinus!«

***

Von dem heiligen Haus war nicht mehr als ein überwucherter Schutthaufen geblieben, der sich als dunkler Hügel im Wald erhob. Zu dem Vorplatz gehörte ein verwilderter Rundbrunnen. Ihn hatte mit Sicherheit einst die Statue eines Heiligen geziert. An dessen Rand saßen zwei Gestalten, von denen selbst in dieser sternenklaren Nacht nur die Umrisse zu erkennen waren.

»Hallo Darik«, begrüßte mich Baldrinus beiläufig, so als würden wir uns hier täglich begegnen. Er war von oben bis unten mit Schlamm besudelt. »Das ist Grebert«, stellte er mir den Burschen vor, der auf die gleiche Weise verdreckt war. Dabei wirkte dieser jedoch seltsam ausgezehrt. Sein Hals war sehr dünn und der Kopf wackelte herum, als wären die Muskeln nicht stark genug, um ihn aufrecht zu halten. Sein Leib war eigenwillig verdreht. »Der Familienname war Huns, wenn ich mich richtig erinnere«, vergewisserte Baldrinus sich der Höflichkeit halber.

Grebert gurgelte etwas Unverständliches.

Mich beschlich eine düstere Ahnung. »Wie habt ihr euch kennengelernt?«, erkundigte ich mich vorsichtig.

»Ich habe Grebert aus dem Sumpf am Rande des Friedhofs gezogen«, berichtete Baldrinus fröhlich. »Der arme Kerl hat dort eine Ewigkeit festgesteckt.«

»Ist das so?«, ich hütete mich davor, Grebert zu nahe zu kommen. Stattdessen schritt ich um ihn herum, um ihn aus einem anderen Winkel gegen das Mondlicht betrachten zu können.

Abermals brodelte Grebert. Der Laut schien ihm mehr aus der Brust, als aus dem Mund zu dringen. Im Mondschein wurde mir auch klar warum, dem Mann fehlte der Unterkiefer. Auch die Haut des Gesichts hing ihm in modrigen Fetzen herunter.

»Baldrinus, darf ich dich mal kurz sprechen?«, bat ich eindringlich.

Er kam meinem Wunsch nach. Als er aufstand, bröckelte der trockene Schlamm von den Schultern. Er wischte sich den Dreck vom Gesicht und sah mich arglos an.

»Dir ist klar, dass dein neuer Freund ein Ghul ist, oder?«, wollte ich wissen.

Baldrinus sah mich überrascht an. »Ich wusste nicht, dass du so voreingenommen gegenüber anderer Leute Herkunft bist.« Er sah enttäuscht aus.

»Nein, du ...«, ich musste den aufwallenden Zorn niederkämpfen. »Er ist ein Untoter. Hier auf dem Friedhof finden die Verstorbenen keine Ruhe. Seine Seele muss den Weg zurück in den Körper gefunden haben, den der Sumpf mumifiziert hat«, versuchte ich ihm zu verdeutlichen.

Grebert wandte das Haupt in unsere Richtung, seine Augen waren im Dunkel nicht zu erkennen. Nicht auszuschließen, dass sie bereits vermodert waren.

»Oh«, Baldrinus sah ehrlich überrascht aus. »Dafür ist er ausgesucht höflich.«

Der Ghul brachte einen unartikulierten Laut hervor, der wie das Schmatzen von Schuhsohlen auf einem schlammigen Boden klang. Ich meinte, Hunger darin zu hören. Die Faust um mein Silbermesser spannte sich. Grebert machte jedoch keine Anstalten aufzustehen, vielleicht war er dazu gar nicht mehr im Stande.

»Was willst du eigentlich von ihm?«, die Frage drängte sich geradezu auf.

»Ich hab ihn nur gefragt, wo es hier aus dem Wald geht«, erklärte Baldrinus.

»Und?« Ich wusste nicht, was ich mir von einem Gespräch mit einem Untoten erhoffte, aber Baldrinus musste schon lange mit ihm geplaudert haben. Es hatte sich zumindest so angehört.

»Er weiß es auch nicht. Er meint, er würde hier schon seit etwa vierhundert Sommern festsitzen. Ich hab erst geglaubt, er übertreibt etwas. Jedenfalls kann er den Friedhof nicht verlassen. Aber er träumt von dem Licht, er meint, eines Tages wird er es erreichen.«

»Das weiße Licht, das man im Sterben sieht«, vermutete ich.

»Das hab ich ihn auch gefragt. Grebert glaubt nicht, dass er sterben kann. Er meinte ein Licht, dass er aus dem Sumpf beobachtet hat. Er hofft darauf, dass er dort dem kalten Tod entsteigen und sich an ein warmes Feuer setzen kann«, führte Baldrinus aus.

Es fiel mir schwer, meinen Ohren zu trauen. Dies alles wollte er dem Gurgeln des Ghuls entnommen haben. »He, Grebert, wo ist dein Licht?«, fragte ich. Zu verlieren gab es nicht.

Der Untote hob seinen halb skelettierten Zeigefinger und zeigte in den Wald, wobei er aufgeregt gurgelte.

Nur mit Mühe konnte ich mich von dem Finger losreißen, um in die angezeigte Richtung zu schauen. Wie erwartet, gab es dort nichts zu sehen.

»Sieht aus wie ein Feuer, was meinst du?«, erkundigte sich Baldrinus.

»Ich sehe ni-«

Tatsächlich. Ich musste nur einen Schritt nach rechts tun und da sah ich es. Ein gelbes flackerndes Licht, dass eine seltsame rechteckige Form besaß. »Bei allen Teufeln und Heiligengebeinen.«

»Vielleicht eine Hütte, in der jemand wohnt«, Baldrinus sprach aus, was ich nicht zu hoffen wagte.

Grebert ließ brodelnd den Arm sinken, die verlorene Seele, die in seiner Brust wohnte, ahnte wohl, dass sie diesen Ort niemals erreichen würde. Sein Glaube an Erlösung war allein auf diese Vorstellung zusammengeschrumpft und selbst diese sollte sich nicht erfüllen.

»Lass uns aufbrechen!« Baldrinus klopfte sich die verdreckten Kleider ab. Beschwingt schritt er auf das Licht zu.

»Was ist mit ihm?«, in gewisser Weise hatte Baldrinus für den Ghul dieselbe Verantwortung übernommen, wie ich für ihn. Sie beide waren Gestalten zum Erbarmen.

»Der fällt doch gleich auseinander!«, rief Baldrinus. »Wir dagegen -«, seine Worte gingen in einem lauten Klatschen unter.

»Er hat den Sumpf gefunden«, schlussfolgerte ich.

Es dauerte lange, bis ich eine sichere Position gefunden hatte, um Baldrinus aus dem Morast zu ziehen. Alleine wäre er nicht in der Lage gewesen, sich zu befreien. Beinahe hätte er das Schicksal des Ghuls geteilt.

Ich reinigte meine verdreckten Hände, an einem Baumstamm. Das grobkörnige Gefühl von Matsch hielt sich dennoch zwischen den Fingern.

»Ich bitte dich, das nächste Mal etwas vorsichtiger zu sein«, beschwor ich Baldrinus. »Das hier ist kein Ort, wo man einfach drauf losmarschiert.« Meine Glieder schmerzten von der Tortur.

»Danke«, Baldrinus wirkte ungewöhnlich Ernst, er hatte erneut Todesängste ausgestanden. Zu viel für einen kleinen verlorenen Glücksritter wie ihn.

»Schon gut, komm jetzt«, trieb ich ihn an.

»Was meinst du, wer da wohnt?«, fragte er. Vergeblich versuchte er, den Schlamm aus den Schuhen zu schütteln.

»Wir werden es sehen.« Meine Aufmerksamkeit galt ganz den dunklen Schatten, die uns erneut umgaben.

Bisher verhielten sie sich ruhig. Offenbar waren sie dem Geist des wahnsinnigen Priesters ergeben. Dennoch konnte ihr Anblick einem das Blut in den Adern gefrieren lassen. Deshalb vermied ich es, Baldrinus auf die Schemen hinzuweisen.

Je weiter wir uns von dem Friedhof entfernten, umso weniger Geister beobachteten uns. Sie mochten im Schatten der Bäume auf der Lauer liegen, doch sie kümmerten mich wenig. Wenn ich richtig lag, war ihr Revier auf den Friedhof beschränkt. Lag ich falsch, so konnte ich sie mit dem Silbermesser abwehren. Eine Frage galt es viel dringlicher zu beantworten: Welche Kräfte waren hier am Werke?

»Sieh sich das einer an, eine Hütte«, freute sich Baldrinus über den Anschein von Zivilisation. Meine Skepsis behielt ich für mich. Das Häuschen wirkte notdürftig zusammengezimmert, von jemandem, der wenig handwerkliches Geschick besaß. Für Wände und Dach hatte man einigermaßen gerade Äste verwendet. Die Lücken dazwischen waren mit Lehm und Erde aufgefüllt. Moos und andere Pflanzen hatten sich darin nieder gelassen. Fensterläden gab es nicht. Das Holz roch morsch, so als hielt die Hütte nicht mehr als die bloße Gewohnheit zusammen.

»Du wolltest vorsichtig sein«, erinnerte ich meinen Begleiter, der dabei war ans Fenster zu treten, um einen neugierigen Blick hineinzuwerfen.

»Schon gut, ich bin -«, das Baldrinus schreien konnte wie ein Mädchen, entzog sich meinem Verständnis. Meine Ohren klingelten noch, als ich sah, was ihn erschreckt hatte. Im Fenster war eine gebeugte Gestalt erschienen. Mit schütterem grauen Haar, das wirkte wie Spinnenfäden. Das Feuer, das in der Hütte brannte, setzte ihr runzliges Gesicht auf eine schaurige Weise in Szene. Ihre Hakennase berührte fast die schmalen Lippen. Ihre Augen waren weiß, wie der Morgennebel über einer Wiese. Eigentlich fehlte nur noch die obligatorische Warze auf der Nase, mit einem langen dunklen Haar darauf. In dieser Hinsicht wurde ich enttäuscht.

Ich beliebte zu Scherzen, weil dieser Anblick mich gruselte wie lange nichts ... Habe ich die Lebkuchen erwähnt? Nein? Weil es keine gab, dann hätte ich zumindest gewusst, dass ich träume.

Von dieser Frau ging etwas Diabolisches aus, es schmeckte wie kalte Rache. Als würde man Asche essen und sich an einem Stück glühender Kohle darin den Hals verbrennen. Ihre schneidende Stimme komplettierte das Bild einer Dämonin, die im Wald auf der Lauer lag.

»Reisende, wie schön«, freute sie sich wie über einen Braten, den man ihr ins Haus brachte. »Was ist euer Begehr?«

»Wir suchen nur ein warmes Plätzchen für die Nacht.« Manchmal beneidete ich Baldrinus. Sein Schrecken hatte er gänzlich vergessen. Wie es schien, hätte er sich am liebsten bei der Frau einquartiert.

»Nun denn, kommt herein«, sie humpelte zur Tür, entriegelte sie und schob sie mit einem knarzenden Geräusch auf.

»Baldrinus«, zischte ich, in der Hoffnung ihn zurückhalten zu können. Er befand sich jedoch schon bei der Tür. Vergebens streifte er sich die Schuhsohlen ab. Dabei klatschte der Morast von seinem Hemd auf den Boden der Hütte, der aus demselben Material bestand.

»Zu großzügig«, bedankte er sich.

Seufzend ergab ich mich meinem Schicksal. Gemeinsam betraten wir das Heim der unheimlichen Frau. Es gab nicht viel Platz, sodass ich kurz nach dem Türstock stehen blieb. Das war aber nicht der eigentliche Grund. Auf dem Boden der Hütte brannte ein Feuer. Zwar war es von Steinen eingekesselt, doch diesem verteufelten Element war alles zuzutrauen. Niemals würde ich mich ihm auch nur bis auf eine Armlänge nähern. Im Prasseln der Flammen meinte ich, eine bösartige Stimme zu hören: »Warte nur, wenn ich die Schranken überwinde, komme ich und werde dich zu einem Teil von mir machen.« Ich schauderte.

Baldrinus hingegen schritt neugierig durch die Hütte. Er sah sich um, wie auf einem Marktplatz. Neben einem provisorischen Tisch und Stuhl gab es hier nur einige Tonschalen und Krüge. Nichts von dem fesselte meine

Aufmerksamkeit lange genug, um mich das Feuer vergessen zu lassen.

»Warum so schüchtern?«, fragte die Alte. Sie stützte sich schwer auf einen knorrigen Stock, dessen Handstück bereits stark abgegriffen war. Ihr Rücken beschrieb ein Buckel, der fast so weit aufragte wie ihr Kopf. Sie hüllte sich in eine zerfledderte Stoffrobe. »Angst vor dem Feuer?«, gackerte sie.

»Nein«, log ich. »Aber ich will noch vor der Morgendämmerung wieder aus diesem ver- aus diesem Wald herauskommen.«

»Da wünsche ich dir viel Glück, mein furchtloser Freund«, sie bleckte ihre fauligen Zähne zu einem schadenfrohen Grinsen. »Das hat noch keiner geschafft«, kicherte sie in einem Anflug von Wahnsinn.

»Was soll das bedeuten?« Meine Zehen krampften sich auf der Suche nach Halt in die Schuhsohlen.

»Dieser Wald ist verflucht«, antwortete sie. »Schon seit Jahrhunderten.«

»Das fehlte noch«, erwiderte ich, als sie meine Ahnung bestätigte. Warum passierte so etwas eigentlich immer mir?

»Das klingt ja spannend«, freute sich Baldrinus. »Gibt es auch eine verwunschene Prinzessin, die wir wachküssen müssen?« Es war mir unmöglich zu sagen, ob er das ernst meinte. Jedenfalls brachte er sogar die Hexe aus der Fassung.

»Nein!«, empörte sie sich. »Ihr seid verloren, dies ist euch hoffentlich klar!« Ihr Versuch uns in Angst und Panik zu versetzen schlug fehl.

»Einen Fluch kann man brechen«, widersprach ich. Dieses Wissen hatte ich mir beim Studium von alten Legenden erworben. Es blieb zu hoffen, dass der Wahrheitsgehalt der Geschichten nicht an diesem Punkt endete. »Wie stellen wir das an, gute Frau?« Dem weiblichen Geschlecht zu schmeicheln, war immer eine gute Idee. Aber bei dieser Person würden Komplimente über ihren Liebreiz verdächtig nach Hohn klingen. Bei ihrem Anblick wäre mir auch keines in den Sinn gekommen.

Sie grinste ihr fauliges Lächeln, ob dieser schwachen Schmeichelei. »Es gibt natürlich eine Möglichkeit«, gestand sie. Dabei fasste sie mir mit ihren dürren Fingern um den Oberarm. Wie eine Spinne, die ihre Beute ergriff.

Ich hatte zu sehr mit dem Impuls zu ringen, meinen Arm nicht wegzuziehen, als dass ich hätte nachfragen können, wie das gelingen konnte.

»Dazu müsst ihr ins Zentrum des Waldes gelangen«, erklärte sie, wobei sie mich dankenswerterweise losließ. »Und weiter?«, die Frage drängte sich geradezu auf.

»Wenn ich wüsste, was dort zu tun ist, hätte ich es schon getan«, grinste sie. »Oder denkst du, ich lebe gerne in diesem Wald? Aber für eine alte Frau ist der

Weg zu gefährlich«, ihre Worte mündeten in ein irres Kichern.

»Na dann lass uns aufbrechen!« Beschwingt schritt Baldrinus zur Tür.

»Halt!«, hielt ich ihn auf. »Wo liegt die Mitte des Waldes?«

Die Hexe sah mich aus ihren trüben Augen an. »Wer die Mitte finden will, der wird sie finden. Aber wer ist schon verrückt genug das zu wollen.«

Wir hörten ihr Lachen noch lange, nachdem wir ihre Hütte hinter uns gelassen hatten.

***

Die Nacht und der Wald machten es uns nicht sonderlich einfach. Einen Weg gab es nicht und die Bäume standen oft so dicht, dass sie einer Wand gleich kamen. In mir war erneut der Wunsch erwacht, den Pflanzen nicht zu nahe zu kommen. Baldrinus bemerkte davon kaum etwas, er erzählte unentwegt von seiner Zeit im Kloster, als befänden wir uns bei einem gemütlichen Abendspaziergang. Das Thema war für ihn so präsent, als sei er erst vor kurzem dort ausgebrochen, um dem Schweigegelübde zu entgehen. Ich hörte ihm nicht zu, sondern lauschte an dem Geplapper vorbei in den Wald hinein. Doch er bot keine Geräusche, nicht das Rascheln eines Rehs im Unterholz, noch das Kreischen einer Fledermaus. Nur das Rauschen des

Windes in den Blättern und das Knarren der Bäume erklang. Wie ein trauriges Lied des Waldes, der sich nach dem Leben sehnte.

»Was meinst du?«, fragte Baldrinus.

»Hä?«, erwiderte ich abgelenkt.

»Ich meine, das sieht wie ein behauener Felsquader aus. Ich hatte dich nach deiner Meinung gefragt«, er klang beleidigt.

»Äh, ja, natürlich«, stimmte ich zu.

»Du schaust ja gar nicht her!«, beschwerte sich Baldrinus, wie ein quengelndes Kind.

Seufzend stapfte ich zu ihm zurück. Sein Geplapper war schon kaum zu ertragen, da wollte ich nicht noch sein Genörgel aushalten. Umso mehr stutzte ich, als ich sah, was er meinte. Das war tatsächlich ein bearbeiteter Steinblock und nicht nur einer, sondern viele. Fein säuberlich zu einem Wall verarbeitet. Von ihm waren nicht mehr als die Grundmauern geblieben, aber sie ließen auf seine einstige Größe schließen. Die Mauer verlief sich irgendwo in der Dunkelheit.

»Eine Stadtmauer«, schloss ich von der Verarbeitung der Steinblöcke.

Warum eigentlich auch nicht, über einen Friedhof waren wir bereits gestolpert. Diese lagen für gewöhnlich immer in der Nähe von Städten. »Ein guter Fund, vielleicht kommen wir dem Zentrum des Waldes näher«, mutmaßte ich.

Baldrinus schwoll stolz die Brust.

»Sicher ist man aber nie.«

Er sank etwas ein.

Ich stieg über die hüfthohe Steinwand. Der Pflanzenbewuchs machte es mir nicht sonderlich leicht.

Auf der anderen Seite setzte sich der Wald fort, allerdings wuchsen die Bäume seltsam symmetrisch angeordnet. Mit etwas Phantasie konnte man darin die Straßen eines Dorfes, oder sogar einer Stadt erkennen. Wir stießen alle Meter auf Steinhaufen, die einmal Gebäude gewesen sein mochten. Außerdem fanden wir gebrannte Dachziegeln, verrostetes Werkzeug und allerhand nutzlosen Abfall. All dies deutete auf eine Stadt hin, die einst sehr belebt gewesen sein musste. Die Einwohner waren wohl in Panik geflohen, sonst hätten sie ihre Habe mitgenommen. In mir erwachte ein weiteres Bild von Menschen, die von überlebensgroßen Schatten gepackt und zerrissen wurden. Es schien wie die Erinnerung eines Fremden und nicht nur meiner Phantasie entsprungen. Diese Ahnung von dem was hier passiert sein konnte, drückte mir zusätzlich aufs Gemüt.

Baldrinus entging meine gedrückte Stimmung. Er freute sich wie ein kleines Kind über jede unserer Entdeckungen. Bis zu jenem Zeitpunkt:

»Sieh mal«, rief Baldrinus begeistert. »Das Haus kann man sogar noch betreten. Ich werde mal- Oh.« Er wich aus dem Hauseingang zurück. Ein blitzender Speer wurde aus dem Dunkel auf ihn gerichtet.

»Stehengeblieben«, befahl eine harte Stimme.

Da Baldrinus sich nicht dran hielt, folgte ihm der Speerträger. Ein behelmter Soldat in Kettenhemd trat in den Mondschein. Der Überwurf zeigte, selbst in diesem Licht erkennbar, das Schwarz und Gelb des Kaiserreichs. Hinter ihm kam ein weiterer Soldat mit der gleichen Bewaffnung aus der überwucherten Ruine.

»Schon gut, wir suchen keinen Ärger«, versuchte ich zu beschwichtigen.

»Dennoch habt ihr ihn gefunden«, erklärte einer der Soldaten mit Speer im Anschlag.

Die zwei wären für mich kein Problem. Aber die beiden waren vermutlich nicht alleine in dem Haus. Wenn der Kampflärm noch mehr Gardisten hervorlockte, gab es keine Hoffnung auf den Sieg. Zumal sie mit den langstieligen Waffen einen nicht zu unterschätzenden Vorteil hatten.

Bevor ich deeskalierend auf sie einreden konnte, packte Baldrinus den Speer, der auf ihn gerichtet wurde und zog den Soldaten zu sich heran. Der Infanterist verlor den festen Stand, stolperte auf Baldrinus Schulter zu, und bekam diese so hart gegen das Kinn, dass es ihn zu Boden warf. Den Speer des Soldaten in der Hand, blickte der sonst so geschwätzige Baldrinus sprachlos auf den Bewusstlosen hinab, als könne er nicht glauben, was er vollbracht hatte. Es kam einem Wunder gleich, dass er mit der Waffe die Metallspitze abfing, die gegen sein Herz geführt wurde. Einem weiteren Angriff des zweiten Soldaten, wäre er nicht gewachsen. Ein Grund für mich, in den ungleichen Kampf einzuschreiten, bevor der Infanterist meinen arglosen Begleiter aufspießen konnte. Mit dem Paradeschwert warf ich den Speer aus der Bahn. Ein kurzer Sprung und ich war bei dem Gardisten. Sein Kettenhemd schützte ihn wenig vor dem Knie, das ich ihm in die Magengrube rammte. Keuchend knickte er ein. Mit einem Schlag ins Genick verflüchtigte sich sein Bewusstsein. Ich ließ ihn an mir hinabgleiten, damit er sich bei dem Sturz nicht zusätzlich verletzte.

Wie ich befürchtet hatte, befanden sich in dem Haus noch weitere Soldaten. Von dem Lärm aufgeschreckt stürmten sie nach draußen. Den Ersten überrumpelte ich mit dem Paradeschwert, welches ich ihm so heftig gegen den Helm schlug, dass er niedergeworfen wurde. Acht weitere Gardisten nutzten diese Gelegenheit, um uns einzukreisen.

»Kommt nur!«, spie ihnen Baldrinus angriffslustig entgegen. Er drosch den Speer gegen jede Metallspitze, die ihm zu nahe kam. »Ihr werdet uns nicht lebend bekommen!«

Es blieb an mir, das einzig Richtige zu tun. Ich ließ mein Schwert fallen und beendete mit einem Handkantenschlag in Baldrinus Nacken, dessen Widerstand. »Wir ergeben uns«, verkündete ich, während ich meinen bewusstlosen Begleiter auffing.

***

Selbst im Schlaf konnte Baldrinus nicht leise sein. Seine Ohnmacht war in einen Schlummer übergegangen, der jeden Baum in Angst und Schrecken versetzen musste, so heftig sägte er. Ich hütete mich davor, ihn zu wecken, denn ich fürchtete mich vor seiner Entrüstung, wenn er erwachen würde. Allerdings war ich auch kaum in der Lage dazu, schließlich saß ich mit gefesselten Händen und Beinen an einen Pfahl gebunden in der Ruine. Gut zwei Meter von Baldrinus entfernt. Er befand sich in einer ähnlich misslichen Lage. Voller Unbehagen beobachtete ich das Feuer vor mir, das ungeschützt auf dem Boden brannte, keine fünf Schritte von mir entfernt. Die Flammen schlugen unentwegt in meine Richtung.

»Jetzt haben wir dich«, knisterten sie. Es beruhigte mich fast, die Soldaten zwischen mir und dem Feuer zu wissen. Bisher hatte ich acht gezählt, es konnten aber noch mehr sein. Das Haus sah so aus, als würde man noch weitere Räume gefahrlos betreten können.

Mit einem Grunzlaut, der jede ferkelnde Sau vor Neid hätte erblassen lassen, erwachte mein geschwätziger Begleiter. Es dauerte nur wenige Lidschläge, da hatte er die Situation erfasst. »Wieso hast du das getan?«, fragte er enttäuscht. »Ich hatte sie genau da, wo ich sie haben wollte.«

Zu mehr als zu einem Seufzen war ich nicht in der Lage.

»Ihr beide seid ein seltsames Gespann«, amüsierte sich ein breitschultriger Mann, der im Gegensatz zu den anderen Soldaten eine Plattenrüstung trug. Sie wies ihn als Befehlshaber aus. Sein zerfledderter Umhang war in den Farben des Kaiserreichs gehalten. Der Hauptmann wirkte recht mitgenommen und roch auch so. Wahrscheinlich trug er die Rüstung seit einigen Tagen. »Es fällt mir schwer, zu glauben, dass ihr zu der Bande gehört, die hier ihr Unwesen treibt. Was macht ihr hier?« Er hielt mein Paradeschwert in der Hand, die stumpfe Klinge hatte ihn vermutlich auf diesen Gedanken gebracht.

»Eigentlich sind wir hier, um genau diese Bande aufzuspüren und festzunehmen«, berichtete ich.

Ich erntete ein Lachen, das jedoch sehr freudlos ausfiel.

»Der Fürst des Landes hat eine recht hohe Belohnung für diejenigen ausgesetzt, die diese Verbrecherbande aufmischen«, bekräftigte ich.

»Und da habt ihr euch gedacht, wir stapfen mal in den Wald und machen das klar«, spottete der Hauptmann.

»Ich wusste, dass mein Vater Männer schicken würde«, ein Jungspund, dem die mangelnde Erfahrung auf dem Feld deutlich anzusehen war, trat neben den Soldaten. Seine Schultern waren schmal, die Arme dünn. Wäre ich eine Frau, hätte ich dem blondgelockten

Jüngling die Brust gegeben. Mir war sofort klar, um wenn es sich handelte. Das war der Sohn des Fürsten, Pirmin der Neunte.

»Ich hoffe nur, er hat noch mehr Männer geschickt. Bessere als diese dort.« Er rümpfte die Nase, als würde von uns ein ekliger Geruch ausgehen.

»Ja, da sind ganz wackere Gesellen dabei, die viel gefährlicher sind als wir«, stellte ich in Aussicht, der Satz troff vor Ironie.

»Ich verbitte mir ...«, der Hauptmann brach ab und ließ die Schultern hängen.

»Ihr wisst bereits, dass es aus diesem Wald kein Entkommen gibt«, deutete ich seinen Blick.

»Fürst Pirmin hat uns mit seinem Sohn ausgeschickt dem Treiben, der Mörderbande ein Ende zu bereiten. Nun sitzen wir hier schon einige Tage fest«, erklärte der Hauptmann kraftlos.

»Es sind sieben«, ergänzte der Jüngling.

»Wie dem auch sei. Immer wenn wir uns dem Waldrand nähern müssten, eröffnet sich vor uns wieder ein neues Stück Wald. So, als würden wir unentwegt im Kreis laufen«, berichtete der Hauptmann. »Von meinen Männern ist nur noch die Hälfte übrig. Sie verschwinden in den Schatten und oft finden wir sie Tage später hoch oben in den Bäumen hängend.«

»Das hier scheint bisher der sicherste Ort zu sein, zumindest verlieren wir hier keine Männer mehr«, erklärte der Fürstensohn.

Ich wunderte mich darüber, dass die beiden, so offen zu uns waren. Entweder hielten sie uns für ungefährlich, oder sie waren dankbar, sich endlich jemandem mitteilen zu können, der noch nicht lange im Wald festsaß. Ein schwacher Kontakt zur Außenwelt.

»Ich kann nicht verstehen, dass Euer Vater nicht versucht, Euch zu retten«, grollte Baldrinus.

»Seit unser Land an das verdammte ... an das Kaiserreich gefallen ist, verfügt Fürst Pirmin der Achte über nur noch wenige Soldaten. Mit uns hat er seine ganze Kompanie von fünfzig Infanteristen in den Wald geschickt, um dem Treiben hier Einhalt zu gebieten«, berichtete der Hauptmann.

»Und ihr seid die einzigen Soldaten im ganzen Fürstentum?«, fragte ich skeptisch. Ich erinnerte mich lebhaft an die als Wilderer verkleideten Krieger.

»Mein Vater verfügt noch über etwa zwanzig Leibwächter.« Der Fürstensohn schien jegliche Hoffnung auf Rettung aufgegeben zu haben. Er setzte sich niedergeschlagen an das Feuer.

»Vielleicht sind wir ihnen begegnet«, überlegte Baldrinus laut. Am liebsten hätte ich ihn dafür geschlagen.

»Was meinst du?«, der Adelsspross blickte überrascht auf.

»Das tut jetzt nichts zur Sache«, tat ich ab. »Sie sind zu weit weg, als dass sie uns helfen könnten.« Etwas riet mir dazu, das alte abgebrochene Rasiermesser aus meiner Armschiene zu fummeln. Ich konnte Baldrinus nicht das Wort verbieten, ohne mich verdächtig zu machen, und er würde seinen Mund nicht halten können.

»Sie sind sehr weit weg«, gluckste der Zögling von Mönchen.

»Was soll das heißen, Mann?!«, fragte der Hauptmann, mit seinem versöhnlichen Tonfall war es vorbei.

»Nun wir haben sie -«

»Baldrinus!«, rief ich. Konnte er, oder wollte er nicht verstehen? So dumm war doch keiner.

Die rostige Klinge in meinen Händen fraß sich nur langsam, zu langsam, durch die dicken Seile. Der heftige Tritt des Hauptmanns traf mich gänzlich unvorbereitet in die Seite, um ein Haar hätte ich das Rasiermesser fallen gelassen.

»Du schweigst!«, befahl der Hauptmann, wobei er mich durchdringend ansah. Darauf wandte er sich Baldrinus zu. »Und du sprichst!«

Nun verstand scheinbar auch Baldrinus. Er befand sich in einer sehr unguten Position, um dem Hauptmann zu berichten, dass er an der Abschlachtung der Männer des Fürsten beteiligt gewesen war. Zumindest schwieg er jetzt. Ein Windstoß brachte das Feuer in der Mitte des Raumes zum Flackern, es schien kühler zu werden. Der Hauptmann fröstelte sichtlich. Er sah sich erstaunt nach dem Lagerfeuer um.

Da rissen meine Fesseln. In dem Moment hörte ich eine vertraute Stimme: »Na, na, na, Ihr eifrigen Männer mit solchen langen Stangen.«

Erschrocken, verzaubert und entrückt ließ ich mich zurück gegen die Wand sinken. Das konnte nicht sein, nicht sie, nicht jetzt, nicht hier.

Über den glockengleichen Klang vergaß der Hauptmann die Befragung und schritt zum Eingang des verfallenen Hauses.

»Das ist sie«, freute sich Baldrinus. »Sie wird uns retten.«

»Das fürchte ich auch«, resignierte ich für einen Lidschlag. Nicht nur der Hauptmann und seine Männer schritten zur Tür um zu sehen, wer sich zu ihnen verirrt hatte, sondern auch der Grünschnabel. Mit Baldrinus alleine in der Ruine nutzte ich die Gelegenheit, um die Fesseln an meinen Beinen ebenfalls zu durchtrennen. Meine Waffen lagen unweit des Lagerfeuers, auch diese zog ich heran und verbarg sie hinter meinem Rücken. Nicht einmal Baldrinus fiel auf was ich tat, so stark wirkte die Macht von Mailien. Ich hörte sie draußen lachen und erzählen. Was sie sagte, verstand ich nicht, aber allein die Andeutung des Klangs ihrer Stimme brachte mein Herz dazu lauter zu schlagen. Meine Gedanken verloren sich in einem tiefen Nebel. Für einen Moment fühlte ich mich schwerelos und glücklich, so wie es die Barden in ihren Liedern besangen. Ich wünschte mir, ein Poet zu sein, um in Worte zu fassen, was ich... Da traf es mich wie ein Faustschlag in den Magen. Niemals hatte ich solche Gefühle erlebt, sie gehörten nicht zu mir. Ich stürzte hart aus der Dunstwolke, in die Gegenwart des vermaledeiten Feuers. Die züngelnden Flammen schlugen in meine Richtung. In dieser Gefühlswelt war ich zuhause, Angst vor dem Feuer und in einer brenzligen Situation.

»Das ist aber nett von euch, ich muss zugeben, mir ist doch ganz schön kalt geworden«, hörte ich Mailien säuseln. Da trat sie in den Raum, umgeben von den Soldaten, selbst Baldrinus konnte von dieser Schönheit nicht die Augen lassen. Der einzige der sich aus ihrem Bann befreit hatte, war ich. Weil die anderen nichts von ihrem Zauber wussten, erlagen sie diesem ohne Gegenwehr. Mailien ließ sich bereitwillig zu trinken und zu essen reichen.

»Wo kommst du Schönheit denn her?«, erkundigte sich der Hauptmann, seine Augen glänzten wie ein zugefrorener See im Winter. Um seinen Verstand mochte es ähnlich bestellt sein.

»Ich komme von dort«, sie wies zu Tür.

Die Männer um sie herum lachten.

Ihr Blick fiel für einem Moment auf mich. Auch wenn sie die Verführerin mimte, so wirkte sie nicht glücklich dabei. Ihre Augen blieben freudlos, fast traurig zu nennen. Vielleicht war dies aber auch ein weiterer Versuch, mich in ihren Bann zu schlagen. Ich riss mich von ihr los. Als sie sich ihren Verehrern zuwandte, nutzte ich die Gelegenheit, sprang auf und schritt zur Tür hinaus, niemand versuchte mich aufzuhalten. Ich glaube, dass mich keiner bemerkt hatte.

Erst unter dem freien Nachthimmel klarte mein Verstand endgültig auf. Hier konnte ich mich Mailien und dem Feuer entziehen. Da fiel mir ihr Begleiter ein, der sich nicht bei ihr befunden hatte. Alarmiert hob ich das Paradeschwert, um meinen Hals zu schützen. Funken sprühten, als die stumpfe Klinge eine andere abfälschte, die aus dem Hinterhalt gegen meine Kehle geführt wurde. Ich stieß den rechten Ellenbogen zurück und traf ihn in die Magengrube. Dies schloss ich aus dem Stöhnen, welches daraufhin erklang. Ich befreite mich und stand Schatten gegenüber, zumindest glaubte ich, dass er es war. Sein Gesicht entzog sich noch immer meinem Gedächtnis. Er schien sich jedoch auch nicht an mich zu erinnern, denn er ging, ohne zu zögern, auf mich los. Unbeholfen stolperte ich vor dem Angriff zurück. Mit dem Paradeschwert stellte ich die nötige Distanz zwischen ihm und mir her.

»Ich bin es, Darik«, versuchte ich, mich ihm zu erkennen zu geben. Das hinderte ihn nicht daran auf mich zuzuspringen. Das stumpfe Schwert stieß er mit dem Arm zur Seite. Er wusste, wie ich kämpfte. So kam der Stich von dem Dolch für ihn nicht überraschend. Er wehrte die unmotivierte Attacke ab, indem er meinen Ellenbogen mit seinem Unterarm auffing. Er warf mich zu Boden und stach sogleich mit dem Messer nach mir.

Es war Zufall, dass ich der Klinge entkam, die gegen meinen Hals gerichtet war. Ich blickte in seine kalten Augen. »Ich weiß, wer du bist«, knurrte er, als er sich über mich kniete und mich zu Boden zwang.

Er wollte mich tatsächlich töten. In der unglücklichen Position konnte ich kaum Kraft aufwenden, um ihm zu entkommen. Schatten grinste hämisch. »Jetzt bist du nicht mehr so stark, was?«

Ich sah, wie er die Klinge hob, sie funkelte im Mondlicht. Mit einem verzweifelten Ruck entwand ich mich seinem Griff und packte ihn am Hals. Dem Messer drehte ich die Schulter entgegen. Auch wenn seinem Waffenarm die Kraft fehlte, tat es weh, als der Stahl in meine Haut fuhr. Sie blieb einige Fingerbreit in der Schulter stecken. Ich riss meinen Arm zurück, dabei entwaffnete ich Schatten. Das Überraschungsmoment nutzend, beförderte ich ihn von mir herunter. Er kam viel schneller auf die Beine als ich. Auf den Knien fing ich seinen Tritt mit dem linken Unterarm ab und stieß ihm den Dolch in den Schenkel. Ich riss meine Waffe aus dem Fleisch. Der Schmerz warf ihn nieder. Er sah wütend zu mir auf. »Was bist du?«, fragte er.

»Ergib dich!«, verlangte ich von ihm.

Er lachte auf. Schon stand er wieder, schlug mir den Dolch aus der Hand und warf sich mir entgegen. Wie ein Rachegeist mit bloßen Händen, um mich zu erwürgen oder das Genick zu brechen. Er hielt abrupt inne, als er die Silberklinge in seinem Bauch spürte. In meiner Verzweiflung hatte ich die kostbare Waffe gezogen und seinem Angriff entgegengehalten. Er selbst hatte sich das Messer in den Leib gerammt. Das Gefühl von warmen Blut auf meiner Haut blieb aus. Ich zog die Silberklinge zurück und musste mit ansehen, wie aus dem Schnitt dunkler Dunst austrat. Schatten und ich betrachteten es ungläubig. Er selbst schien ebenfalls nichts über seine wahre Natur zu wissen. Eines wusste ich jedoch, er war ein Wesen, dass aus der Finsternis geboren wurde, nur diese reagierten auf Silber.

Vergeblich versuchte Schatten, die Wunde mit der Hand zu verschließen. Der Rauch brach zwischen den Fingern hervor. Mit dem Dunst verlor er mehr und mehr an Substanz. Seine Haut zog sich knitternd zusammen, wie altes Pergament.

»Darik, Hilfe!«, er sah mich flehend an. Aus seinen Augen sprach die Angst, das war keine Finte. Er ahnte, was mit ihm geschah, auch wenn er es nicht verstand.

»Ich wollte das nicht, aber ich musste ... Er hat mich ...« In seinem Körper knirschte und knackte es. Mit einem Mal zerfloss er zu Rauchschwaden, die sich über den Boden ergossen und auflösten. Ich hatte schon vieles gesehen, aber selten so etwas Verstörendes. Die Wesen der Nacht waren gerissen, mir war jedoch noch keines begegnet, das nicht um seine Natur wusste. Das warf ein völlig neues Licht auf Mailien. Was wäre, wenn es sich bei ihr um eine Hexe handelte, deren finsteren Leibwächter ich gerade bezwungen hatte? Ich sammelte meine Waffen auf. Zumindest würde dies ihre Kräfte erklären, jeden Mann nach ihrem Willen lenken zu können. Für einen Moment zögerte ich. Eigentlich galt es den Weg in die Mitte der Stadt fortzusetzen. Andererseits behagte es mir gar nicht, jemanden wie Mailien hinter mir zu wissen, was auch immer sie war. Doch um sie zur Rede zu stellen, war dies der falsche Ort und der falsche Zeitpunkt.

Die Entscheidung sollte mir abgenommen werden. Denn aus dem Schatten der verfallenen Stadt lösten sich einige zwielichtige Gestalten. Ich erkannte sie als die Söldner, die sich am Abend von uns abgesetzt hatten. Eine Bande wüster Schläger, deren Sinn nur nach dem eigenen Profit stand.

»Haben wir dich Mörder«, ereiferte sich ihr Anführer. Sie glaubten, mich alleine anzutreffen, sonst hätte ich schon längst einen Armbrustbolzen im Leib. Aber die Geschosse waren teuer. »Sag uns, wo die anderen sind, oder ich ramm dir das gute Stück Stahl in den Wanst.« Um seine Worte zu bekräftigen, hielt er mir sein schartiges Schwert unter die Nase.

»Ich bin keiner von den Mördern, erinnerst du dich, wir sind zusammen zum Wald aufgebrochen«, ich versuchte, einen herablassenden Tonfall zu vermeiden, auch wenn es mir schwerfiel.

Er musterte mich. »Du warst der Kerl bei dem üppigen Weib«, fiel es ihm ein.

Ich nickte.

»Gut, schlagt ihm den Kopf ab!«

Ich wich zurück, wobei ich mein Schwert hob und nach dem Dolch griff. Allerdings kam keiner der Aufforderung nach.

»Warum sollten wir das tun?«, fragte einer seiner Spießgesellen. Sie schienen untereinander keine echte Hierarchie zu haben. Viele eigenwillige Geister unter einem Ziel vereint.

»Weil es hier keine Mörder gibt«, erklärte der breitschultrige Kerl. »In diesem Wald gibt es gar nichts. Wenn wir dem Fürsten seinen Kopf bringen, können wir sagen, dass er für die Morde verantwortlich ist und abkassieren.«

Das schien die Meisten zu überzeugen. Sie bleckten ihre Zähne zu einem fiesen Grinsen.

»Ich würde gerne noch ein paar letzte Worte sagen, dann könnt ihr meinen Kopf haben. Aus diesem verfluchten Wald gibt es ohnehin kein Entrinnen«, bot ich an.

»Was soll das bedeuten?«, fragte ein hagerer Kerl, dem ein beträchtliches Stück von seinem rechten Ohr fehlte.

»Habt ihr euch nicht gewundert, dass ihr bei eurer Suche nicht ein einziges Mal an einen Waldrand gekommen seid?«, erkundigte ich mich.

»Flanto, was redet der da?«, fragte der halbohrige Kerl, er wirkte verunsichert. Seine Gefühlslage griff wie ein Lauffeuer um sich.

»Ihr seid nicht dumm, ihr habt es bemerkt. Hier gibt es nichts, nicht einen Vogel, noch ein anderes Tier, nicht einmal Insekten«, schürte ich ihre Verunsicherung. Ein seltsames Gefühl wenn eine Gruppe gestandener Männer gleichzeitig erschauderte. »Ich bin mittlerweile sicher, dass über dem Wald ein Fluch liegt.«

»Was du dir alles einfallen lässt, um deine armselige Haut zu retten«, lachte Flanto.

»Aber was ist, wenn er recht hat«, wandte Halbohr ein. Seine Stimme bebte und das Schwert in seiner Hand zitterte. Die Männer hinter ihm nickten einheilig.

»Also gut«, knickte Flanto ein. »Was ist nötig, um deinen *Fluch* zu brechen?«

»Das weiß ich nicht«, gestand ich. »Aber es muss in der Mitte dieser Stadt zu finden sein.«

»Woher weißt du das?«, stellte er eine sehr berechtigte Frage.

»Es ist immer in der Mitte«, erwiderte ich. Dass ich diese Information von einer alten Hexe erhalten hatte, behielt ich für mich, das hätte die Gesichte nur zusätzlich unglaubwürdig erscheinen lassen. »Ich schlage vor, ihr brecht schnell auf.« Es ging mir vor allem darum sie dazu zu bringen, diesen Ort zu verlassen. Was geschah, wenn sie mit den Soldaten zusammentrafen, konnte ich mir gut vorstellen. Mailien lenkte die Infanteristen vortrefflich ab, aber irgendwann musste sie ihr Gefolge dazu benutzen, sie sicher aus dem Wald zu eskortieren. Spätestens dann würden sie vor das Haus treten.

»Zeig uns den Weg«, verlangte Flanto, er fuchtelte immer noch mit dem Schwert vor meiner Nase herum.

Es blieb mir keine Wahl, wenn sie den Platz verlassen sollten, musste ich mit ihnen gehen. Alles andere würden sie für eine Finte halten. Sie mochten zwar einfach gestrickt sein aber nicht dumm.

Tatsächlich gelang es mir, sie von dem Haus wegzuführen, ohne dass wir von den Soldaten entdeckt wurden. Zu Sicherheit schlug ich ein paar Haken. Aber nicht zu viele, denn das wäre den Männern bitter aufgestoßen.

Sie waren vortrefflich bewaffnet und sie alle hatten Kampferfahrung, wobei sie vermutlich bestens in den schmutzigsten Tricks geschult waren. Eine bessere Mannschaft hätte ich mir nicht wünschen können, um den Ursprung des Fluchs zu bekämpfen.

In den Geschichten in meinem Märchenbuch war oft von irgendwelchen fluchbeladenen Menschen oder Gegenständen die Rede. Die Artefakte zerstörte und die Menschen erlöste man. Ich hoffte, dass es so einfach werden würde, wie dort geschildert.

Die eingefallenen Häuser verschwanden. Für einen Moment glaubte ich, wir würden die Stadt verlassen. Zwischen dem dichten Moos und den Bäumen, die traurig ihre Äste hängen ließen, erkannte ich Steinwege, die sich zu einer Gartenanlage anordneten. Keine Mauer trennte diese von der restlichen Stadt. Für gewöhnlich zog der Adel eine solche Grenze. Was war das für eine Stadt gewesen, die einen Park nicht den Blaublütigen vorbehielt?

Ein Schrei gellte durch die Nacht.

»Kotar, reiß dich gefälligst zusammen«, fuhr Flanto den Kerl an, den ich Halbohr getauft hatte. »Das ist eine Statue.«

»Aber eine entsetzliche«, beschwerte sich der furchtsame Jäger.

»Sieht aus wie ein Aristokrat«, überlegte Flanto. Womit er nicht unrecht hatte. Tatsächlich stand vor uns eine Steinskulptur, die so gut erhalten war, dass sie fast lebendig wirkte. Nicht einmal der Efeu, der zuerst von allem Besitz ergriff, hatte sich daran hochgearbeitet. Der dargestellte Mann hatte die Arme hinter dem Rücken verschränkt und sich leicht nach vorne gebeugt. So als würde er unsere kleine Gruppe beurteilen, wie das Vieh auf einem Markt. Sein diabolisches Lächeln passte ausgezeichnet dazu. Durch sein dichtes Haar stießen spitze Hörner.

»Wieso sollte jemand so eine Statue aufstellen?«, fragte Halbohr.

»Irgendein Spinner hatte vielleicht Gefallen daran einen Farudähen zu verehren«, erwiderte Flanto. »Die sind oft zugänglicher als die Götter.«

Es dauerte einen Moment, doch dann erkannte ich die Darstellung, es handelte sich um Fürst Garvuin, den

Seelenhändler. Wenn man seine Seele verkaufen wollte, so wandte man sich an ihn. Zwar war er einer der niederen Fürsten der Unterwelt, aber einer, der für jeden gleichermaßen zu sprechen war. Ich kannte seine Darstellung aus Büchern. Mir erschloss sich jedoch kein Grund, warum man ihm eine Statue errichten sollte.

Für einen Moment fühlte es sich so an, als würde uns jemand aus den Schatten beobachten. Dass dieses Gefühl mich nicht täuschte, konnte ich nur mit solcher Sicherheit sagen, weil ich gleich darauf eine Bewegung zwischen den Bäumen ausmachte.

»Irgendwer ist dort«, flüsterte ich Flanto zu.

»Wo!«, erschrak Halbohr. Mit beiden Händen klammerte er sich an sein Schwert. Seine Kumpane gingen in Stellung. Stille legte sich über die Gruppe, sodass jeder die klagende Stimme hörte: »Ich bin es ihm schuldig«, drang sie an unser aller Ohren.

Das Rascheln von Laub brandete auf, als würde ein Sturm durch die Bäume fegen. Ich spürte nicht das geringste Lüftchen. Schreie erklangen. Ich wirbelte herum und erstarrte. Es sah so aus, als wären Büsche und Bäume zum Leben erwacht. Mit ruckartigen Bewegungen kamen sie auf unsere Gruppe zu. Bei jedem Schritt gruben sich ihre Wurzeln in den Boden. Nur um sich gleich darauf wieder zu lösen. Ihre Äste bildeten mit ihren Zweigen lange Fangarme, die entfernt an Hände erinnerten. Die wenigen Söldner mit Schusswaffen schickten Armbrustbolzen gegen die absonderlichen Kreaturen. Die Geschosse fuhren tief in die Stämme, doch die Wesen kümmerte es nicht. Sie schlugen nach den entsetzten Männern, von denen sich kaum einer ernsthaft wehrte, zu groß war ihr Schrecken. Einige gingen zu Boden, andere wurden am Hals gepackt und hoch in den Nachthimmel gehoben. Vergeblich hieben sie mit ihren Schwertern auf die Äste ein. Andere hatten ihre Waffen fallen gelassen und versuchten sich mit bloßen Händen zu befreien. Doch keiner entkam diesem tödlichen Griff. Als ihr Leben erstarb, rührten sich auch die Baumwesen nicht mehr. Sie hielten ihre Opfer weit in den Himmel gereckt.

Wie Halbohr entschied ich mich, mein Heil in der Flucht zu suchen. Als ich mich von dem grässlichen Schauspiel losriss und davonstürmen wollte, geriet ich in die Fänge eines dieser Wesen. Auch wenn es sie nicht wirklich gab, so sah ich sie dennoch: Dunkle Augen auf dem Stamm des Baumwesens, die mich interessiert anfunkelten. Ein Ast packte meinen Hals, um mich zu erwürgen. Ich verlor den Boden unter den Füßen. Der Baum blickte mich weiter neugierig an. Da ich keine Luft zum Atmen benötigte, verließ mich die Angst. Schließlich war ich bereits tot und ein Entkommen gab es nicht, warum sollte ich mich fürchten? Ich wehrte mich nicht, sondern blickte weiter in die Augen auf dem Stamm, die keinerlei Physis besaßen. Plötzlich setzte mich der Baum ab. Die glühenden Augen verloschen und der Baum verharrte in seiner demütigen Pose vor mir. Es erschien so, als wäre er bereits Jahrzehnte in dieser Position herangewachsen.

Auf dem Platz standen nach dem Angriff etwa zehn Bäume, sie alle trugen die toten Leiber der Jäger. Unter ihnen auch Flanto. Er hatte sich wohl heftig gewehrt, sodass der Baumdämon seinen Hals nicht richtig zu packen bekommen hatte. Die Zweige hatten seinen Kopf durchstoßen und hielten ihn auf diese grausame Weise fest, sein Hals wurde immer länger.

Warum hatte man mich verschont? Das war in dieser Nacht bereits das zweite Mal. Die Geister hatten meine Seele verwirrt. Vielleicht ging es auch bei den Baumdämonen um eben jene.

»Flieh«, sprach eine eindringliche Stimme. Sie hätte wohlklingend sein können, doch Gram und Angst verzerrten sie. Mir jagte ein kalter Schauer den Rücken hinunter und wieder hinauf. »Ich erlaube dir, den Wald zu verlassen, verschwinde!«

»Wer bist du?« Vergeblich sah ich mich um. Es war jedoch nicht möglich, die Stimme genau zu verorten. Sie schien aus allen Richtungen gleichzeitig an meine Ohren zu dringen, wobei sie kaum etwas Menschliches besaß.

»Ich kann mein Angebot nicht lange aufrechterhalten. Wenn sie erkennt, was du bist, gibt es kein Entrinnen mehr!«

»Ich will wissen, was hier vor sich geht?«, meine Frage verhallte unbeantwortet. Die Anspannung fiel von mir ab, ich spürte, dass ich alleine war.

Was hättest du in solch einer Situation getan, natürlich ergriff ich die Flucht. Die drängende Stimme hallte noch lange in meinen Ohren nach. Sie hatte geklungen, als würde sie sich ernsthaft um mich sorgen. Bestand für mich eine weitere Gefahr, die ich noch nicht einmal erahnte?

Auch wenn ich mich für den Gedanken hasste, so war es wohl das Beste dieses verfluchte Gehölz nieder zu brennen. Wenn das den Fluch nicht brechen würde, so musste der Hain auf diese Weise zumindest sein Geheimnis preisgeben.

Bei dem Versuch, den Wald zu verlassen, kam ich jedoch nicht weit. Ich kam nicht einmal aus der verfallenen Stadt.

Vor mir huschte ein gebückter Schatten vorbei. Meine Neugier obsiegte, über den Wunsch aus dem Wald zu entkommen. Ich setzte ihm nach, als ich ihn zu fassen bekam, rammte ich ihn gegen eine Hauswand.

»Halbohr«, stutzte ich, als ich erkannte, wer mir da in die Arme gelaufen war. Er blickte mich mit weit aufgerissenen Augen an, als würde er mich nicht erkennen.

Blut! Überall! Meine Finger glänzten von dem dunklen Lebenssaft, der Halbohr aus einer Wunde in der Brust sprudelte. »Kotar, wer war das?«

Seine Lebenskraft versiegte, er verdrehte die Augen. Ich rüttelte heftig an seinen Schultern. »Sag mir, wer das war!«

»Ein Dämon«, flüsterte er in den letzten Atemzug. »Lass nicht zu, dass er meine Seele bekommt ...« Seine Glieder erschlafften und sein Kopf fiel zurück. Behutsam ließ ich den Toten an der Hauswand hinabgleiten. Was sollte das bedeuten? Es klang wie das wirre Gerede eines Sterbenden, doch der Ausdruck in seinen Augen passte nicht dazu. Gedankenverloren reinigte ich meine besudelten Hände an dem groben Leinenhemd von Halbohr.

Schlimme Dinge passieren, wollte ich mich herausreden. Doch mein Gewissen mahnte mich zu bleiben, um diesem Spuk ein Ende zu bereiten. Damals ahnte ich nur, was ich heute weiß, dass dies eines meiner größten Abenteuer werden würde. Wenn man in solch einer Situation steckt, möchte man ihr eigentlich nur entfliehen. Ich wägte noch das Für und Wider ab, als ich Stimmen vernahm, die durch das Dunkel der Nacht halten. Es klang wie das unbeholfene Gebrabbel von Männern, die einer Frau Avancen zu machen versuchten, ohne jemals mit irgendwelcher Lyrik in Kontakt gekommen zu sein. So hörte ich Sätze wie: »Dein Angesicht ist so faszinierend wie das Gewimmel auf einem Ameisenhaufen«, oder: »Dein Körper ist so stramm wie der einer Milchkuh.«

Mailien kicherte dabei wie ein verliebtes Mädchen. Ich dagegen wünschte mir zum ersten Mal kotzen zu können. Bisher war mir das nur einmal gelungen und keine Erfahrung, die ich bis dato wiederholen wollte. Doch nun hätte ich es als angemessen empfunden.

»Bist du dir wirklich sicher?«, fragte die bezaubernde Frau.

»Ganz sicher, meine Schöne«, erwiderte Baldrinus. »Wenn es für uns ein Entkommen gibt, dann nur in der Mitte des Waldes. Dort werden wir den Fluch brechen, der auf alldem liegt.«

Sie liefen in eine Falle, vor der nur ich sie warnen konnte. Aber warum sollte ich das tun, es war doch sicherer den Wald einfach in Flammen ... Als hätte ich jemals eine solche Gräueltat begangen.

Ich stellte mich ihnen in den Weg. Natürlich wurden mir abermals die blitzenden Speere unter die Nase gehalten. »Ihr lauft direkt in euer Verderben«, erklärte ich.

Mailien erblickte mich, ihre Miene hellte sich auf. »Ich wusste, dass unsere Wege sich wieder treffen würden.«

Der Hauptmann schob sich zwischen uns. »Was willst du uns damit sagen, Dieb!«

Mit solch einer harmlosen Beleidigung konnte man mich nicht aus der Reserve locken. »Vor uns lauern ...«, es fiel mir nichts Besseres ein: »Walddämonen.«

»*Walddämonen?*«, lachte der Hauptmann. »Hört euch den Spinner an.« Er klang dabei wie ein verliebter Tor, der einen Nebenbuhler ausstechen wollte.

»Wenn ihr mir nicht glaubt, bitte«, ich trat einen Schritt zur Seite. »Aber vergesst nicht, wo wir uns befinden: In einem Wald, den keiner verlassen kann«, rief ich ihm ins Gedächtnis.

Mailien legte dem Hauptmann eine Hand auf die Schulter. »Ich glaube ihm«, erklärte sie. Mein Herz tat einen Sprung. Ich schallt mich innerlich dafür, mich abermals auf ihren Zauber einzulassen.

»Aber sag, was sollen wir tun? Wenn wir ihm«, sie deutete auf Baldrinus, »glauben, dann müssen wir in die Mitte des Waldes.«

»Wir sollten einen Umweg machen, vielleicht besetzen sie nur ein kleines Gebiet und ...«, ich konnte nicht glauben, was ich jetzt sagte: »Es wäre gut, einige Fackeln dabei zu haben. Vielleicht meiden sie das Feuer.«

»Männer, macht euch an die Arbeit«, verlangte Mailien.

»Ja, ihr habt es gehört«, bekräftigte Fürst Pirmin der Neunte. Er selbst rührte natürlich keinen Finger.

Grummelnd kamen die Männer dem Befehl nach. Ich selbst beteiligte mich ebenso wenig an der Barbarei, Äste zu brechen, sie mit Öllappen zu umwickeln und in Brand zu stecken. Stattdessen behielt ich die Umgebung im Auge, immer darauf bedacht, Mailien aus dem Weg zu gehen. Selbstverständlich fiel ihr das auf. Deshalb - wie sollte es auch anders sein - kam sie zu mir.

»Wieso meidest du mich, starker Mann«, säuselte sie.

Diesmal würde ich ihrem Zauber nicht erliegen, das schwor ich mir zumindest.

»Du weißt warum«, kanzelte ich sie ab.

»Seltsam, du bist der einzige Mann, der mir jemals widerstanden hat«, sie strich ihre Haare zu Seite, ihr betörender Duft kam mir dabei entgegen. Sofort stellte ich die Atmung ein.

»Ich bin eben anders«, das war meine Antwort auf alles, was mich betraf.

»Rede nicht so mit ihr«, empörte sich der Fürstenspross, der ihr wie ein Hündchen gefolgt war.

»Wie wäre es, wenn du dich nützlich machst«, Mailiens Vorschlag wurde von ihrer eigentümlichen Macht verstärkt, sodass er bei dem Jungen wie ein Befehl ankam. Hätte sie von ihm verlangt sich von einer Klippe zu stürzen, er hätte es getan.

Ich wartete einen Moment, bis er außer Hörweite war, dann fragte ich mit Nachdruck: »Was ist das für ein Hexenwerk, das du da treibst?«

»Wieso Hexenwerk, die Männer können mir einfach keine Bitte abschlagen.« Ihre Unschuldsmiene verlor nun endgültig ihren Zauber.

»Du weißt genau, was ich meine, das ist nicht normal. Keine Frau, sei sie auch noch so schön, kann in dieser Weise über Männer gebieten«, versetzte ich.

Sie starrte mich für einen Moment an. Vielleicht rang sie mit sich, ob sie in ihrer Rolle bleiben sollte oder nicht. Da brach ihr unschuldiger Gesichtsausdruck, sie blickte gequält und deprimiert drein. »Das ist mein Fluch«, gestand sie. Auch ihre Stimme klang nun anders, nicht mehr nach einem Mädchen, dem man helfen musste, sondern nach einer Frau, die schon viel erlebt hatte. Ich erkannte sogleich ihre Einsamkeit, denn dies war der Grundton meines Lebens.

»Was meinst du?«, fragte ich. Vorsichtig sog ich die Luft ein, um genug in meinen Lungen zu haben, um sprechen zu können.

»Ich bin schon immer so. Ich hab es noch nie verstanden, aber die Männer verfallen mir sofort. Das ist nicht so angenehm, wie es klingt«, sie versuchte ein Lächeln, es misslang.

Ich schwieg.

»Ich wuchs als Straßenkind auf. Ich versuchte, mich unter all dem Dreck zu verstecken. Vor Männern musste ich immer auf der Hut sein, schon damals verfielen sie mir«, sie stockte. »Sie nahmen sich... was sie wollten, erst dann ließen sie mich in Ruhe.«

»Aber du hast gelernt, diese Kraft einzusetzen«, schlussfolgerte ich, irgendwie wollte ich sie von der schmerzhaften Erinnerung abbringen.

»Zuerst wollte ich mich gegen sie verteidigen, ich lernte mich zu wehren«, erzählte sie. »Erst viel später verstand ich, dass die Männer alles taten, was ich von ihnen verlangte. Bis auf eines ...«

»Und was war das?«, fragte ich vorsichtig.

»Wieder verschwinden, sie wollten einfach nicht mehr gehen... Wenn ich nur ein Wort an sie richtete, verließen sie Heim, Frau und Kinder, um mir zu folgen. Deshalb habe ich mich zu diesem Leben entschlossen«, sie sah an sich hinab. »Bei diesen riskanten Unternehmungen wurde ich sie auf andere Weise los«, Gram lag in ihrer Stimme. »Aber was hätte ich machen sollen?«, versuchte sie, sich gegen ihre Gewissensbisse zu verteidigen. »Ich konnte mich doch nicht schweigend zurückziehen ... oder gar mein Leben ...«

Ich verstand sie nur zu gut. »In der Gegenwart meines neuen Begleiters ...«, sie schien seinen Namen in den untiefen ihres Gedächtnisses zu suchen und gab auf, »... nahm es etwas ab. Aber auch ihn hat der Wald geholt.«

»Wer waren deine Eltern?« Für gewöhnlich fand man dort den Ursprung seiner Probleme, beziehungsweise seines Erbes.

»Ich weiß es nicht. Ich bin auf der Straße groß geworden. Ich erinnere mich noch an eine junge Frau, sie war aber sicher nicht meine Mutter sie ...«, abermals stockte sie, die Erinnerung schmerzte Mailien sichtlich. »Sie war meine einzige Freundin, sie hat versucht, mich zu beschützen, als das erste Mal die Männer auf mich aufmerksam wurden. Das war ihr Ende ...«

Auch ich wusste nichts von meinem Vater, in ihm lag vermutlich der Ursprung meiner Andersartigkeit. Niemals hätte ich damit gerechnet, in Mailien einen verwandten Geist zu treffen.

»Weißt du, wie das ist, wenn man einsam ist, selbst wenn man sich immer in Gesellschaft befindet, die alles für einen tun würde? Mein ganzes Leben verachteten mich die Frauen und vergötterten mich die Männer, aber was ein echter Freund ist, das habe ich nie erlebt …«

»Meine Schönste, wir sind so weit«, erklärte der Hauptmann. Er funkelte mich böse an. Natürlich bemerkte er, wie traurig seine Herrin war und selbstverständlich trug ich die Schuld dafür.

»Gut dann steckt die Fackeln an«, verlangte sie, mit brüchiger Stimme. »Darik wird uns führen«, sie sah mich um Einverständnis ersuchend an.

Ich nickte.

***

Habe ich bereits erwähnt, wie sehr ich das Feuer verabscheute, nein, fürchtete? Fünfzehn Fackeln hinter mir zu wissen, war nicht gerade förderlich für mein Wohlbefinden. Eine wurde von dem Fürstensohn selbst geführt. Der Adelsspross hatte wohl noch nie offenes Feuer in der Hand getragen, so ergötzte er sich an den Flammen wie ein kleines Kind. Er schwang sie herum, um den Schweif im Dunkeln zu verfolgen. Zu meinem Missfallen sengte er auch das ein oder andere Blatt an, um es im Feuer vergehen zu sehen. Am liebsten hätte ich dem spielenden Kind die Fackel entrissen und sie in seinem Arsch gelöscht.

Meine Anspannung wuchs, nicht nur wegen des fuchtelnden Fackelträgers hinter mir, sondern weil wir uns nun auf der Höhe des Überfalls befanden. Zwar gut fünfhundert Schritte entfernt, aber was bedeutete diese Entfernung schon in einem unendlichen Wald?

»Passt jetzt auf«, verlangte ich von meinem Gefolge. Die Anspannung der Männer hinter mir war greifbar. Nur einer gluckste amüsiert. Der Hauptmann glaubte noch immer nicht an die Walddämonen.

Wir kamen etwa hundert Schritte weit. Mittlerweile entspannten sich die meisten Soldaten, einige trieben bereits geschmacklose Scherze auf meine Kosten, da erklang es erneut. Das Rascheln von tausend Laubbäumen.

»Achtung, verteidigt euch!«, rief ich. Meine Warnung ging in dem Geschrei der Männer unter. Die Bäume um uns herum waren zum Leben erwacht und langten nach den Soldaten. Zielsicher fischten sie nach deren Hälsen. Die leichten Rüstungen hatte diesem Angriff nichts entgegenzusetzen. Zwei Soldaten wurden so heftig gepackt, dass ihnen der Kopf von den Schultern getrennt wurde. Dabei knirschte es erbärmlich. Der Hauptmann wollte sich mit einem Speer zur Wehr setzen. Ihn traf ein mächtiger Schlag, der ihn zu Boden schleuderte. Baldrinus huschte zu ihm, um ihm zu helfen.

»Das Feuer, setzt die Fackeln ein!«, rief ich.

Tatsächlich wichen die Bäume vor den Flammen zurück. Einige ließen sogar die Soldaten fallen, die sie bis dahin fest im Griff hatte. Auch in diesen Bäumen erkannte ich funkelnde Augen, die hin und wieder vor meinem inneren Auge aufflammten.

»Bildet einen Kreis, die Fackeln nach außen«, befahl der Hauptmann, der von Baldrinus auf die Beine gezogen wurde. Die Soldaten reagierten prompt. Sogleich erstarb das Leben des Waldes, die Bäume kehrten in ihre gewohnte Bewegungslosigkeit zurück.

»Interessante Baumdämonen habt ihr da«, sprach der Hauptmann. Offenbar war das seine Art sich bei mir zu entschuldigen. Er vermochte mittlerweile alleine zu stehen. Baldrinus blieb dennoch in seiner Nähe. Er sah sich wie ein furchtsames Eichhörnchen um.

»Ja«, stimmte ich grübelnd zu.

Dem Hauptmann fiel mein Blick auf. »Was habt Ihr?«

»Das waren nicht die Baumdämonen, denen ich bereits begegnet bin. Die anderen waren kleiner, schneller. Sie wuchsen erst zu Bäumen heran, als sie ein Leben genommen hatten«, berichtete ich.

»Das behalten wir erst einmal für uns«, nahm mich der Hauptmann in die Pflicht. Laut zu seinen Männern sprach er: »Jeder bleibt in Formation! Fürst Pirmin und Mailien in die Mitte! Wir setzen den Weg fort! Ich habe Lust den Wald zu Kleinholz zu schlagen!«

Die Soldaten warfen ihren toten Kameraden verstörte Blicke zu, bevor sie ihren Weg fortsetzen. Ihre enthaupteten Leiber boten selbst im Dunkeln ein entsetzliches Bild und der Geruch ihres Blutes sollte uns noch weit durch die Nacht begleiten.

***

»Ich bin zwar schon versprochen, aber es ist gar nicht so unüblich, dass man sich eine Nebenfrau ... oder auch eine neue Frau nimmt. In der Vergangenheit meiner Familie ist das sogar recht häufig vorgekommen.«

Seit geraumer Zeit musste ich mir das vergebliche Werben des jungen Fürsten um die Hand von Mailien anhören. Dabei ging er genauso stümperhaft zu Werk wie die Soldaten. Vor Kurzem hätte ich ihr noch alles Unglück gewünscht, doch mittlerweile verstand ich sie besser. Ich hegte nur noch Mitleid für sie. Aber auch Mailien schien ihre Haltung verändert zu haben. Vor einiger Zeit wäre sie wohl auf die Avancen eingegangen, hätte sie wie ein Feuer geschürt, um ihren Einfluss auf die Männer zu stärken. Jetzt schienen ihr diese nur noch unangenehm zu sein. Ab und an warf sie mir einen hilflosen Blick zu. Zum ersten Mal hatte sie jemanden an der Seite, der ihr nicht nur widerstand, sondern sie auch verstand.

Eine weitere Veränderung in unserer Gruppe bestand darin, dass sich Baldrinus plötzlich im Hintergrund hielt. Seine Geschwätzigkeit war gänzlich erloschen.

»Was meint Ihr, ist es noch weit?«, erkundigte sich der Hauptmann. Offenbar war ich in seiner Gunst erheblich gestiegen. Für Mailien interessierte er sich kaum noch, stattdessen rückte ich in das Licht seiner Aufmerksamkeit.

»Das kann ich nicht sagen, ich glaube, wir nähern uns der Mitte des Waldes. Aber es ist nur ein Gefühl«, gestand ich.

»Ein Gefühl, ein Mann wie Ihr benötigt doch keine Gefühle«, schmeichelte er mir unbeholfen.

Langsam kam ich mir bedrängt vor. Was stimmte mit diesem Kerl nicht, war er auf das andere Ufer gewechselt, oder ...

»Dort!«, rief Pirmin.

»Nicht so laut«,schalt ihn der Hauptmann.

»Da vorne ist eine Festung«, flüsterte er.

Tatsächlich, über die Bäume erhob sich eindeutig eine Mauer und dahinter waren einzelne Türme auszumachen.

»Dies muss es sein«, freute sich der Hauptmann. »Wir gehen mit Vorsicht vor.«

Es dauerte nicht lange, bis wir das Burgtor fanden. Es gab auch einen Graben, allerdings war dieser derart zugewachsen, dass er als solcher kaum zu erkennen war. Die Zugbrücke wurde ebenfalls von Pflanzen überwuchert. Einige waren von unten durch das morsche Holz gedrungen. Auf diese Weise wurde die vermoderte Brücke nicht nur stabilisiert, es entstand ein Weg über den Burggraben, der auf seine besondere Art sicher erschien.

»Was glaubt Ihr, was uns dort erwartet?«, fragte der Hauptmann.

»Nichts Gutes«, gestand ich.

Er klopfte mir aufbauend auf die Schulter und schritt als erster über die Brücke. Nach einem Fackelträger folgte ihm Baldrinus. Er flüsterte unablässig vor sich hin, in einer Sprache, die ich nicht verstand. Offenbar ein Gebet.

Die drei langten ohne Schwierigkeiten auf der anderen Seite an. Das Burgtor gab ächzend dem Druck des Hauptmanns nach. Einmal in Bewegung gesetzt schwangen die Flügel scheinbar wie von selbst auf.

»Wenn wir hier heil herauskommen, dann bleiben wir zusammen, ja?« Mailien sah mich fragend an. Ich spürte nichts mehr von ihrer Kraft. Dennoch übte diese Frau unglaubliche Faszination auf mich aus. Sie war immerhin der erste Mensch, den ich traf, der eine vergleichbare Geschichte hatte.

Ich nickte zustimmend, weil mir die Worte im Hals stecken blieben. Nach ihr folgte ein Fackelträger.

Ich schritt als Letzter über die Brücke. Der Torbogen drückte heftig auf mein Gemüt, auch wenn im Wald eine unbekannte Bedrohung lauerte, so fühlte ich mich in der Natur doch bedeutend wohler. Die Burgmauern dagegen legten sich fesselnd um meinen Körper.

»Bleib hier!«, hörte ich Mailien rufen.

»Ja! Bleib hier!«, bekräftigte der Fürstenspross.

»Was ist los?«, ich schob mich durch die kleiner gewordene Soldatenschar.

»Es ist Baldrinus, er ist in das Hauptgebäude gerannt«, erklärte Mailien, sie kam auf mich zu und flüsterte: »Es ist eigenartig, ich habe ihn nicht mehr unter Kontrolle.«

»Und die anderen?«, fragte ich, wobei ich mich zu den Soldaten umsah.

»Ich denke schon.« Tatsächlich waren die meisten Soldaten so sehr auf Mailien fixiert, dass sie ihre Wachsamkeit komplett vernachlässigten.

»Ich werde nachsehen, was er da drin will«, beschloss ich. »Ihr bleibt hier und untersucht den Burghof, erst wenn er sicher ist, nehmt ihr euch die Stallungen und die Kaserne vor. Nicht das wir in einen Hinterhalt geraten.«

Sie nickte.

Ich straffte mich und schritt auf das Portal zu, durch das Baldrinus entschwunden war. Nur noch morsche Reste des Tors hingen in den verrosteten Angeln. Wenn der Ursprung des Fluchs nicht hier zu finden war, dann ... konnte er sich überall im Wald befinden.

»Das wirst du nicht tun«, der Hauptmann stellte sich mir mit blank gezogenem Schwert in den Weg.

»Was soll das?«, fragte ich überrascht.

»Du wirst den Meister in Ruhe lassen!«, bekräftigte er.

»Den Meister?«, am liebsten hätte ich gelacht, aber danach war mir ganz und gar nicht zumute.

Der Hauptmann schritt mit erhobenem Schwert auf mich zu. »Er will dir nichts Tun, aber er wird es, wenn du ihm folgst.«

»Zurück an deinen Platz!«, verlangte Mailien. Aber der Hauptmann reagierte nicht.

»Ich warne dich!« Er grinste, voller Vorfreude auf einen Kampf. In seinem Gesicht taten sich tiefe Risse auf, sie hätten eigentlich bluten müssen. Stattdessen glänzte der ins Stocken geratene Lebenssaft unter der zerrissenen Haut. Er war von einem der Baumgeister getroffen worden, erinnerte ich mich. Es gehörte zu meinen Schwächen, zu vergessen wie zerbrechlich der menschliche Körper war. Als ich in die starren Pupillen des Mannes blickte, wusste ich, mit was ich es zu tun hatte.

»Das ist nicht mehr der Hauptmann«, erklärte ich Mailien. »Er hat den Angriff der Baumdämonen nicht überlebt.«

»Was soll das bedeuten?«, fragte der Fürstenjunge empört. Als wolle ich ihn für dumm verkaufen.

»Ich zeig es Euch.« Ich griff nach meinem Paradeschwert und dem Silbermesser.

Das Grinsen des Hauptmanns wurde unnatürlich breit. Wobei er seine Backenzähne entblößte. Die Haut zog sich von den Augenhöhlen zurück. Das Fleisch darunter war feucht und rot. Er griff an. Es war ein leichtes den vertikalen Hieb mit dem Schwert abzufangen. Der Kraft des Hiebs standzuhalten jedoch nicht. Ich hörte meine Glieder knacken. Meine Knie brachen unter der Wucht ein. Den zweiten Hieb führte er von unten nach oben. Ich konnte ihm nur entgegen, indem ich das Gleichgewicht endgültig aufgab. Die Klinge zischte nur knapp an meinem Gesicht vorbei. Das wäre mein Ende gewesen, wäre in diesem Moment nicht ein Bolzen durch den Brustpanzer des Hauptmanns geschlagen, der ihn nach hinten warf.

Mailien wartete nicht darauf, bis er an der Verletzung zu Grunde ging, sondern machte die Armbrust sofort erneut schussbereit.

»Ein ausgezeichneter Treffer«, freute sich der junge Fürst. Auch die restlichen Männer stimmten in das Lob mit ein.

Wie erwartet kümmerte der Bolzen den Hauptmann wenig. Dennoch verschaffte er mir die Zeit, auf die Beine zu finden. Ich täuschte einen Angriff an, wich dem vertikalen Hieb aus und drosch mit dem Paradeschwert auf das Knie des Mannes. Die Kniescheibe barst krachend. Das brachte ihn zumindest ins Wanken. Ein weiterer Schlag galt seinem Ellenbogen. Auch dieser brach. Schwerfällig wechselte er die Schwerthand. So dass ich noch einen weiteren Hieb anbringen konnte, der seinem Kopf galt. Es erklang ein unwirkliches Geräusch von brechendem Gebein und reißendem Fleisch. Seine rechte Gesichtshälfte war eingedrückt, gesplitterte Knochen drangen durch die zerrissene Haut und die brachliegenden Muskeln. Aus der Augenhöhle ergoss sich roter Schleim. Auch diese Verletzung kümmerte ihn nicht. Mit wilden Schlägen setzte er mir nach. Da das rechte Knie nicht mehr zu gebrauchen war, stolperte er mir nur unbeholfen hinterher. Mit seinen Attacken drang er schnell und ungezielt auf mich ein. Darauf, dass er außer Atem geriet, brauchte ich nicht zu warten. Doch sein Angriffsmuster konnte ich durchschauen, indem ich mich zurückhielt. Mit der Linken standen ihm nicht viele unterschiedliche Angriffe zur Verfügung. Einmal vertikal einmal horizontal, mit dieser primitiven Kampftechnik näherte er sich. Ich wartete den vertikalen Hieb ab, setzte nach vorn, tauchte unter der horizontal geführten Klinge durch und klemmte seinen Schwertarm unter meiner linken Achsel ein. Ich spürte seine brachiale Kraft, mit der er sich zu befreien versuchte. Mit einem Stoß, in den ich mein ganzes Körpergewicht legte, trieb ich ihm das Silbermesser in den Hals. Es zischte, als das reinigende Metall mit dem verdorbenen Blut in Kontakt kam. In seinem ganzen Leib begann es zu brodeln. Sein Widerstand erstarb. Der entseelte Körper ging zu Boden, um sich niemals wieder zu erheben. Ich wartete noch ein paar Lidschläge ab, bevor ich das Messer aus dem Leichnam zog. Das zähe Blut wischte ich an seinem Überwurf ab.

»Wir machen es wie abgesprochen«, rief ich Mailien zu. Damit ließ ich die entsetzte Gruppe im Burghof zurück.

Sogleich musste ich mich mit einer weiteren meiner Ängste auseinandersetzen: der vor engen Räumen. Die Empfangshalle der Burg war zwar recht groß, aber ich bekam bereits Beklemmungen, wenn ich keinen freien Himmel über mir wusste. Auf dem Boden hatte sich eine dicke Schicht aus Erde und Moos gebildet, in der deutliche Spuren zu erkennen waren. Im Halbdunkel fand ich an einer Treppe Schlinggewächse, die zerrissen waren. Baldrinus musste hier hinaufgestiegen sein. Ich sah davon ab, mich bemerkbar zu machen. Mein tölpelhafter Begleiter, war mit Sicherheit nicht der, für den er sich ausgegeben hatte.

Ich folgte ihm. Bei jeder Stufe, die ich emporstieg, dachte ich mir eine neue Verwünschung für Baldrinus aus. Hier und da war der Erdboden, der sich auf der Treppe niedergelegt hatte, deutlich verschoben. Als sei beim Aufstieg jemand mehrfach gestolpert. Dabei konnte es sich nur um Baldrinus handeln.

Angespannt erstieg ich die unregelmäßige Wendeltreppe. Sie gehörte zu einem Turm, wie ich bald feststellte. Durch die schmalen Schießscharten fiel das Licht des Mondes, vergeblich versuchte dieser, die ausgetretenen Stufen zu erhellen. Die Wände des Turms zogen sich immer weiter zusammen, umso höher ich kam. Obwohl ich die Arme nach beiden Seiten ganz ausstrecken konnte, ohne die Wände zu berühren, fühlte ich mich derart eingesperrt, als hätte man mich lebendig mit gefesselten Händen und Beinen vergraben. Ich rechnete jeden Moment damit, dass der Turm einstürzte und mich mit den Trümmern begrub.

Über mir hörte ich es poltern und fluchen. Es war eindeutig die Stimme von Baldrinus.

Oben angekommen spähte ich durch die Tür in ein verwildertes Studierzimmer. Die Bücher in den Regalen waren großteils vermodert, aus ihnen sprossen bereits kleine Gewächse. Einige junge Bäume hatten sich in die dünne Erdschicht, am Boden gegraben. Hier war er, Baldrinus. Der Zögling von Mönchen stellte das Zimmer auf den Kopf. Offenkundig suchte er etwas.

Ich huschte um die Ecke, packte ihn von hinten und rammte ihn gegen die Wand, wobei ich ihm den rechten Arm auf den Rücken bog. Er keuchte unter Schmerzen auf. Ich drückte ihm das Silbermesser gegen die Wange. Weder roch es nach verbranntem Fleisch, noch schrie Baldrinus auf. Er war also keine Kreatur der Finsternis. Dennoch beherrschte er dunkle Magie. Es blieb nur ein Schluss, aber ich konnte mir bei bestem Willen nicht vorstellen, dass er ein Nekromant sein sollte.

»Oh, Darik«, presste er hervor. »Schön das du da bist.« Ich brachte ihn zum Verstummen, indem ich ihm den Arm auf dem Rücken nach oben schob.

»Sag mir, was du hier willst?«, verlangte ich zu wissen. »Ist das dein Werk, der Fluch, der Wald, das alles?«

»Nein«, beschwerte er sich. »Ich suche nur einen Kraftstein.«

»Einen *Kraftstein*?«, wiederholte ich ungläubig. Ich lockerte meinen Griff etwas, damit ich ihm nicht den Arm aus dem Gelenk drehte, wozu ich allerdings nicht übel Lust hatte.

»Ja, um meine Magie zu verstärken«, erklärte er gepresst. Er versuchte vergeblich, eine angenehmere Position zu finden.

»Dir ist klar, dass der Orden des roten Mondes sie alle vernichtet hat«, erwiderte ich.

»Ja, damit armselige Gestalten wie ich sie nicht benutzen«, giftete er. »Aber dieser verfluchte Ehrenkodex ist erst zweihundert Jahre alt. Der Fluch, der über diesem Land liegt, ist wesentlich älter.«

»Wie kommst du darauf, dass hier einer zu finden ist?« Ich steckte das Silbermesser weg, ließ ihn los und zog mein Parierschwert, um ihn notfalls damit zu verprügeln.

Baldrinus drehte sich langsam um. »Du weißt nicht, wo wir hier sind, oder?« Während er sich die schmerzende Schulter rieb, versuchte er ein überhebliches Grinsen, das auf mich keinen Eindruck machte.

»Du wirst es mir sicher gleich sagen.« Ich schlug ihm mit dem stumpfen Schwert auf die Finger, dass es krachte, um... Ach, ich weiß auch nicht warum. Sein schmerzerfülltes Aufschreien bereitet mir allerdings eine gewissen Genugtuung. »Was ist jetzt? Rede!«

Baldrinus rieb sich die Hand und sah mich böse an. »Das ist der alte Familiensitz von dem Haus Galbur, der Fürstenfamilie, die -«

»Ist mir klar, weiter«, ich hob das Schwert.

Er zuckte zusammen. Offenkundig war seine Unbeholfenheit nicht gespielt. Vor einem echten Nekromanten hätte ich mich mehr in Acht genommen. Auch wenn es hier nichts gab, das er für seine dunkle Magie nutzen konnte.

»Vor etwa vier Jahrhunderten waren sie noch Könige. Damals musste der Herrscher diese Ländereien wegen einer Hexe aufgeben. Eine Nebenbuhlerin, die nicht verschmerzen konnte, dass er eine andere heiraten wollte. Wie es heißt, habe sie in kürzester Zeit große Macht erlangt. Verstehst du? Diese Frau, sie hatte vorher kein magisches Talent!«, ereiferte sich Baldrinus.

»Verstehe ich das richtig, wegen dieser Legende glaubst du, hier gäbe es einen Kraftstein?«, fasste ich zusammen.

Baldrinus nickte eifrig. »Wie hätte sie sonst zu dieser Macht gelangen können?«

Darüber schwieg ich mich aus. Viele Legenden besaßen einen wahren Kern, wieso sollte es hier anderes sein? Auch wenn ich nicht daran glaubte, dass ein Kraftstein dabei eine Rolle spielte. »Deshalb hast du dich in diese Gefahr begeben? Das ist doch Wahnsinn.«

»Nein ein Tor zur Macht. Du kannst das nicht verstehen, wenn man immer im Schatten der anderen

Akolythen steht, wenn man tagein tagaus verspottet wird. Gut vielleicht bin ich nicht sonderlich begabt, aber mit einem Kraftstein könnte ich es ihnen allen heimzahlen.«

»Armselig«, kommentierte ich. »Sei lieber froh, dass du noch lebst, die meisten hatten in dieser Nacht nicht dieses Glück.«

Aus dem Hof drang Kampflärm herauf. Ich stürzte zum Fenster. Doch in der Dunkelheit konnte ich nur die wild herumwirbelnden Lichter der Fackeln erkennen. »Such von mir aus weiter deinen Kraftstein.«

Ich stürzte die Treppen hinab, und gelangte gerade rechtzeitig in den Burghof, um mit ansehen zu müssen, wie die Soldaten von undefinierten Wesen aus verworrenen Ästen und Zweigen niedergemacht wurden. Es waren zu viele, als dass die Infanteristen den Vorteil des Feuers nutzen konnten. Im Gegenteil jeder Fackelträger wurde zum vorrangigen Ziel, der Walddämonen. Ich sammelte das Schwert des Hauptmanns auf und ergriff zögernd eine Fackel, die herrenlos am Boden lag. Das Feuer so nah bei mir zu spüren, ließ mich erschaudern. Das Element, welches ich fürchtete wie kein anderes, gegen meinen Feind zu führen, behagte mir gar nicht. Es blieb mir jedoch keine Wahl. Erst als mir die Fackel aus der Hand fiel, wurde mir bewusst, dass ich die Kontrolle über meinen Körper verloren hatte. Mit aller Macht stemmte ich mich... *hinein.* Doch es half nichts, ich konnte mich nicht einen fingerbreit bewegen. *Baldrinus!*, schrie ich, dabei drang mir kein Laut über die Lippen, denn mein Kiefer presste sich derart fest zusammen, dass es weh tat. Ich musste hilflos mit ansehen, wie die letzten Soldaten nach der Reihe überwältigt wurden. Die Baumdämonen töteten sie nicht, sondern hielten sie lediglich gepackt. Zwei der Soldaten wehrten sich weiterhin mit Leibeskräften gegen die Umklammerung, so fanden sie sich bald kopfüberhängend, an den Fußknöcheln ergriffen. Auch der Fürstenspross und Mailien wurden gefangen genommen. Mit etlichen Ranken und Ästen umwickelt vermochten sie sich nicht mehr zu rühren.

Da stolperte Baldrinus aus der Hauptburg. Schnell erfasste er die Lage und rannte zum Burgtor. Er kam nicht weit. Der peitschende Schlag eines Walddämons, der im Schatten auf der Lauer gelegen hatte, warf ihn zu Boden. Aus Baldrinus Hand rollte ein dunkler Stein.

Spätestens jetzt wusste ich, dass der trottelige Kerl nichts mit meinem Erstarren zu tun hatte.

Es schien eisig kalt zu werden, als eine hochgewachsene Gestalt über den Burghof schwebte. Sie trug eine dunkle Kutte, die eng um den hageren Leib gezurrt war. Ich spürte ihre langen Fingernägel auf meiner Wange, als sie an mir vorbeischritt. »Eigenartig«, kommentierte sie meine Situation. »Du hast etwas von einem Waldgeist mein Junge«, kicherte sie. »Aber eben nur *etwas*. Zu schade, ich hätte gerne so einen strammen jungen Mann wie dich in meine Reihen aufgenommen.

Muss ich mich eben mit diesem Gestrüpp abgeben.« Sie glitt zu dem Fürstensohn, der in der Mitte des Hofes festgehalten wurde.

»Lasst mich sofort gehen, oder mein Vater -« Er wurde von dem gackerndem Lachen der Erscheinung unterbrochen.

»Weißt du, wer ich bin, Junge?«, sie zog sich die Kapuze vom Kopf. Mehr als ihr graues Haar vermochte ich nicht zu sehen. Allerdings musste sie entsetzlich hässlich sein, dem Gesichtsausdruck von Pirmin nach zu urteilen. »Einst war ich eine Fürstin, einem deiner Ahnen versprochen«, sie packte ihn am Kinn, damit sie seinem Blick nicht ausweichen konnte. »Er hat mich verschmäht wegen eines Mädchens vom Lande. Einem verdammten Bauerngör!«, schrie sie ihn an. Der Junge blinzelte. Ich sah ihm an, dass er am liebsten die Augen geschlossen hätte, nur um sie nicht mehr zu sehen. »Damals schwor ich, bei meiner Seele, nicht zu ruhen bis ich zu meinem Recht gekommen bin«, ihre Wut verlor sich. »Und jetzt sieh dich an, so ein hübscher Junge, im heiratsfähigen Alter.« Sie tätschelte ihm grob die Wange.

Da verstand der Fürstenspross, worauf sie hinauswollte. »Du glaubst doch nicht, dass ich dich zur Frau nehme, du bist -«

Ein knochiger Finger mit schmutzigem langen Nagel schnitt ihm das Wort ab, indem er sich auf seine Lippen presste.

»Ich weiß selbst, wie ich aussehe. Ich ertrage diesen alten Leib ebenso wenig. Wer hätte gedacht, dass man bei einem nahezu unsterblichen Leben, altern muss. Ich war eine Augenweide.« Sie wandte sich Mailien zu. »Noch liebreizender als du. Aber ich nehme, was Fürst Garvuin mir gibt.« Sie musterte die schöne Frau von oben bis unten, wie ein Stück Fleisch, auf dem Markt. »Es wird genügen ...« Sie sog hörbar Mailiens Duft ein. »Solch außergewöhnliches Blut«, sie klang nach einem gemeinen Grinsen.

»Was willst du, Hexe?«, fuhr Mailien die... nun ja, Hexe an.

»Nur alles was du geben kannst, mein Kind«, kicherte sie garstig. »Deinen Körper«, sie strich ihr über den Hals. »Und deine Seele.«

Mailien erstarrte. In der Miene der Hexe musste eine Entschlossenheit zu lesen sein, die keinen Zweifel zuließ, dass sie es wörtlich meinte. Aus meiner Position konnte ich noch immer nicht ihr Gesicht sehen und ich wusste nicht, ob ich das überhaupt wollte.

»Auf den Altar mit ihr«, verlangte sie. Tatsächlich setzte sich der Walddämon in Bewegung, der Mailien gepackt hielt. Der *Altar* war nicht mehr als der alte Brunnen der Festung. Er war mit Holzplanken abgedeckt und überwuchert.

»Ich werde eine schöne Braut für dich sein«, umgarnte die Hexe den Fürstenjungen. Er verstand nicht, was hier geschah. Sein Schrecken schien jedoch der Neugier gewichen.

Gegen allen Widerstand, den Mailien aufbieten konnte, wurde sie auf den Altar gezwungen.

»Du bist nicht ohne Grund hier, mein Kind«, eröffnete ihr die Hexe. »Du bist der Lohn für meine Dienste, mein Meister hat seine Männer ausgeschickt, um eine wie dich zu finden. Und ich muss sagen, er hat eine zufriedenstellende Wahl getroffen.«

Jetzt sah ich das Antlitz der Hexe nur zu deutlich. Es war das alte Weib, auf das Baldrinus und ich im Wald gestoßen waren. Ihr fehlte jegliche Tattrigkeit, die sie so glaubwürdig gespielt hatte. Selbst der eindrucksvolle Buckel war einem geraden Rücken gewichen. Allein ihr von den Jahrhunderten gezeichnetes Gesicht und die faulen Zähne, waren ihr erhalten geblieben. Sie hatte uns hierher geschickt, damit wir ihr Vorhaben vollendeten. Warum sie ausgerechnet Baldrinus benötigte, sollte mir nun aufs Schrecklichste bewusst werden.

Die Hexe schritt in ihrem schwebenden Gang zu dem Nekromanten hinüber. Sie hob den Stein auf, den er fallen gelassen hatte. Grinsend beäugte sie den glitzernden Kiesel.

»Ich wusste, dass irgendwann ein Magier danach suchen würde.« Sie warf den vermeintlichen Kraftstein achtlos über die rechte Schulter und packte Baldrinus. Ohne sichtbare Kraftanstrengung hob sie die schmächtige Gestalt auf die Beine, wobei er erwachte. Als er sich noch zu orientieren versuchte, wurde er zum Altar geschleift, auf dem sich Mailien im Griff der Pflanzendämonen wandt. »Die Seelenwanderung beherrscht du?«, fragte die Hexe schneidend.

Baldrinus erschrak heftig, als er sah, wer ihn da gepackt hielt. Er blieb die Antwort schuldig, und wurde daher energisch geschüttelt.

»Sag es, die Seelenwanderung, kannst du das?«, fragte sie mit einem Nachdruck, der den Tod verhieß, wenn er die falsche Antwort gab.

Ich schrie und tobte, gefangen in meinem eigenen Körper. Was auch immer hier vor sich ging, ich musste es aufhalten. Doch ich vermochte nicht einmal zu blinzeln.

»Ja«, antwortete Baldrinus. »Das ist eine einfache Formel!«

»Gut«, sprach sie zufrieden. Sie ließ ihn zu Boden fallen. Sogleich wurde er von einem Pflanzendämon am Hals gepackt und aufgerichtet.

»Nun lasst mal sehen«, überlegte die Hexe. »Wir haben, glaube ich, alles.«

»Aber warum?«, kam es überraschend von dem Fürstenjungen. »Warum wollt Ihr meine Frau werden?«

»Oh du dummer Junge«, erwiderte sie. »Überleg doch Mal. Du gehörst zu der Familie Galbur, dem mächtigsten Adelshaus -«

»Aber das sind wir nicht«, widersprach der Fürstenspross. »Wir sind eine unbedeutende Provinz, die das Kaiserreich im Vorbeigehen geschluckt hat.«

Die Hexe schien erschüttert. Offenbar hatte sie zumindest mit einer unabhängigen Herrschaft gerechnet. Sie sah den Jungen grimmig an und schien kurz davor aus der Haut zu fahren. Ihr ganzer Körper bebte vor Zorn. Gleichzeitig spürte ich ihre unbändige Macht, die wie Feuer in meinen Gliedern brannte und drohte, mich zu zerreißen.

»Dann habe ich wenigstens eine Aufgabe ...«, beschwichtigte sie sich selbst. Damit fiel der Schmerz von mir ab. Ich hätte gerne erleichtert aufgeatmet, aber auch dies wurde mir verwehrt. »Und mit deinem Blut, wird sich mir jeder unterwerfen«, grinste sie Mailien an.

»Aber ich kann das Ritual nicht durchführen.« Irgendwo in seinem Wesen hatte Baldrinus noch etwas Mut gefunden. »In einem Körper haben keine zwei Seelen Platz. Entgegen der landläufigen Meinung kann man sie auch nicht zwischen zwei Körpern austauschen, ich kann nur eine Seele in einen anderen Körper schicken.«

»Dummer Junge. Ich weiß, wie das vonstattengeht«, grollte sie.

Plötzlich konnte ich mich wieder bewegen. Nach nur wenigen Augenblicken wurde mir klar, dass es nicht ich war, der meinen Körper bewegte, sondern eine andere Kraft. Ich selbst blieb ein Gefangener, dazu verdammt zu beobachten, was ich tat, ohne eingreifen zu können. Neben dem Altar blieb mein Leib stehen und zog den Dolch. Ich spürte deutlich den Griff in der Hand. Ich riss an meinen Armen, versuchte mit aller Gewalt, die Finger zu öffnen, doch ich vermochte nicht für einen Lidschlag die Kontrolle zurückzuerlangen. Ich musste mit ansehen, wie ich den Dolch über Mailiens Brust hob. Nie werde ich den entsetzten Blick vergessen, den sie mir zuwarf.

»Darik, nicht«, flehte sie.

Ich schrie ihr zu, dass ich nichts dafür konnte, dass ich die Kontrolle über meinen Körper verloren hatte, doch meine Lippen blieben verschlossen. Als die Klinge ihre Brust durchstieß, musste sie glauben, dass ich ein Diener der Hexe sei und freiwillig zu ihrem Henker geworden war. Ich wurde gezwungen, Mailien in die Augen zu sehen. Die dunklen Seen gefroren zu Eis, als sie starb. Ich bemerkte kaum, wie ich den Dolch zurückzog, von dem ihr Herzblut troff.

Aus Mailiens Brust erhoben sich gleißende Fäden, die sich zu einem wallenden Haarschopf vereinten, die ein silbernes Gesicht rahmten. Es war Mailiens Seele, die ihrem Leib entstieg. Sie war so rein und klar, wie man es sich nicht vorstellen konnte. Ihrem Leben zum Trotz schien sie keinerlei Schaden genommen zu haben. Mochte die Seele eines Halunken verdorben, eines Mörders kalt und schmutzig sein, so erschien ihre klar wie Kristall. Ihre Miene verhieß ehrliches Staunen über das, was ihr widerfuhr. Ich meinte, sogar Erleichterung darin zu erkennen.

Aus dem Nichts schoss eine gigantische Hand auf sie zu, schwärzer als die Nacht. Dunkler Dunst umgab die monströse Pranke, als sie Mailiens Seele ergriff. Nie zuvor hatte ich so etwas gesehen. Der Mund von Mailiens Seele öffnete sich zu einem stummen Schrei, als sie sich in dem Griff wand.

Unser Abkommen ist erfüllt, tönte eine hallende Stimme über den Platz. Damit verlosch die Erscheinung, mit ihr verschwand Mailiens Seele.

»Tu es jetzt«, verlangte die Hexe von Baldrinus. »Oder du bist des Todes!«

Sogleich erklang dem Mund des Nekromanten ein unverständlicher kehliger Laut. Zunächst glaubte ich, dass er von dem Griff des Baumdämons um seinen Hals herrührte. Da spürte ich ein Reißen in mir, als würde alles Leben aus mir gesogen. Nun begriff ich, dass es sich um die Zauberformel handelte.

Aus der Brust der Hexe löste sich etwas Graues, Undefiniertes. Ich wüsste nicht, wie ich es beschreiben sollte, jedenfalls war es grässlich anzusehen. Als die Seele den Leib der Hexe verlassen hatte, brach dieser in sich zusammen. Der magische Bann auf meinem Körper brach. Ohne zu wissen, was ich tat, stolperte ich der verdorbenen Seele entgegen. »Ihren Körper bekommst du nicht!«

Der graue Dunst fuhr mir in die Brust. Ich spürte die Verkommenheit der Hexe. Ein höllischer Schmerz flammte auf. Ihr Hass brannte wie das reine Böse. Ich spürte, wie ich in meinem eigenen Körper zurückgedrängt wurde. Ein anderes, ein übles Leben erfasste mich. Mein Kopf wurde erfüllt von Erinnerungen, die nicht zu mir gehörten.

***

Der Schemen hüpfte und sprang, über die Wiese des Stadtgartens. Er riss eine lustige Posse nach der anderen. Doch seine Mühe das Mädchen zum Lachen zu bringen blieb vergebens. Resignierend blickte er sie aus seinen großen smaragdfarbenen Augen an.

»Es ist lieb gemeint, Finn«, entschuldigte sie sich bei dem Waldgeist.

»Du musst dir doch keine Sorgen machen«, sprach er tröstend.

»Das verstehst du nicht. Wenn sich meine Eltern nicht mit dem König einigen, dann wird unser Adelsgeschlecht untergehen«, versuchte sie, ihre Situation zu erklären. Doch wenn sie ehrlich zu sich war, verstand sie es selbst nicht.

»Aber du wirst doch weiterhin bei mir bleiben.« Er sprang näher zu ihr heran.

»Natürlich.« Sie streckte die Hand nach ihm aus, um seinen Kopf zu tätscheln. Allerdings langte sie dabei durch ihn hindurch. Ihre Eltern konnten den drolligen Waldgeist nicht einmal sehen. Sie glaubten, Elsa würde sich den kleinen Gesellen einbilden.

»Dann kann dir doch nichts Schlimmes passieren.« Er zog eine Grimasse, die ein Lächeln verhieß.

»Es ist aber wichtig, dass meine Familie fortbesteht und als Frau des Königs, wäre auch für meine Eltern gesorgt.« Was Elsa sehr wohl verstand, war, dass ihre Familie keine Güter mehr besaß. Das Geld vom Verkauf des Letzten, war nun gänzlich aufgebraucht. Um ein angenehmes Leben führen zu können, musste sie heiraten. Der König aus dem Geschlecht Galbur wäre eine gute Partie, wie ihre Mutter sagte. Doch warum sollte er sie zur Frau nehmen? Außer ihrem Namen war von ihrer Familie nichts geblieben.

»Finn?«

»Ja?«, erwiderte der Waldgeist. Er lag in der Wiese, die Arme hinter dem Kopf verschränkt und ließ sich die Sonne auf den durchsichtigen Bauch scheinen. Die Gräser bogen sich tatsächlich unter seiner Gestalt.

»Du bist doch ein mächtiger Waldgeist.«

»Ho Ho, das will ich meinen«, warf er sich in die Brust.

»Wie wäre es, wenn du deine Kraft benutzt, um den König zu überzeugen, mich zu heiraten«, die Tragweite ihrer Worte verstand sie in ihren jungen Jahren nicht.

»Aber das ... wäre nicht richtig«, Finn war aufgesprungen und erschüttert vor seiner Freundin zurückgewichen.

»Aber du könntest es.« Elsa grinste verschlagen.

»Ich habe nur Kontrolle über Pflanzen«, brüskierte sich der Waldgeist.

»Wenn du in einen Baum steigst und ... Na ihm Angst machst«, überlegte sie. Hinterlist war für Elsa eine vollkommen neue Erfahrung. Solche Überlegungen gefielen ihr allerdings.

»Das werde ich nicht tun!«, lehnte der Waldgeist entschieden ab. Zur Demonstration seiner Entschlossenheit verschränkte er die Arme vor der Brust und wandte sich ab.

»Dann bist du nicht mehr mein Freund«, keifte Elsa. Von Verzweiflung ergriffen stürmte sie aus dem Stadtgarten hoch in das Schloss.

Ihr Vater war es gewesen, der ihr immer wieder eingebläut hatte, dass sie zu nichts anderem taugte als ihre Blutlinie zu erhalten. Wenn ihr dies nicht gelang, so verlor sie ihren Wert für die Familie. Sie wusste nicht, was das bedeutete. Aber die Gunst ihres Vaters zu verlieren, den sie über alles liebte, daran würde sie zerbrechen.

Als sie in ihren Gemächern ankam, fiel sie ins Bett und vergrub weinend das Gesicht in den Kissen. Ihr Geschlecht, es durfte nicht sterben. Sie musste ihre

Bestimmung erfüllen. Heiße Tränen sickerten in den edlen Stoff ihrer Bettwäsche.

Wenn diese Möglichkeit nicht aus einem Märchen stammte, so würde sie ihre Seele geben, nur um ihren Vater stolz zu machen. Ach was, sie würde dreihundert Seelen zahlen.

Elsa erstarrte als ihr eine sanfte Hand über das Haupt streichelte. Sie sah auf. Die Tür war geschlossen. Niemand hätte unbemerkt hereinkommen können und doch saß da ein Mann auf ihrem Bett. Er war adrett gekleidet und lächelte sie freundlich an. »Solch düstere Gedanken, in einem so jungen Herz«, sprach er bedauernd. »Ein hübsches Mädchen wie Ihr sollte nicht leiden.«

Es gab keine Zweifel, der Anzug, die Hörner, das milde Lächeln.

»Du bist es, nicht wahr?«, fragte sie hoffnungsvoll. Seine Statue stand unten im Stadtgarten. Darunter befand sich eine Tafel, auf der zu Lesen stand: *Ein erfülltes Leben, ist nur ohne seine Gunst zu finden. Wünschender, sei gewarnt!*

»Fürst Garvuin, stets zu Diensten«, er nickte ihr zu. »Zu dem Preis, den du genannt hast, sollen dir meine Lakaien zur Seite stehen und ihr Werk in deinem Sinne verrichten, bis du dein Ziel erreichst. Nenne nun deinen Wunsch?«

»Gib mir die Macht über Finn«, ließ sich Elsa auf den Handel ein, ohne auch nur darüber nachzudenken. »Ich will nicht eher ruhen, bis ich in die Familie von Galbur einheirate!«

»Dein Wunsch ist mir Befehl.« Fürst Garvin erhob sich. »Wir werden uns schon bald wieder sehen«, prophezeite er. Mit einem selbstgefälligen Lächeln verbeugte er sich. »Ein Herz, welches so voller Sehnsucht ist, ist mit einem Wunsch alleine nicht zufrieden«, sprach er wissend.

***

Die fremde Seele stob aus meinem Körper. Ich benötigte einem Moment, um ihn wieder in Besitz zu nehmen. Kniend musste ich verfolgen, wie die Essenz der verdammten Hexe in Mailiens Leib fuhr. Der erschlaffte Brustkorb hob sich zu einem langen Atemzug. Schwerfällig richtete sie den Oberkörper auf, wobei sie den Kopf nachzog, als fiele es ihr schwer, diesen Körper richtig zu lenken. Ihre Lippen formten ein kaltes Lächeln.

»Du widerliche Hexe!«, spie ich ihr entgegen. Ich erinnerte mich an den Dolch in meiner Hand. Entschlossen kam ich auf sie zu und ... lief gegen eine Wand. Sogleich fühlte ich, wie die Macht von Elsa nach mir tastete. Sie versuchte erneut Gewalt über meinen Körper zu erlangen. Innerlich zog und zerrte ich an meinen Gliedern. Dabei verlor ich das Gleichgewicht und stürzte. Der Sturz entriss mich gänzlich ihrer

Herrschaft. Ich wollte alle meine Kraft aufwenden, um sie zu vernichten. Es war mir jedoch klar, dass sie, sobald sie ihre Macht voll im Griff hatte, auch mich unter Kontrolle bekam. So blieb mir nur das am wenigsten rühmliche zu tun: die Flucht zu ergreifen.

Das Burgtor im Blick rannte ich, was meine Beine hergaben. Keinen Augenblick zu früh. Elsa erlangte ihre Macht mit rasender Geschwindigkeit zurück. Bei der überstürzten Flucht fühlte ich, wie sie versuchte, meiner habhaft zu werden. Gleich einer unsichtbaren Hand griff sie nach mir und brachte mich unentwegt ins Straucheln. Die Zweige schlugen nach mir, Äste reckten sich mir in den Weg. Selbst die Schlinggewächse versuchten, meine Flucht zu vereiteln.

Baldrinus schrie hinter mir. Aber ich vermochte ihn nicht zu retten.

Eine Stimme rollte wie eine Lawine über den Wald: »Haltet ihn auf, er darf nicht entkommen!«

Ihre unheilvolle Kraft bekam mich abermals zu packen. Irgendwie wandt ich mich aus dem unsichtbaren Griff. Es war Glück, dass ich immer wieder entkam. Glück, das ich nicht überstrapazieren durfte.

In Gedanken ging ich die Liste mit den Möglichkeiten durch, ihre finstere Magie abzuwenden. *Silber, nutzlos. Exorzismus, keine Zeit. Bannspruch, zu mächtig. Geweihter Boden, Ja!*

Wenn ich ihr Abkommen richtig verstand, so schickte sie Fürst Garvuin alle Seelen der Menschen, die in ihrem Wald starben. Nur jene auf dem Friedhof, entzogen sich der Hexe.

Eine Ranke erfasste meinen rechten Knöchel, ich überschlug mich etliche Male. Als ich zum Erliegen kam, wurde es still um mich. Ich hörte weder das Rascheln von Blättern, noch das Peitschen von Ästen. Eine heilige Ruhe.

»*Mein Prophet, du bist zurück!*«

Innerlich fluchte ich alle Flüche, die ich kannte und erfand dabei noch ein paar Neue. Von den Fängen der bösartigen Hexe, direkt in die Arme eines völlig wahnsinnigen Gespenstes.

Ich sah auf. Über mir erhob sich der Geist des Klerikers, er blickte wohlwollend zu mir hinab.

»*Du bist gekommen, mir meinen Irrtum zu beweisen und deinen Triumph über mich auszukosten. Da ich doch dachte, ich hätte die Natur dieser Welt geschaut. Nun denn, ich beuge mich in Demut vor dir.*« Er verneigte sich so huldvoll, wie es einem Schemen möglich war. »*Ich und meine Brüder danken dir.*«

Der Schatten verging in dem zarten Licht der Morgensonne. Ich spürte, wie eine schwere Last von diesem Ort fiel. Für einen Moment genoss ich die Leichtigkeit. Die Sonne spendete mir neue Kraft. Bis mir einfiel, welche grausame Macht hier entfesselt worden war. Diesem Fürstentum stand Schreckliches bevor.

Ohne zu wissen wie, hatte ich den Fluch über dem Hain gebrochen. Damit schrumpfte er auf seine tatsächliche Größe zusammen. Deshalb musste ich nur wenige Baumreihen überwinden, um ihn zu verlassen. Meine Glieder schmerzten und meine Seele brannte. Bei der aufgehenden Sonne schwor ich mir, nicht eher zu ruhen, bis ich die Hexe vernichtet und Mailien aus den Fängen Garvuins befreit hatte.

Die Nacht der Wölfe

Ich trage die Schuld, es ist mein Versagen! Deshalb ist es auch meine Verantwortung, es wieder gut zu machen, den entfesselten Fluch zu bannen. Diese Gedanken flogen mir unentwegt durch den Kopf. Gefolgt von Mailiens entsetztem Gesicht, als ich ihr den Dolch in die Brust gerammt hatte. Natürlich konnte ich nichts dafür, dennoch verfolgten mich ihr Blick, ihre dunklen Augen und die Angst, die darin zu lesen war. Sie würden mich erst loslassen, wenn ich mein Versagen aus der Welt geräumt hatte.

Mit steifen Fingern schob ich mir den Schnee von der Nase. Meine Füße versanken immer wieder tief in dem weißen Unheil. Die Hosenbeine waren bereits steif gefroren. Ich schüttelte den Schnee von meinem Mantel. Gelegentlich wünschte ich mir, im Tiefland geblieben zu sein. Dort war es zu dieser Jahreszeit bedeutend milder. Ich empfand Kälte nicht so intensiv wie gewöhnliche Menschen. Zwar spürte ich sie, aber zum Zittern brachte sie mich nicht. Sie hatte jedoch eine lähmende Wirkung auf mich. Wenn ich ihr zu lange ausgesetzt war, vermochte ich meine Glieder nicht mehr zu bewegen. Einmal war ich in einen Schneesturm geraten und eingeschlafen, für Menschen der sichere Tod, ich dagegen erwachte mit dem Frühlingstau.

Mein Vorhaben duldete keinen Aufschub. Ich konnte nicht bis zum Frühjahr warten, bis ich in die Berge aufbrach. Meine Verantwortung drängte mich dazu.

Zumindest hatte es aufgehört zu schneien.

Zu beiden Seiten des zugeschneiten Weges ragten die Nadelbäume wie eine finstere Wand auf. Es würde nicht lange dauern, bis die Nacht endgültig hereinbrach. Der Mond stand bereits am Himmel, als Vorhut für eine Armee von Sternen.

Als sich die Decke der Nacht über die Landschaft ausbreitete, wurde ich eines flackernden Lichts am Ende des Weges gewahr.

Endlich!

Ich kämpfte gegen den Schnee und die Steifheit meiner Glieder, nur um alsbald vor einem gewaltigen Tor zu stehen. Es wirkte so, als könne es selbst einer Armee der Unterwelt standhalten. Das Tor bestand aus ganzen Baumstämmen und war mit Eisen beschlagen. Natürlich musste man sich so hoch in den Bergen vor ausgehungerten Tieren schützen, aber solch ein Tor schien ziemlich überzogen. Vermutlich stand man hier Fremden nicht sehr wohlwollend gegenüber. Allem Unbehagen zum Trotz blieb mir keine andere Wahl, ich musste dort hinein. Mit der Faust drosch ich gegen die massive Pforte.

Es dauerte nur wenige Augenblicke, da wurde ein Sichtschlitz aufgerissen, der an eine Schießscharte erinnerte. Ich rechnete mit der Spitze eines Armbrustbolzens, der sich mir entgegenrecken würde und einer unfreundlichen Stimme, die mich in den Wald zurückschickte.

In der Schießscharte tauchte eine Gestalt auf, deren Augen aus dem Schatten seiner Kapuze funkelte. Von seinem Gesicht war nicht mehr als ein zotteliger Bart zu erkennen, der Rest lag im Dunkeln.

»Bei allen Göttern!«, rief er aus, als er mich sah und zog sich zurück. Der Sichtschlitz wurde zugeschlagen.

Ich wollte bereits erneut anklopfen und um ein Nachtlager betteln, da vernahm ich das Krachen mehrerer Schlösser, darauf wurden etliche Riegel beiseitegeschoben. Schwerfällig schwang ein Flügel des Tores auf. Der Wächter musste sich mit seinem ganzen Körper dagegenstemmen, um ihn aufzuschieben. Ich blickte den Stadtwächter überrascht an.

»Was ist, Mann? Wollt Ihr da draußen erfrieren?« Er winkte mich hinein.

Als ich hindurchgeschritten war, zog er das Tor bereits wieder zu, dabei legte er alle Kraft in seine Tätigkeit. Der Erbauer wusste um die Schwere dieser Pforte und hatte deshalb mehrere schmiedeeiserne Griffe angebracht. Ich packte mit an. Dabei wurde mir einmal mehr klar, wie stark die Befestigung war. Einige der Scharniere des Tors, waren verkehrt herum befestigt, sodass man die Pforte nicht einmal aus den Angeln heben konnte. Die Palisaden, um die Kleinstadt waren sogar noch robuster, sie bestanden mindestens aus zwei Reihen Baumstämme und waren ebenfalls mit Eisen verbunden.

Der Wächter schob zwei gigantische Riegel vor, die er mit darübergelegten Eisen fixierte, die zusätzlich mit zwei unterschiedlichen Schlüsseln abgesperrt wurden.

Ich konnte mir darauf keinen Reim machen. Was sollte das? Noch nie hatte ich solch eine Befestigung gesehen.

»Danke«, sprach der Wächter außer Atem und klopfte mir freundschaftlich auf die Schulter. »Jetzt kommt, ich bringe Euch zum Gasthof, Ihr seid ja ganz durchgefroren.«

Ich trottete ihm überrascht hinter. Noch nie war ich so freundlich empfangen worden, er machte sich nicht die Mühe, mich nach Waffen zu durchsuchen. Andernorts wurde man erst einmal an die Wand gestellt und abgetastet. Dieser Stadtwächter dagegen stellte nicht eine einzige Frage nach meinem Gepäck.

»Kommt Ihr von weit her?«, erkundigte er sich.

»Ich bin den ganzen Tag durchgelaufen, um vor Einbruch der Nacht hier zu sein«, wich ich aus.

»Dann ist unser Gasthaus genau das Richtige für Euch. Da ist noch jeder Wandersmann zu neuen Kräften gekommen«, versprach er. »Morgen früh fühlt ihr Euch wie neu geboren.« Im Schatten der Kapuze des Wächters sah ich nur seine blitzenden Zähne.

Die Häuser im Ort waren aus Stein gebaut. Sie sahen so aus, als würden sie hier schon ewig stehen. So viele Steine in den Wald zu karren, musste eine enorme Anstrengung gewesen sein. Holz wäre leichter zu beschaffen. Aber nur wenige Bauteile der Häuser bestanden aus diesem Material. Auf den Straßen brannten hier und da einzelne Laternen, um die verschneiten Wege zu beleuchten. Außer mir und dem Wächter wagte sich jedoch niemand vor die Tür.

Das Schild an der Taverne, auf dem ein Wolfskopf abgebildet war, wiegte in dem eisigen Lüftchen. Die Metallringe sangen ein einsames Lied. Durch die beschlagenen Fenster schien flackerndes Licht und durch die Tür drangen die Stimmen der Eingekehrten.

Der Wächter bugsierte mich die Stufen zum Gasthaus hinauf, öffnete die Tür und schob mich, gegen meinen schwachen Widerstand hindurch. *Ich hasse Häuser*! Allerdings war die Wärme, die mir entgegenschlug, die Einkehr wert. Die Luft war abgestanden. Aber es stand mir frei, zu atmen. Ich entschied mich dagegen, nach nur einer Probe dieses Sammelsuriums aus Schweiß, Rauch und nasser, ungewaschener Kleidung.

Der Schankraum war gut gefüllt. Hier traf man sich zu einem geselligen Beisammensein, an einem kalten Abend. Es wurde Karten gespielt, gewürfelt, getrunken und gelacht. Der kalte Wind pfiff herein und sogleich verstummten alle Gespräche. Die Augen der Versammelten hefteten sich auf mich. Ich wurde neugierig von oben bis unten gemustert.

»Matres!«, rief der Torwächter die Gastwirtin.

Durch eine breite Tür zwängte sich eine noch breitere Frau. Flink kam sie auf uns zu gewatschelt.

»Ich habe diesen armen Tropf vor dem Tor gefunden. Er muss sich aufwärmen und dringend etwas essen«, erklärte er meine Situation.

»Selbstverständlich.« Sie bedachte mich mit einem mitleidigen Blick. Ohne auf meinen Einspruch zu achten, nahm sie mir den Mantel ab. Sie legte einen Arm um mich, wobei sie mich an ihre ausladende Brust drückte. Dabei gewährte sie mir einen tiefen Einblick in ihren Ausschnitt. Der Ausblick interessierte mich wenig. Meine Vorliebe galt Frauen, deren Gestalt etwas definierter war.

»Ich komme schon zu -«

Sie schnitt meine Einwände mit einer Handbewegung ab und schob mich überraschend geschickt durch die Gäste. Die Blicke der Zechenden, die ich einfing, waren durchweg freundlich, ja wohlwollend. Ein seltsamer Ort. Fremden brachte man selten so viel Warmherzigkeit entgegen.

Mein Transport endete auf einem Stuhl, nah am Feuer. Den letzten Platz, den ich gewählt hätte. Allerdings war das heimtückische Element in dem Kamin eingesperrt. So erlaubte ich meinen Feind, mich zu wärmen. »Gib es zu, eigentlich sehnst du dich nach meiner Umarmung, dich mit mir zu vereinen«, schienen die Flammen zu flüstern.

»Was darf es sein, Bier? Wein?«, erkundigte sich die Schankwirtin.

Auch wenn es schwerfiel, sah ich an ihr vorbei. Die anderen Gäste gingen wieder zu ihren Gesprächen und Spielen über. Ich blickte zu der Frau auf. Sie stand so dicht bei mir, dass ich ihr Gesicht nicht sehen konnte. Ihr ausladender Busen nahm mein ganzes Sichtfeld ein. So gab ich meine Bestellung ihren Brüsten auf. »Danke«, lehnte ich ab. »Nur ein Fußbad hätte ich gern.«

»Ein Fußbad«, wiederholte die sprechende Brust überrascht.

»Ja, meine Füße sind steifgefroren.« Das war nicht gelogen.

»Na gut«, Matres trottete enttäuscht davon, als hätte ich ihren Heiratsantrag zurückgewiesen.

Mein Blick heftete sich an die niedrige Decke. In Gedanken verwünschte ich sie.

Schon kam die Wirtin mit einem Kübel Wasser zurück und schob ihn unter den Tisch. »Lauwarm«, erklärte sie. »Zu heiß, ist unangenehm, wenn einem kalt ist.«

»Großartig, danke.« Erst als ich mich zu meinen Stiefeln hinab bückte, fiel mir auf, dass ich immer noch den Rucksack trug. Ich hatte mich so an ihn gewöhnt, dass ich mich nicht mehr vollständig fühlte, als ich ihn abnahm.

Ich befreite meine Füße von den Stiefeln und wackelte erleichtert mit den Zehen, als ich die dicken Strümpfe ebenfalls loswurde.

Matres stand geduldig neben mir. Offenbar wartete sie auf einen weiteren Wunsch.

»Ich bin ein Pilger und würde gerne das Kloster besuchen«, erklärte ich.

»Ein Pilger«, wiederholte sie ungläubig. Wobei ihr Blick an meinen Waffen hängen blieb.

Ich nickte nur. Vorsichtig tauchte ich meinen rechten Fuß in das laue Nass. Sogleich fiel alle Anstrengung von mir ab. Ich spürte, wie ich zu neuen Kräften kam.

»Da solltet Ihr bis morgen warten«, riet sie mir. »In dieser Nacht ist es nicht gut, sich vor die Tür zu wagen.«

Mein anderer Fuß versank im Wasser. Seufzend ließ ich mich in den Stuhl zurücksinken. »Warum, was ist heute für eine Nacht?«, erkundigte ich mich beiläufig.

Sie sah mich teilnahmslos an. »Die Nacht der Wölfe.«

Ein Schauer, der meine Gelenke knarren ließ, überkam mich. Ich kannte diese Legende aus dem Märchenbuch, dass ich in meinem Rucksack mit mir führte. Dieser Geschichte fehlte jedoch alles, was ein Märchen ausmachte. Weder begann sie mit: Es war einmal ... noch spielten Kinder, Prinzessinen oder Prinzen eine Rolle. Es war lediglich von Wölfen die Rede, die einmal alle vierzig Jahre über einen Ort herfielen und dort alle Menschen töteten.

Als sie meine Erschütterung bemerkte, musste sie grinsen: »Das ist nur ein alter Mythos. Ich habe noch nie erlebt, dass sich hier auch nur ein Wolf hat sehen lassen.«

Kunststück, sie war wenn überhaupt erst fünfunddreißig. Ich dagegen hatte bereits zu viel erlebt, als dass ich die Nacht der Wölfe einfach ignorieren konnte. Viel zu oft hatten sich die Geschichten in meinem Buch als wahr herausgestellt.

Matres wandte sich ihren anderen Gästen zu. Ich ließ mich in den Stuhl zurücksinken. Das Feuer knisterte hämisch.

In was bin ich da nur wieder rein geraten? Aber wie wahrscheinlich war es, dass ich gerade in der Nacht der Wölfe in dieses Dorf gekommen war?

»Soll eine sehr hübsche Frau sein«, tönte es vom Nachbartisch, an dem einige fahrende Kaufleute saßen. Sie wirkten so, als würden sie - wegen des Schnees - schon länger hier festsitzen. Bei ihrem Gespräch wurde ich hellhörig. Schöne Frauen, eine alte Schwäche von mir.

»Klingt mehr nach einer verdammten Hexe«, kommentierte einer der Händler, zu dessen schlichter Kleidung, das goldene Kaisersiegel um den Hals in starkem Kontrast stand. Der Greif auf dem Schmuckstück blitzte im Feuerschein.

»Sie haben sofort geheiratet?«, fragte ein Kaufmann, der sich durch fuchsrote Haare auszeichnete. »Das muss ein üppiges Weib sein«, lachte er und nahm einen Schluck aus dem Krug.

»Hexe«, beharrte der mit dem Greifensiegel.

»Und das trifft es sehr gut«, stimmte ein Händler mit Glatze zu. Er beugte sich verschwörerisch nach vorn. Dennoch konnte ich jedes Wort verstehen. »Ich habe gehört, dass ihr jeder Mann verfällt, an den sie auch nur ein Wort richtet.«

Greif kniff die Augen zusammen, wobei er bedeutungsschwer nickte. »Eindeutig eine Hexe«, stand in seiner Miene zu lesen.

»Auf ihrer Hochzeitsfeier hat sich der alte Fürst in den Tod gestürzt und sie haben einfach weitergefeiert und den Jungen zu Mitternacht gekrönt«, berichtete Glatze.

»Warum sollte man einen Fürsten krönen?«, zweifelte Greif an der Logik der Geschichte. »Noch dazu einen, der gerade erst vom Kaiser unterworfen wurde.«

»Vielleicht haben sie Großes vor«, Fuchs gluckste über seinen eigenen Witz, er hatte wohl schon etwas über den Durst getrunken. Dafür sprachen seine roten Wangen und die Nase in derselben Farbe.

»Ja«, stimmte Glatze zu. Er genoss es, dass ihm alle an den Lippen hingen. »Denk nur, von dem Tage an verwildert die ganze Umgebung. Die Pflanzen greifen die Menschen an, meine Gilde -«

»Ach, Blödsinn!«, winkte Greif ab. An eine Hexe glaubte er wohl, so wie es alle taten. Dass sie Gewalt über die Natur besaß, wohl eher nicht.

»Wenn ich es doch sage«, brüskierte sich Glatze.

»Natürlich, und Kobolde springen dazwischen herum«, höhnte Greif.

»Hässliche Viecher! Erzähl von dem Weib«, verlangte Fuchs lallend.

Darauf ging das Gespräch wild durcheinander. Ich verstand nur noch, dass die Gilde von Glatze ein Handelsembargo über das Fürstentum verhängt hatte und jeden warnte, keinen Fuß dort hineinzusetzen.

Natürlich wusste ich, über welchen Teil des Kaiserreiches sie sprachen. Wie es aussah, hatte die Hexe, Elsa, die Kontrolle über den Waldgeist behalten und strebte nun nach immer größerer Macht.

Mein Vorhaben drängte, ich konnte nicht länger warten. Der Eimer um meine Füße hatte sich bis zur Hälfte geleert. Gerade zog ich die Füße heraus als Matres einen Teller und einen Krug neben mir abstellt. »Ihr müsst was essen«, erklärte sie auf meinen fragenden Blick.

Im Winter hätte ich vielleicht mit Haferbrei gerechnet, doch auf dem Teller dampften Kartoffeln und ein gigantisches Stück Fleisch.

»Ich sagte doch, ich habe keinen Hunger und bezahlen kann ich auch nicht!«, versetzte ich, etwas schärfer als ich es beabsichtigt hatte.

Sie sah mich überrascht an. Doch an der Frau war alles robust. Nicht nur der Körper, sondern auch ihr Gemüt. »Das geht aufs Haus«, beharrte sie.

»Ich brauch nur ein Zimmer, morgen werde ich etwas essen«, lenkte ich ein. »Mein Bauch ist voll, ich habe vor kurzem meinen Proviant aufgegessen. Ich hatte hier nicht mit einer Stadt gerechnet«, wand ich mich heraus. Ein Empfinden wie Hunger kannte ich nicht. Das Gefühl von Übelkeit dagegen schon, einmal hatte ich etwas gegessen, um nicht aufzufallen. Ich hatte mich daraufhin im Strahl erbrochen. Wasser zu trinken bereitete mir Bauchschmerzen und ein halbes Jahr roch mein Atem wie vermodertes Holz.

»Na wenn das so ist«, sie nahm den Teller wieder an sich. Ihr gieriger Blick auf das Fleisch verriet mir, wo dieses landen würde.

»Das Gästezimmer ist den Gang runter. Auf der rechten Seite, ganz am Ende«, sie deutete durch den gefüllten Schankraum auf einen schmalen Flur, den man leicht übersehen konnte.

»Danke«, ich zückte meinen Geldbeutel.

»Geht auch aufs Haus«, tat sie ab.

Misstrauisch zurrte ich den Beutel an meinem Gürtel fest. »Danke«, knurrte ich. Irgendetwas stimmte hier nicht. Ich klaubte mein Sack und Pack zusammen, drängte mich an Matres vorbei und schlängelte mich durch die schwatzenden Gäste. Der ein oder andere warf mir einen fragenden Blick zu. Vielleicht hatten sie mitbekommen, dass ich gerade eine kostenlose Mahlzeit ausgeschlagen hatte. Noch dazu solch eine Üppige.

Ich fand das Zimmer auf Anhieb und staunte nicht schlecht. Ich hatte mit einem ungenutzten Stall oder einer Abstellkammer gerechnet. Aber es handelte sich um ein echtes Gästezimmer. Mit einem Bett, Schrank, Tisch und Stuhl, und einem Fenster, vor dem schwere Läden gelegt worden waren. Es gab sogar einen kleinen Kamin und da drin brannte - wie sollte es anders sein - ein verdammtes Feuer. Ich sah die Flammen grimmig an. Anschließend schloss ich die Tür, schob den Riegel vor und warf mich auf das Bett. Abermals staunte ich über die Qualität, nicht zu weich, nicht zu hart, so wie ein gutes Bett sein musste. Am liebsten hätte ich mich tatsächlich zur Ruhe gelegt. Dazu blieb aber keine Zeit. Ich zwängte meine Füße in Strümpfe und Schuhe, warf mir den Mantel über die Schulter und öffnete das Fenster... Zumindest wollte ich das, doch der Laden klemmte nicht nur. Wie ich feststellen musste, war er fest vernagelt. Mit aller Kraft rüttelte ich daran, das vermaledeite Holz gab meinen Bemühungen keinen Fingerbreit nach. Ich fluchte in mich hinein.

Matres würde es mir nicht gestatten, ihre Gaststätte zu verlassen. Ich dachte an die stämmige Frau, die sich mir in den Weg stellen würde. Wenn es mir gelang, dieser Frau zu entwischen, gab es immer noch die Torwache. Sie alle bestanden darauf, dass ich hier verweilte. Eigentlich wollte ich so unauffällig wie möglich vorgehen und nicht gleich in den ersten Stunden einen Kleinkrieg entfesseln.

Vielleicht wäre es doch besser, bis morgen zu warten. Resignierend wandte ich mich zu Bett, nur um in die gelben Augen eines monströsen Wolfes zu blicken, der vor der Tür stand. Das Fell gesträubt, die Zähne gefletscht. Bevor ich mich fragen konnte, wie er hier hereingekommen war, sprang er knurrend auf mich zu. Er stieß mich gegen den Fensterladen und zerriss das Hemd über meiner Brust. Ich packte seine Pfoten und wich zur Seite. Der Wolf prallte an das Fenster.

Das verschaffte mir die Zeit Dolch und Paradeschwert zu ziehen. Da sprang der Wolf mir entgegen. Mit aller Kraft schlug ich ihm das Paradeschwert rechts gegen den Kopf. Der Wolf wurde aus der Bahn geworfen und landete auf allen vieren. Dieser Hieb hätte ihm den Schädel zertrümmern oder zumindest zu Boden werfen müssen. Dem zum Trotz stand er da und zog geifernd die Lefzen zurück. Erneut griff er an, mit demselben Resultat, nur dass ich ihm hinterher sprang und den Dolch in den Hals rammte. Es folgte kein schmerzerfülltes Heulen, kein Gurgeln und schon gar kein Blut. Der Wolf fuhr zurück, wobei er mir den Dolch entriss, der unbeachtet in seinem Leib steckenblieb.

»Du verdammter ...!«, schrie ich und drosch mit dem stumpfen Schwert auf das Monster ein. Von der Wucht meiner Hiebe wurde es lediglich zurückgedrängt. Der Wolf empfand keinen Schmerz. Ihm diese zuzufügen war auch nicht meine Absicht. Ich griff nach dem

Rucksack, während ich ungezielt nach dem Untier schlug und zurrte die Tragetasche auf. Ein einziger Blick hinein und ich wurde mitsamt dem Rucksack zu Boden geworfen. Der Inhalt verteilte sich über die Dielen. Der Atem des Tieres war im Nacken deutlich spürbar, als er zum tödlichen Biss ansetzte. Ich drehte mich herum, wobei ich ihm mit dem Ellenbogen einen Schlag gegen den Kopf verpasste. Er schnappte erneut nach mir und ich rammte ihm meinen Unterarm in den Kiefer. Das gehärtete Leder der Armschiene hielt den Zähnen stand. Wütend knurrend zerrte der Wolf an meinem Arm. Sein Speichel spritze mir ins Gesicht, seine Augen funkelten böse. Verzweifelt fischte ich nach dem Silbermesser, welches eine Armlänge von mir entfernt auf dem Boden lag. Ich zog die Scheide herunter, als der Wolf meinen Arm losließ, um einen finalen Biss zu setzen. Wider Erwarten galt dieser nicht meinem Hals, sondern der Brust. Ich rammte ihm das Silbermesser durch den Kiefer ins Gaumendach. Auch diesmal schien der Wolf keine Schmerzen zu leiden. In seinen Augen war jedoch Überraschung zu lesen. Dabei sah er fast menschlich aus. Schwarzer Rauch brach ihm aus dem Maul. Im Körper des Wolfes knackte es, wie Holz im Feuer. Sein Fell zerfiel wie zu Asche verbrennendes Papier und genau so schrumpelte er zusammen, bevor er endgültig zu Rauchschwaden zerfloss.

Ich lag noch eine ganze Weile am Boden, das Silbermesser in die Luft gestreckt, wo sich einst der Kopf des Wolfes befunden hatte.

»Das hab ich doch schon mal gesehen«, erinnerte ich mich. Auf dieselbe Weise war Schatten gestorben.

Mein Blick fiel auf das vernagelte Fenster. Als ich mich auf die Beine gekämpft hatte, musste ich feststellen, dass die Tür ebenfalls abgeschlossen war. Eine Falle, jemand hatte mich diesem Wesen ausgeliefert ... Nein, nicht irgendjemand. Matres!

Es bedurfte meiner ganzen Selbstbeherrschung, damit ich nicht einfach die Tür aufbrach, um die Wirtin zur Rede zu stellen. Es war keine gute Zeit dafür, meiner freundlichen Gastgeberin einen Mordanschlag vorzuwerfen. Durch die Wände drang immer noch der Lärm im Schankraum. Matres hätte sogleich die meisten Gäste auf ihrer Seite. Wer würde wohl meiner Geschichte ohne einen Beweis glauben schenken?

Ich entschied mich dazu, mein eigentliches Vorhaben umzusetzen. Matres konnte warten, aber entkommen würde sie mir nicht.

Es kostete mich einiges an Kraftanstrengung, das Fenster mit meinem Paradeschwert aufzuhebeln. Ächzend brachen die langen Nägel aus dem Holz. Ich öffnete das Fenster. Der kalte Wind blies mir entgegen. Draußen war es mittlerweile dunkel.

Meine Waffen gegürtet, den Umhang umgelegt sprang ich hinaus und versank sogleich bis zu den Knien im

Schnee. Die Hauswände wirkten Schwarz, gegen das Weiß, welches sich der Umwelt bemächtigt hatte. Die Straßen konnte ich nur vermuten, denn sie lagen unter einer tiefen Schneedecke verborgen. Vom Himmel funkelten die Sterne und der Mond schien.

Der Schnee knarzte unter den Stiefeln und dieses verräterische Geräusch wurde weit durch die Nacht getragen. Ich kam nur langsam vorwärts, immer wieder blieb ich stehen und lauschte. Doch außer mir schien sich niemand auf den Straßen aufzuhalten. So wie ich weithin hörbar sein musste, würde ich auch andere Menschen vernehmen, wenn diese durch die Straßen liefen.

Obwohl die Laternen mittlerweile erloschen waren, war es doch vergleichsweise hell. Der Schnee verdrängte die Dunkelheit in den Gassen, dafür herrschte sie dort umso mächtiger, wo er nicht lag.

Die Häuser waren alle über zwei Stockwerke hoch. Ich hielt jedoch nach einem größeren Gebäude Ausschau. Das Kloster der Gemeinschaft, welches ich suchte, befand sich in der Regel irgendwo nahe der Ortsmitte.

Abermals hielt ich inne und lauschte. Waren da Stimmen zu hören? So undeutlich und leise, dass ich sie nicht verstehen konnte. Ich wollte sie schon ignorieren ... da trug sie der Wind zu mir.

»Nein, bitte ... Ich habe doch nichts getan!«

Irgendwer flehte um sein Leben. Das konnte ich nicht einfach so abtun. Ich musste wissen, was dort vor sich ging.

Ich folgte den Klagelauten bis zu einer Gasse. Ein Blick um die Häuserecke offenbarte mir eine bizarre Szene. Ein Mann war an einen Pfahl gebunden worden. Er jammerte und zerrte an seinen Fesseln.

»Bitte lass mich frei, ich habe etwas Geld, das sollst du alles haben ...«, bot er verzweifelt an.

Hinter ihm sah ich einen Schatten, der um die nächste Häuserecke verschwand. Vermutlich galt ihm das Flehen des Gefesselten. Sogleich sprang aus dem Dunkel ein großer Wolf auf den Mann zu. Dieser schrie vor Angst.

Ich ließ jede Vorsicht fahren und stürmte in die Gasse, so schnell es der knietiefe Schnee zuließ. Ich kam gerade noch rechtzeitig, um mit anzusehen, wie der Wolf zu dem Gefesselten hochsprang und ihm mit seinen Krallen die Brust aufriss. Das Blut spritzte schwarz und dampfend in den Schnee. Der Mann schrie zum Erbarmen. Der Wolf fuhr ungerührt fort, in seinem hilflosen Opfer herumzuwühlen. Ich zog das Silbermesser, bereit, es dem Ungetüm in den Leib zu rammen. Dazu sollte es jedoch nicht mehr kommen. Unmittelbar als ich ihn erreicht hatte, zerstob der Wolf zu Rauch.

Der Gefangene war leblos in die Seile gesunken. Aus der klaffenden Wunde lief in Strömen das Blut. Auf den letzten Schritten zu dem Toten sah ich mich vorsichtig um. Doch nichts war zu sehen, zwischen den Häusern blieb es unheimlich still. Niemand kam, um nachzusehen, was geschehen war. Von dem Wolf waren, als Beweise seiner Existenz, nur die Spuren im Schnee geblieben. Ich zückte den Dolch und hob damit die Hautfetzen des Toten beiseite, um die tödliche Wunde zu beurteilen. Der Wolf hatte kein Interesse am Fleisch gehabt. Die Knochen des Brustkorbs waren geknackt, die Lungen eingefallen, sie waren lediglich beiseite gerissen worden. Allein das Organ, in dem die Seele wohnte, fehlte. Der Wolf hatte es auf das Herz abgesehen.

Der Wolf, der mich angefallen hatte, war ebenfalls auf meine Brust aus gewesen.

»Die Nacht der Wölfe, einmal in vierzig Jahren und ich muss genau zu diesem Zeitpunkt hierher kommen«, klagte ich mein Schicksal an.

***

Endlich hatte ich es gefunden! Ein breites Gebäude, wie eine Festung oder eine Kaserne. Das war nicht verwunderlich, der Orden der weißen Hand war einst aus Kriegern entstanden. Soldaten, die nach langem Krieg die Waffen niedergelegt hatten. Wenn ich sie richtig verstand, glaubten sie an keinen einzigen der vielen Götter, sondern lediglich daran, dass Wissen jeglicher Form Krieg verhinderte. Diese Überlegung folgte der Vermutung, dass man nicht im Stande war einem Menschen Leid anzutun, wenn man diesen kannte. Um daran zu glauben, hatte ich schon zu viele Männer gesehen, die ihre Frauen schlugen. Brüder, die einander wegen der Erbschaft meuchelten. Freunde, die zu erbitterten Feinden wurden. Die Liste von Menschen, die sich gut kannten und sich dennoch quälten, war endlos.

Aber ich war auch nicht hier, um mich bekehren zu lassen. Es ging mir um das Wissen, über das sich die weiße Hand schützend gelegt hatte. Mit der Zeit war dieser Orden sehr klein geworden. Allein Wissen zu horten, war für die meisten kein ausreichender Grund ihm beizutreten. Man stieg nicht einmal in der Gunst der Götter, wenn man in diese Gemeinschaft eintrat. Deshalb gab es nur noch wenige Abteien.

Das imposante Tor erhob sich vor mir. Die unheilvolle Stadt im Rücken beeilte ich mich, dort hinzugelangen. Ich drückte die mächtige Klinke hinunter, nur um festzustellen, dass abgeschlossen war. Dem Orden mangelte es nicht nur an Mitgliedern, sondern auch an Geld. Deshalb konnten sie sich keines von diesen modernen Schlössern leisten, die nur Meisterdiebe aufbekamen. Dieses hier war so gewaltig, dass ich mit dem kleinen Finger in das Schlüsselloch hätte fahren können. Es dauerte länger, den Dietrich aus der Tasche zu fummeln, als das Schloss damit zu entriegeln.

Das Tor war beachtlich gut in Schuss. Es öffnete sich fast lautlos. Ich schob mich durch einen dünnen Spalt und zog die Tür hinter mir zu. Erleichtert darüber, die Nacht der Wölfe aussperren zu können. Ein verdammtes Wunschdenken, aber es beruhigte mich für einen Moment.

Hier drinnen war es wärmer. Fackeln erhellten das Gewölbe. Es mochte einst ein Stall oder der Speisesaal der Kaserne gewesen sein. Jetzt standen hier Studiertische, angereiht wie die Bänke einer Kirche. Der Altar fehlte, genauso wie die heiligen Ornamente. An den Wänden hatten sich unterschiedliche Künstler verewigt. Jeder gewillt, die grausame Seite des Krieges zu zeigen und zugleich darin bemüht, seine Vorgänger zu übertreffen. An der zehn Schritt hohen Decke hing ein Kronleuchter, der schon lange keine Kerzen mehr gesehen hatte. Über ihn hatte sich ein dichter Vorhang aus Spinnennetzen gelegt. Ansonsten war die Studierhalle gut erhalten. Kein bisschen Staub gab es hier zu finden. Selbst der Ruß von den Fackeln wurde wohl täglich entfernt.

Da tat es mir fast leid, dass schmutziges Wasser von meiner Kleidung auf den Boden tropfte. Aber Rücksicht konnte ich darauf nicht nehmen.

Ich schritt durch die Halle. Der Steinboden war gewillt, meine Schritte weit durch das Gebäude zu tragen. So tippelte ich mehr auf Zehenspitzen durch die Reihen der Studierbänke.

Hinter einem schmalen Tresen lag eine unscheinbare Tür. Hier wurden die Bücher an jene ausgegeben, die willens waren ihren Horizont zu erweitern. Eigentlich hätte ich auch anklopfen können. Ein schrulliger Leiter des Archivs, mit Buckel und tropfender Nase hätte mir vermutlich genau das Buch gebracht, das ich suchte. In dieser Nacht widerstrebte es mir jedoch, auf mich aufmerksam zu machen. Bei meinem Glück hätte er mir das gewünschte Buch ohnehin verwehrt.

Ich stellte erfreut fest, dass die Tür zum Archiv nicht abgeschlossen war. Als ich hindurch schlüpfte, sank mir das Herz in die Hose. Die Bibliothek war größer, als ich vermutet hatte. Auf der einen Seite war das gut. So konnte ich hoffen, dass es hier den gesuchten Folianten gab, aber es würde auch ungleich schwerer werden ihn zu finden. Der Mond tat sein Bestes, um mich bei der Suche zu unterstützen. Allerdings reichte sein silbernes Licht, welches er durch die hohen Fenster schmiss, nicht aus, um die meisten Titel zu lesen. Also blieb mir nichts anderes übrig, als die Bücher einzeln hervorzuziehen und ins Licht zu halten.

Ich richtete mich bereits darauf ein, die ganze Nacht zwischen den Regalen zu verbringen, da ...

»Ha!«

Ich wich zur Seite, der Stich gegen meinen Rücken ging ins Leere. Den Ellenbogen nach hinten rammend wand ich mich um, wobei ich den Langdolch zog. Es polterte, als die Gestalt hinter mir gegen das Regal gestoßen wurde. Sie rutschte stöhnend daran hinunter.

Wie von selbst glitt das Paradeschwert in meine Linke. Ich blickte auf die Gestalt hinab. Der weiten Kutte zum trotz wirkte sie recht zerbrechlich. Vorsichtig und mit dem Schlimmsten rechnend fuhr ich mit dem stumpfen Schwert unter die Kapuze und zog sie dem Angreifer vom Kopf. Ein schmales Frauengesicht mit edler Blässe kam zum Vorschein. Ihre Haare zeigten sich im Mondschein in einem hellen Bronzeton. Sie versuchte, die Benommenheit abzuschütteln, weshalb der Schwindel drohte, sie endgültig zu übermannen. Für einen Moment verdrehte sie die grünen Augen. Ich hoffte, sie würde in Ohnmacht fallen, damit ich meine Suche ungehindert fortsetzen konnte. Zu meiner Enttäuschung fing sie sich und blickte zu mir hinauf. Ihre Pupillen glitten hin und her.

»Im Zweifelsfall, der in der Mitte«, riet ich ihr.

Der jungen Frau gelang es, sich zu sammeln. »Dieb!«, klagte sie mich an. Ihre Hände suchten nach der Waffe, die sie fallen gelassen hatte. Diese blieb in der Dunkelheit verschwunden.

»Nur ein Sucher nach Erkenntnis«, grinste ich verlegen. Ich steckte den Dolch weg und reichte ihr die Hand.

Sie beäugte diese, als sei meine Hand ein sieben Tage alter Fisch und entschied sich dazu, alleine den Weg zurück auf die Beine zu finden.

»Wir haben geschlossen«, verwies sie mich des Klosters.

»Das ist mir klar, sonst hätte ich die Tür ja nicht aufbrechen müssen«, erwiderte ich gelassen.

Sie funkelte mich grimmig an. »Raus!« Ihre Hilflosigkeit wirkte fast schon attraktiv.

»Ihr seht nett aus, wenn Ihr Euch so aufregt.«

Dieses Kompliment brachte sie vollends aus dem Konzept. »Ich ...« Sie strich sich verlegen eine Haarsträhne hinter das linke Ohr. »Wirklich?«, fragte sie verunsichert.

»Aber ja, ganz hinreißend«, das war nur etwas übertrieben. Die junge Frau hatte es mir tatsächlich angetan. Wie dem auch sei, sie würde mich nicht davon abhalten, das zu finden, was ich suchte. Das war ich Mailien schuldig. Der Gedanken an sie, vernichtete jegliche aufkommende Faszination für die Bibliothekarin.

»Das hat noch niemand zu mir gesagt«, gestand sie.

»Vermutlich seid Ihr sonst auch besonnener«, überlegte ich.

»Stimmt, es gibt für gewöhnlich keinen Grund aus der Haut zu fahren. Es sei denn ...«, sie erinnerte sich offenbar an ihre Rolle als Hüterin des Wissens, »... hier bricht jemand ein! Ihr werdet jetzt verschwinden, raus mit Euch!«, verlangte sie mit Nachdruck.

»Das geht nicht. Wisst Ihr eigentlich, was da draußen los ist?« Ich musste einen Grund finden hierbleiben zu dürfen.

»Die Nacht der Wölfe na und, eine alberne Legende«, tat sie ab. »Ihr seht nicht aus wie jemand, der abergläubisch ist«, urteilte sie.

Kurz fragte ich mich, wie so jemand wohl aussah.

»Jetzt geht, und kommt morgen wieder«, beharrte sie. »Wenn das Türschloss nicht beschädigt ist, will ich über den Einbruch hinwegsehen und kein Wort gegenüber dem Abt verlieren.«

Offenkundig war ich ihr sympathisch. Die Frage war nun, wie weit ich diesen Vorteil ausreizen konnte?

»Bitte schickt mich nicht hinaus in die Nacht, es ist erbarmungslos kalt. Ich sehne mich nach Wärme«, ich sah sie mitleiderregend an. Der Blick wirkte in der Dunkelheit sicher nicht besonders.

Sie hielt tatsächlich inne.

»Nun wir haben leere Quartiere, da ist es zwar nicht sonderlich warm, aber zumindest hättet Ihr dort ein Bett und einige Decken«, lenkte sie ein. »Aber auch davon sollte der Abt nichts erfahren.«

»Das wäre zu gütig«, sprach ich dankbar.

»Aber keine nächtlichen Exkursionen«, wies sie mich halbernst an.

Ich folgte ihr durch die Reihen der Bücherregale. Im Halbdunkel tauchten immer mehr davon auf. Wir schritten durch eine Tür in einen Teil der alten Kaserne, der wie ein Verlies aussah und später zu den Schlafquartieren der Mönche umfunktioniert worden war. Hier brannte eine einzige Fackel, die recht verloren wirkte. Wäre am Ende des Ganges kein Fenster gewesen, durch das der Mond herein blinzelte, hätte die Dunkelheit von diesem Korridor gänzlich Besitz ergriffen.

Sie öffnete mir eine der schweren Holztüren, die eng aneinander lagen. »Hier ist unser Deckenlager, darin ist es einigermaßen gemütlich. Verlasst es nicht, bis ich morgen früh zu Euch komme«, wies sie mich an.

Ich schritt durch den niedrigen Eingang und bekam mit aller Kraft die schwere Holztür in den Rücken. Natürlich hatte ich mit so etwas gerechnet und stemmte mich der Tür entgegen. Die kleine Novizin mühte sich redlich, doch war sie mir weit unterlegen. Zumindest was die reine Muskelkraft anging. In Verschlagenheit sollte ich von ihr noch einiges lernen können.

»Geht hinein«, presste sie zwischen zusammengebissen Zähnen hervor.

»Ich bin nicht gefährlich«, beteuerte ich. »Ich suche wirklich nur ein Buch, mehr nicht. Ich brauche nur Informationen und will Euch nicht bestehlen.«

»Ein schwer bewaffneter, gut aussehender Mann ...«, sie warf sich gegen die Tür, weshalb ich einen

Fingerbreit nach vorne rutschte, »... bricht nicht wegen eines Buches hier ein.«

Mit einem einzigen Schlag gegen die Tür hätte ich alle ihre Bemühungen zunichtemachen können, doch es wäre ein Fehler, sie gewaltsam zu überzeugen. Es blieb mir lediglich auf ihre Einsicht zu hoffen.

»Du bist doch sehr klug«, ich entschied mich, es auf einer persönlichen Ebene zu versuchen. »Was sollte ich den sonst in einem Kloster der weißen Hand wollen? Jeder weiß, dass ihr kein Geld habt. Hier gibt es nichts zu rauben.«

Sie stockte tatsächlich. »Außer ...«, sie atmete schwer.

»Außer deiner Unschuld vielleicht«, den Scherz konnte ich mir nicht verkneifen. Ich hätte es jedoch besser getan.

Ihre Empörung schlug mir fast so heftig entgegen, wie die Tür in meinen Rücken. »Ihr seid ein Widerling! Und außerdem, wer sagt, dass ich sie noch besitze!«

Ich konnte nicht anders und musste lachen. Die Situation war mehr als albern.

»Was soll das, findet Ihr das lustig?«, zeterte sie.

»Irgendwie schon«, gestand ich. »Ich tue dir nichts, wirklich«, gluckste ich.

»Oh!« Ihre Überraschung galt nicht mir. Ihre Versuche, mich einzusperren erstarben abrupt. Das hungrige Knurren eines Wolfes erklang.

»Guter Hund«, versuchte die Novizin, sich bei dem Tier beliebt zu machen. »Du hast schöne gelbe Augen.«

Ich fackelte nicht lange, zog das Silbermesser und Paradeschwert. Mit einen Ruck stieß ich die Tür auf. Wütendes Gebell erklang. Ein dunkler Schatten warf sich auf die Novizin. Sie wurde zu Boden gerissen.

Ich kämpfte mich an der Tür vorbei.

Die junge Frau hatte den Wolf am Kopf gepackt und versuchte, das Tier von sich fernzuhalten. Der Wolf bellte und knurrte. Der Gang war zu eng, als dass ich hinter ihn gelangen konnte und zu tief für einen Sprung. Blut spritze, die Novizin schrie. Ohne Rücksicht auf mich und auf sie, stürzte ich mich von vorne auf die Bestie. Ich umklammerte den pelzigen Leib. Überall um mich herum schien es nur Fell und Beine zu geben, der Wolf schnappte hörbar nach mir. Ungelenk rammte ich ihm das Silbermesser mehrfach in den Unterleib. Rauch quoll aus den Löchern in seinem Pelz. Jaulend verging der dämonische Wolf.

Unterdessen kam ich auf der Novizin zum Liegen. Vorsichtig erhob ich mich, um nicht auf sie zu treten. Wegen des schmalen Ganges eine akrobatische Meisterleistung. Selbst im matten Fackelschein erkannte ich, dass sie über und über mit Blut bespritzt war. Ihre Augen starrten zur Decke empor. Ich wollte bereits mit meinem ganzen Arsenal an Flüchen den Tod verwünschen, da fiel mein Blick auf ihre Brust. Sie atmete. Das Blut stammte aus einem Biss an ihrem linken Unterarm. Es sickerte langsam in die zerrissene Robe.

***

Die Wunde war überraschend oberflächlich. Wahrscheinlich hatte der Wolf lediglich versucht, ihren Arm zur Seite zu ziehen. Die Novizin saß auf ihrem Bett, sie starrte ins Leere und ließ mich gewähren. Menschliche Wunden waren mein Spezialgebiet, ich hatte einige Zeit als Feldarzt verbracht. In ihrer Zelle gab es alles, was man zur Reinigung und für einen guten Verband benötigte. Offenbar beschäftigte sie sich vorrangig mit der Heilkunst. Zumindest sprachen die Bücher in ihrem Regal dafür.

»Ich fürchte, ich muss amputieren«, beurteilte ich die Wunde, nachdem ich sie mit einer Alkoholtinktur gesäubert hatte.

Sie erwachte aus ihrer Starre und blickte mich entsetzt an. »Was?«

»Nur ein Scherz«, erwiderte ich.

»Ach so.« Ihre Miene fiel in die Starre zurück.

Mit einigen Heilpflanzen und etwas Wasser stellte ich eine Heilpaste her. Sorgsam verteilte ich diese über ihre Wunde.

»Was war das?«, wollte sie nach einiger Zeit wissen.

»Der Wolf?«

Sie nickte.

»Die Nacht der Wölfe«, antwortete ich.

»Unsinn, so etwas gibt es nicht«, tat sie ab. Ihr nüchterner Verstand wehrte sich gegen das, was sie gesehen und erlebt hatte.

»Es gibt dann wohl auch keine Wölfe, die sich in Rauch auflösen«, argumentierte ich dagegen.

»Ja genau!«, sie sank zusammen. »Vielleicht werde ich langsam verrückt. Wenn man zu viel studiert, dann geht die Fantasie mit einem durch.«

»Das ist sicher keine Einbildung«, ich wies mit dem Kinn auf den Arm, den ich so eben bandagierte.

»Und dennoch. Als ich mit dem Studium begann, sagte man mir, es gäbe nichts Übersinnliches. Alle diese Geschichten stammen von einfachen Bauern, die versuchen sich eine Welt zu erklären, die sie nicht verstehen.«

»Da muss ich dich enttäuschen. Natürlich sind die meisten Geschichten etwas ausgeschmückt, aber im Grunde sind sie alle wahr.«

»Dann gibt es auch Dämonen, Farudähen, Götter und Daemiren? Hexen und Magier sind keine Scharlatane?«

»Der Orden des roten Mondes hat viel dafür getan, dass man dies glaubt, aber es gibt sie. Magie, die so gewaltig ist, dass sie ganze Städte auslöschen könnte. Wenn du mich fragst, ist hier ein solcher Zauber am Werk.«

»Iga«, meinte sie.

»Was?«

»Das ist mein Name, Iga.«

Ich zog skeptisch die Augenbrauen kraus.

»Eigentlich Ignatia«, sie schüttelte sich. »Der Name ist schrecklich. Ich soll nach meiner Taufe drei Tage nur geschrien haben. Ich fand den Namen wohl damals schon furchtbar.«

»Darik«, stellte ich mich vor.

»Nun Darik«, sie sah mich aus ihren großen grünen Augen an. »Was für ein Buch suchst du.« Ein Grinsen huschte über ihr Gesicht. Sie glaubte noch immer nicht daran, dass es mir ernst war.

»Den Nurakonimus«, antwortete ich, während ich ihren Arm prüfend bewegte, um zu sehen, ob der Verband hielt.

Mir fiel nicht auf, wie sie mich anstarrte.

»Eine Abschrift sollte mir genügen. Das Original ist verschollen, wie es heißt.«

»Ist dir eigentlich klar, was das für ein Buch ist?«, fragte sie entsetzt. »Es ist älter als die Menschen selbst, es wurde geschrieben, als die Farudähen noch die Welt beherrschten.«

»Ich dachte, dies sind alles nur erfundene Geschichten«, grinste ich sie an.

»Jeder, der den Nurakonimus liest, verliert den Verstand, wenn ihm nicht noch schlimmeres zustößt«, führte sie aus.

»Es geht aber das Gerücht, dass die blinden Mönche von Askur eine Abschrift angefertigt haben«, entgegnete ich.

»Diesen Orden gibt es schon Jahrhunderte nicht mehr«, tat sie ab. »Ihre Bücher sind ...«

»Direkt in den Besitz deines Ordens übergegangen«, führte ich ihren Satz zu Ende.

»Darik, du überrascht mich«, gestand sie. »Du siehst nicht aus wie ein Gelehrter.«

»Ich weiß, ich sehe aus wie ein Vagabund und Taugenichts. Wenn es dich beruhigt, du siehst auch nicht aus wie eine Novizin der weißen Hand«, erwiderte ich.

»So, wie sehe ich denn aus?«, sie biss sich auf die Unterlippe, während sie meinem Blick standhielt.

»Wie eine gelangweilte Frau, die Lust auf ein Abenteuer hat«, grinste ich.

»Du machst dir keine Vorstellung«, stimmte sie mir zu. »Anfangs dachte ich wirklich, dass mein Lebenssinn darin besteht alles zu Wissen. Aber Wissen ohne Erfahrung ist ...«

»Wie ein stumpfes Kräutermesser, zu fast nichts zu gebrauchen«, führte ich ihren Satz abermals zu Ende.

»Ja«, stimmte sie energisch zu. Sie stand auf und strich ihre Robe glatt. »Ich glaube, ich bin jetzt bereit für ein Abenteuer.«

»Sehr gut«, urteilte ich. »Aber wenn ihr das Buch nicht hier habt, dann muss ich weiterziehen.«

»Und was ist mit der Nacht der Wölfe?«, fragte sie überrascht.

»Wenn ich mich in alles einmischen würde, was mir auf meinen Reisen begegnet, käme ich nicht voran«, winkte ich ab.

»Aber die Stadtbewohner, das sind gute Menschen. Die können wir doch nicht einfach diesen Geistern überlassen«, protestierte sie. »Wenn du mir hilfst, dann besorge ich dir das Buch«, versprach sie.

Ich sah Iga prüfend an.

»Ich habe nicht gesagt, dass wir es nicht haben«, sie lächelte unschuldig. »Aber es befindet sich in der Privatbibliothek des Abtes. Zumindest glaube ich, dass ich es dort gesehen habe.«

»Erst will ich es sehen«, verhandelte ich. Dass ich befürchtete, ein zweites Mal von ihr reingelegt zu werden, sprach ich nicht aus. Auf diesen Gedanken kam sie von selbst.

»Also gut, ich hole es«, versprach sie. »Ich bin gleich zurück.« Sie huschte leise zur Tür. Es schien so, als müsste sie sich nicht einmal bemühen, völlig lautlos zu laufen. Ihr war die Arbeit in einer Bibliothek bereits in Fleisch und Blut übergegangen.

Natürlich folgte ich ihr. Zum einen, um sie zu beschützen, zum anderen wollte ich vermeiden, dass sie die Stadtwache rief.

In der umfunktionierten Kaserne gab es nur sehr verwinkelte und gedrungene Gänge. Vermutlich stand die Stabilität des Bauwerks im Vordergrund. Deshalb waren die Gänge um die tragenden Bauteile angelegt.

Zumindest erklärte ich mir so die verschachtelte Bauweise. Von Baukunst verstand ich nichts.

Sie führte mich einen Korridor entlang, in dem es immer wärmer wurde. »Kälte bekommt den Gelenken des alten Mannes nicht. Deshalb brennt in diesem Teil des Klosters immer mindestens ein Feuer.«

Ich seufzte. Klar, dass man hoch oben in den Bergen meinem verhassten Widersacher häufig begegnete.

Iga blieb vor einer Tür stehen und legte ihr Ohr daran. So als habe sie das bereits hunderte Male gemacht. »Seltsam, normalerweise schnarcht er so laut, dass man es bis weit in den Flur hört.« Sie klopfte zaghaft an. Leise drückte sie die Klinke hinab und schob die Tür auf. »Euer Gnaden?«, fragte sie vorsichtig.

In dem Zimmer blieb es still. Nur das Knistern eines Feuers war zu hören.

Iga tippelte in das Zimmer. »Euer Gnaden, störe ich?«, fragte sie etwas lauter.

Nun konnte ich einen Blick in das Zimmer werfen. An den Wänden waren etliche Regale aufgestellt, die von Büchern überquollen. Es gab drei Studiertische. Zwei Kamine, in beiden prasselten Feuer. Am anderen Ende stand ein großes Himmelbett, in dem gut und gerne acht Menschen bequem Platz gehabt hätten. Darin lagen eine Unmenge an Decken, die sich zu einem Berg auftürmten.

»Euer Gnaden?!«, Iga schrie schon fast. Zügig lief sie zum Bett und zog die Decken beiseite. Darunter lag eine massige Gestalt. Es erklang weder ein Wort des Protestes, noch regte sich der Abt.

Ich trat hinzu. Sogleich erkannte ich an dem erschlafften Gesichtszügen, dass in dem Abt kein Leben mehr steckte. Seine Augen waren weit aufgerissen, so als könne er sein eigenes Ableben nicht fassen.

»Er war alt«, versuchte Iga, seinen Tod zu erklären.

Ich dagegen wollte nicht an einen Zufall glauben. Aber das Nachthemd über seiner Brust war gänzlich unversehrt. Prüfend schlug ich die Decken zurück. Über seinem Bauch hatte sich der Stoff seines Gewandes dunkel verfärbt. Bewusst sog ich die Luft ein. Blut! Mit einem Ruck riss ich das Nachthemd auf. In seinen Wanst fanden sich viele Stichwunden. Als hätte man ihm einen Dolch mehrfach in den Leib gerammt.

»Du!«, rief Iga entsetzt. »Das warst du!«

»Beruhig dich, du weißt, dass das nicht wahr ist«, tat ich ihre Entrüstung ab.

Tatsächlich fing sie sich. »Er war wie ein Vater für mich«, erklärte sie teilnahmslos.

»Du hast deinen Vater nicht gemocht«, erkannte ich.

»Nicht besonders«, stimmte sie zu. »Die Frage bleibt, wer bricht hier ein, um einen alten, bedeutungslosen Mann zu ermorden?«

»Gute Frage. Eine Chimäre soll mich fressen, wenn das nichts mit der Nacht der Wölfe zu tun hat«, schlussfolgerte ich. In dem Zimmer gab es nicht die Spur eines Eindringlings. Die Fenster hinter den schweren Vorhängen waren alle noch ganz. Auch der ausgetretene Teppich wies keine Spuren auf.

»Das Buch«, erinnerte ich Iga. Sie stand immer noch bei dem Abt und blickte ihn an.

»Ich habe noch nie einen Toten gesehen«, gestand sie. »Sehen sie alle so überrascht aus?«

»Kommt darauf an, weshalb sie sterben. Jemand der im Schlaf ermordet wird, kann schon mal so schauen. Wie viele Novizen gibt es hier eigentlich?« Ich konnte es mir zwar denken, aber vielleicht täuschte ich mich.

»Nur noch mich«, bestätigte sie meinen Verdacht.

»Du hältst hier alles ganz alleine sauber und in Ordnung?«, vergewisserte ich mich.

»Ja. Ich bin auf dem Land groß geworden, meine Eltern konnten mich nicht ernähren. Klar, dass man da lieber meine drei Brüder behält und die Tochter wegschickt. Auch wenn ich viel geschickter bin, als alle drei zusammen«, ein Anflug von Zorn und Bedauern lag in ihrer Stimme. »Seit fünf Jahren lebe ich schon in dieser verfluchten Kälte.«

Ich machte mich daran die Regale zu überprüfen, las einen Buchtitel nach dem anderen. »Die Menschen hier scheinen ungewöhnlich freundlich zu sein«, teilte ich ihr meine Beobachtung mit.

»Ist mir auch aufgefallen. Besonders Fremde behandeln sie sehr zuvorkommend. Viele bleiben deshalb hier. Seit ich im Kloster bin, hat die Stadtbevölkerung stark zugenommen. Damals standen noch einige Häuser leer, die sind jetzt alle bewohnt. Seltsam war es schon.«

»Was meinst du?«

»Die Häuser sie waren gut erhalten und im Grunde bezugsfertig, ich habe mir eines zeigen lassen. Sie waren sogar fertig eingerichtet und sahen so aus, als würden sie zumindest wöchentlich ausgefegt«, berichtete sie.

»Hier oben überlebt man vielleicht nur in einer großen Gemeinschaft«, überlegte ich, auch wenn ich es nicht glaubte. Dass mich Matres, die Wirtin, in eine Falle hatte laufen lassen, verschwieg ich ihr. Ich vermutete in Iga ein zartes Gemüt, dem ich in dieser Nacht nicht zu viel zumuten wollte. Wie sollte ich mich täuschen ...

Sie ging zu einem Regal und zog ein schweres Buch hervor. »Hier ist es«, sie wuchtete den Wälzer auf einen der Studiertische. Wie aus Gewohnheit zog sie aus dem Pult eine Kerze hervor, steckte sie am Feuer an und drehte sie in die Halterung am Tisch.

Auf dem brüchigen Ledereinband stand es: »Der Nurakonimus - Studierender sei gewarnt«. Als würde solch eine Warnung irgendjemanden abschrecken.

Ich öffnete ihn vorsichtig. Der Buchrücken seufzte entzückt darüber, dass sich endlich jemand für seinen Inhalt interessierte.

Leser wisse, dieses Buch stammt aus einer Zeit vor den Menschen. Nur der, dessen Verstand klar ist und der in Vernunft begabt ist, sollte sich mit dessen Inhalt befassen. So lautete die Einleitung. Wie ich solche Kommentare hasste. Vermutlich zogen sie sich durch das ganze Buch. Sie waren dazu gedacht, dem Leser zu suggerieren wie man den Text auslegen sollte. Mein ach so klarer Verstand riet mir, diese Bemerkungen mit Skepsis zu betrachten. Schließlich stammten sie von einem Orden, der überzeugt war, beim Inhalt des Buches handelte es sich um nicht mehr als erfundene Geschichten. Mythen, mit denen sich die Menschen im Altertum die Entstehung der Welt erklärten. Ich dagegen hielt die neue Theorie für ebenso erfunden. Wie sollte eine Welt aus dem Feuer geboren worden sein?

»Da draußen geschieht etwas«, teilte mir Iga mit. Sie war ans Fenster getreten und blickte in die Stadt hinab. Zwischen den Häusern bewegten sich etliche flackernde Lichter. Sie konnten nur zu Laternen und Fackeln gehören. Auf dem Schnee zeichneten sich einige Schatten ab, die zwischen den Menschen herumsprangen und vergingen, sobald sie ein Opfer niedergeworfen hatten.

»Wir müssen da runter und den Menschen helfen«, beschloss Iga.

»Du musst gar nichts«, ich hielt sie an Arm fest. »Du besorgst dir einen Gegenstand aus Silber und versteckst dich irgendwo. Wenn dich ein Wolf anfällt, schlägst du ihn mit dem Silber nieder!«

»Und was machst du?«, fragte sie verängstigt und nahm einen Kerzenleuchter vom Nachttisch des Abtes.

»Ich jage ein paar Wölfe.«

***

Als ich das Kloster verließ, stolperte ich sogleich über den ersten Toten. Er lag direkt vor der Tür. Vielleicht hatte er gehofft, in dem Kasernenbau Zuflucht zu finden. Seine Brust war aufgerissen und sein Herz fehlte. Die Augen standen vor Entsetzen offen.

Schreie drangen von der Stadt zu mir nach oben, durchmischt mit Wolfsgeheul und dem Knurren der Bestien.

Der Schnee schränkte mich in meiner Bewegung ein. Bei jedem Schritt in der weißen Flut versinkend, musste ich mit ansehen, wie ein flackerndes Licht nach dem anderen erlosch. Jedes stand für einen Menschen, der sein Leben an eine der Bestien verlor.

Einige Überlebende sammelten sich in der Ortsmitte, mit Holzfälleräxten und Mistgabeln bewaffnet. Die Wölfe sprangen um sie herum und rissen jeden, der aus dem Kreis ausbrach. Wenn ein Wolf verschwand, so schienen andernorts zwei weitere zu erscheinen.

Wie verängstigte Schafe drängten sich die Menschen zusammen.

Einen Wolf, der bei mir auf leichte Beute hoffte, schlug ich mit dem Paradeschwert nieder. Ich zögerte keinen Lidschlag, stürzte mich auf ihn und rammte ihm das Silbermesser mehrfach in die Kehle. Zum ersten

Mal sog ich den Rauch ein, der aus den Wunden drang. Er biss in meiner Nase, wie konzentrierter Schwefel.

»Rettet euch, hier entlang!«, rief jemand auf dem Marktplatz. Er fuchtelte mit einer Fackel, um auf sich aufmerksam zu machen. »Ins Lager, dort sind wir sicher!«

Panisch folgten die Menschen seinem Rat. Die Gruppe stürmte auf ein großes Haus zu.

»Schnell«, trieb ihr Retter sie an und riss die Tür auf.

Ich stolperte ebenfalls in diese Richtung. Ich war nur zehn Schritte entfernt, als die Tür vor mir geschlossen wurde. Zwei Wölfe stellten sich mir in den Weg. So als wollten sie mich daran hindern, ins Lager zu gelangen.

»Kommt nur her«, forderte ich sie heraus. Ich spürte, wie meine Gelenke von der Kälte steif wurden.

Die Wölfe bewegten sich knurrend um mich herum. Dabei zogen sie den Kreis immer enger. Ich sprang auf den einen zu und versuchte ihn mit dem Paradeschwert zu treffen. Er wich aus. Gleichzeitig wurde ich von hinten angesprungen und niedergerissen. Ich stürzte in den eisigen Schnee. Mein Körper erlahmte zusehends. Die Wölfe kümmerten sich nicht um meine Waffen, sie wähnten sich unverwundbar. Die Bestien wollten mein Herz. Sie packten den Mantel und versuchten mich herumzudrehen. Eines der Tiere gab sich dabei die Blöße. Ich nutzte die Gelegenheit und rammte das Silbermesser durch dessen rechtes Auge. Der Rauch stob aus der Wunde.

Der andere Wolf hielt entsetzt in seinem Treiben inne. Er jaulte auf, als er gewahr wurde, wie sein Artgenosse elend verging. Bei seiner halsbrecherischen Flucht rutschte er mehrfach im Schnee aus und überschlug sich. Ich kam zu langsam auf die Beine, als dass ich ihm hätte nachsetzen können.

Erneut drangen Schreie an meine Ohren. Sie kamen aus dem Lagerhaus. Ich taumelte zur Tür. Weil sie sich nicht öffnete, rammte ich meine Schulter dagegen. Das Geschrei ging in das Geheul von Menschen über, die Todesqualen erlitten.

Mit einem weiteren Schlag gegen die Tür brach das Schloss auf, ich stolperte in das Lagerhaus. Zu spät ...

Einige der Fackeln brannten noch. Deren Träger lagen reglos übereinander in ihrem eigenen Blut. Jedem war das Herz herausgerissen worden. Die zerbissenen Hände und Arme zeugten davon, dass die Menschen sich heftig gewehrt hatten.

»Sie kamen aus dem Keller«, jammerte jemand. In der Dunkelheit konnte ich die Frau, die in eine Ecke gekauert hockte, kaum erkennen. Ihr Glück war es wohl gewesen, dass kein Wolf für sie übrig geblieben war.

An den hinteren Wänden stapelten sich die Kornsäcke, dazwischen lag eine Tür, die angelehnt war. Ich stieg über die Ermordeten hinweg und näherte mich besagter Tür. Innerlich auf das Feuer schimpfend hob ich eine Fackel auf. Das Silbermesser behielt ich in der Hand.

Mit einem Ruck riss ich die Tür auf und stieß die Fackel in den Raum, als wolle ich die Finsternis erdolchen. Im flackernden Schein offenbarten mir die verhassten Flammen eine kleine schmale Leiter, die steil in das Kellergewölbe hinabführte. Hier sollten die Wölfe heraufgekommen sein? So schnell, dass den Stadtbewohnern die Flucht versagt geblieben war? Das konnte ich nicht glauben. Die Erkenntnis reifte zu langsam in mir heran. Wenngleich ich den Tritt in den Rücken kommen sah, war ich wegen der Kälte in meinen Gliedern nicht schnell genug ihn abzuwehren. Ich verlor das Gleichgewicht und stürzte in den Kellerschacht.

Stöhnend richtete ich mich auf. Die Fackel leckte an meinem Mantelsaum. Die Angst, in Flammen aufzugehen, überrollte mich. Mit einem Tritt beförderte ich die Fackel in die Kellerräume. Fluchend schlug ich meinen Mantel gegen die Wand. Er klatschte feucht gegen die Steine. Natürlich war er zu nass, um Feuer zu fangen. Die Fackel kam indes auf einigen Säcken zum Liegen. Diese waren trocken genug, um sogleich Feuer zu fangen.

Von oben stürzte eine weitere Fackel zu mir herab. Auch deren Flammen lechzten nach mehr Brennstoff. Die Tür oberhalb der Leiter wurde hörbar zugeschlagen.

Von Flammen umgeben war ich kurz davor zu schreien. Ich spürte die verzehrende Hitze, die sich immer weiter ausbreitete. Mein schlimmster Feind war in diesem Moment die Panik, die mich zu übermannen drohte.

Die Flammen knisterten voller Häme.

Wie ich die Leiter hinaufgelangte, kann ich nicht sagen. Verzweifelt stemmte ich mich gegen die verschlossene Tür. Ich schlug dagegen und schrie. Unterdessen kletterte das Feuer die Leiter hinauf. Unter mir tat sich die Hölle auf, ein Meer aus Flammen, das mich gierig erwartete.

Ich drückte mich an die Wand des engen Schachts und stemmte mich mit den Beinen gegen die Tür. Einer von uns beiden musste brechen, der Türriegel oder ich. Unter mir spürte ich die Hitze. Ich sah mich bereits, in Brand geraten. Da brach die Tür auf. Gegen den plötzlichen Verlust meines Halts, stemmte ich mich mit den Armen in den Kellerschacht. Äußerst ungelenk sprang ich durch die aufgebrochene Tür. Ich wollte bereits zu einer Schimpftirade ansetzen, als ich das Silbermesser in der Scheide, an meinem Gürtel fand.

»Die Städter verfüttern also die anderen Städter an die Wölfe«, fasste ich die gewonnene Erkenntnis zusammen.

Wie erwartet war die Frau verschwunden, die als einzige überlebt hatte. Um herauszufinden was hier genau lief, musste ich einen der Dorfbewohner zur Rede stellen. Vorzugsweise einen, der nicht zu den Opfern gehörte. Da fiel mir die Wirtin ein. Mir ein Zimmer mit vernageltem Fenster zuzuweisen und der Wolf, der mich dort erwartet hatte, das war kein Zufall.

Ich hätte es nie zugegeben, aber durch die Hitze des Feuers waren meine Gelenke geschmeidig geworden. So kam ich schneller voran. Auch wenn ich nicht glaubte, schnell genug zu sein, um Schlimmeres zu verhindern. Denn Schlimmes war bereits in vollem Gange. Aus jeder Richtung hörte ich Schreie. In den Häusern polterte es. Menschen stolperten bei ihrer Flucht, oder warfen Stühle nach den Wölfen. Ich hoffte, dass zumindest Iga in Sicherheit war.

Die Tür der Taverne stand offen, drinnen flackerte Licht. Es roch nach frischem Blut, das von den Bodendielen aufgesogen wurde. Ein Blick durch die Tür eröffnete mir den Blick auf ein heilloses Durcheinander. Zerbrochene Stühle und Tische. Dazwischen lagen die Toten, mit aufgerissenen Brustkörben. Unter ihnen auch die Händler, deren Gespräch ich noch vor wenigen Stunden belauscht hatte.

Ich stieg über die Trümmer und die Leichen, auf dem Weg zur Küche. Auf einem Stuhl, der extra für sie angefertigt worden war, saß Matres, ihre starren Augen blickten mich an. Aus den sich überlappenden Hautfalten an ihrem Kinn war ein kleines Rinnsal Blut gelaufen, das bereits geronnen war. Ihre Haut hatte einen trüben Ton von Wachs angenommen. Sie musste schon lange tot sein. In ihrem Mundwinkel hing ebenfalls etwas von der rostfarbenen Substanz.

Hinter mir knarzte der Boden in regelmäßigen Abständen. Im Schatten meines Umhangs zog ich meinen Dolch, fuhr herum und warf. Die Waffe war nicht dafür gemacht, dennoch erklang ein Aufschrei. Kurz darauf polterte der Dolch zu Boden. Die Schritte wurden schneller, entfernten sich und verklangen in der Nacht. Ich vermochte gerade noch einen Schatten vor der Tür zu erkennen. Im Laufen zog ich den Dolch aus den Dielen. Ich rannte der Gestalt hinterher. Der Schnee verriet mir freundlicherweise die Richtung.

Es ging um die Taverne herum, den Hügel hinauf. Zwischen den Häusern versuchte der Flüchtende Haken zu schlagen, um mich abzuhängen. Vielleicht wollte er aber auch verhindern, dass ich ihn zu Gesicht bekam. Er musste wissen, dass ich seine Spuren überall fand, zumindest bis ...

Ich gelangte erneut auf den Marktplatz, hier war der Schnee derart niedergetreten, dass ich die Fußspuren nicht zuordnen konnte. Das Feuer hatte nun gänzlich von dem Lager Besitz ergriffen. Einige Fenster waren geborsten, die Flammen leckten heraus, um von der nassen Fassade zu Kosten.

»Ergib dich, du kannst deinem Schicksal nicht entkommen!«, rief der Kerl, den ich verfolgt hatte. Er stand vor dem Feuer. Gegen das flackernde Licht vermochte ich lediglich seine Silhouette zu erkennen. Er trug einen weiten Mantel mit ausladender Kapuze.

Ich hätte ihm am liebsten etwas Geistreiches entgegengeschleudert. Da wurden mir die Wölfe gewahr, die sich um das Lager herum bewegten. Ihr Atem gefror in der Kälte zu Eis, so wie meine Gelenke. Es waren sieben Tiere, eine Übermacht, der ich nicht Herr werden konnte.

»Darik! Hier rein!«

Ich fuhr herum. In der Haustür stand Iga. Hinter mir riefen die Wölfe heulend zu Jagd. Ich humpelte die Stufen zu ihr hinauf. Stolperte über die Letzte, da mein steifgefrorener Fuß sie nicht nehmen wollte. Wenig rühmlich krabbelte ich auf allen vieren durch die Tür. Iga schlug sie zu und drückte sich dagegen. Ein heftiger Ruck lief durch das dicke Holz, als sich der erste Wolf gegen die Tür warf. Ich rappelte mich auf und drückte mich neben Iga gegen die Eingangstür. Es gelang uns, die schweren Riegel vorzulegen. Aber diese würden die Wölfe nicht lange aufhalten.

Ich sah mich im Inneren des Hauses um. Eine Öllampe erhellte den spärlich eingerichteten Wohnraum. »Der Tisch«, ich räumte ihn mit einem Arm ab, stellte ihn auf und lehnte ihn gegen die Tür. Davor schob ich ein schweres Schränkchen. Die zierliche Iga half mir dabei, so gut sie konnte.

»Was soll das eigentlich? Ich hatte doch gesagt, du sollst oben im Kloster bleiben«, hob ich zu einer Standpauke an. Die Fensterläden, schienen alle eingehakt zu sein, und genauso massiv, wie die in der Taverne.

»Ich konnte nicht anders.« Sie klammerte sich an den silbernen Kerzenleuchter, den sie als Waffe mit sich herum trug. »Ich musste einfach nach Gerina sehen. Sie war wie eine Mutter für mich, seit ich hierher gekommen bin, ganz allein.«

Es polterte an der Tür. Die Barrikade hielt stand, nur wie lange noch?

»Und, geht es ihr gut?«, grollte ich über ihren Leichtsinn.

»Schwer zu sagen«, gestand sie. Ihre Stimme zitterte.

»Was soll das bedeuten?« Mir war nicht nach einem Ratespiel.

»Sie liegt oben im Bett und rührt sich nicht.«

»Dann ist sie tot«, schlussfolgerte ich.

»Das ist es ja, sie atmet, als würde sie schlafen, aber ich bekomme sie nicht wach.«

Jetzt war mein Interesse geweckt. Während es an der Tür unablässig polterte, stieg ich die Treppen zu dem Schlafzimmer hinauf. Gefolgt von Iga, die mit der Öllampe die Stufen erhellte.

In einem einfachen Bett lag eine Frau mittleren Alters, auf dem Rücken. Sie atmete tief und langsam. So als würde sie schlafen. Ich rüttelte an ihrer Schulter. Sie blieb bewegungslos liegen, nicht einmal ihre Atmung veränderte sich. Ich rieb ihr mit den Fingerknöcheln über das Brustbein. Eine schmerzhafte Sache. Noch nie war mir ein Mensch begegnet, der bei dieser Behandlung weiterschlafen konnte. Gerina hingegen brachte dies fertig.

»Darik!« Iga zerrte energisch an meinem Mantel. Ich drehte mich um. Aus der Dunkelheit des Schlafzimmers starrten uns gelbe Augen an. Die Schatten nahmen die Gestalt eines Wolfes an. Mit zwei Sprüngen war er bei uns. Gleichzeitig entriss ich Iga den Kerzenständer und schlug zu. Der Leuchter zerbarst am Kopf der Bestie. Die Splitter bohrten sich in seine Schnauze. Ich zog das Silbermesser und stach auf seinen Kopf ein. Der Wolf jaulte. Rauchfäden kräuselten aus den Wunden. Mit aller Kraft rammte ich ihm das Messer in die Stirn. Die Vorderläufe des Untiers knickten ein. Er schrumpfte knackend zusammen und zerstob zu grauem Dunst.

»Darik«, machte sich Iga bemerkbar.

»Ja ich weiß, Wölfe machen so etwas für gewöhnlich nicht«, erwiderte ich.

»Das meine ich nicht! Schau!«, sie deutete auf die schlafende Gerina.

In ihrem Gesicht hatten sich etliche Schnitte aufgetan, aus denen frisches Blut lief. Dies war jedoch nichts gegen das Loch in ihrer Stirn. Blut vermischte sich mit zerstoßener Gehirnmasse und lief ihr in die Haare.

Iga sah sie mit großen Augen an.

»Das sind dieselben Wunden, die ich dem Wolf beigebracht habe.« Der Geistesblitz traf mich so heftig, dass es weh tat. Matres war durch einen Stich durch den

Kiefer gestorben. So wie der Wolf, den ich in ihrer Schenke getötet hatte. Der Abt starb durch mehrere Stichwunden im Bauch, genau wie der Wolf, der Iga angefallen hatte.

»Iga, es sind die Menschen hier, sie sind die Wölfe«, teilte ich ihr meine Erkenntnis mit.

»Warum?«, fragte sie tonlos.

»Wenn ich das wüsste.«

Draußen hörte ich jemanden rufen. Ich öffnete ein Fester und schob die Läden auf. Im ersten Stock des Hauses wähnte ich mich einigermaßen sicher.

Unten auf dem Marktplatz stand immer noch der Kerl, den ich verfolgt hatte. Die Wölfe schwänzelten um ihn herum, in Erwartung ihrer Beute. Das Lager brannte lichterloh. Die Tür bildete einen Schatten in den Flammen. Mit dem Fenstern darüber wirkte es fast wie ein brennender Schädel, der mich aus leeren Augen anblickte.

»Es sind noch fünf übrig«, rief der Mann zu mir hinauf. »Fünf die noch kein Herzblut getrunken haben. Ergebt euch ihnen und es wird nicht ganz so schmerzhaft.«

»Warum tut ihr das?«, gab ich Igas Frage an ihn weiter. Die junge Frau trat neben mich.

»Es ist Teil unseres Paktes. Vierzig Jahre, für ein Leben, eine Seele. Ich würde euch ebenfalls dazu willkommen heißen, es gibt nur leider nicht genug Herzblut für uns alle. Der Bestand ist aufgezehrt!«

Zu ihm traten weitere Gestalten, die aus den umliegenden Häusern kamen.

»Wir brechen die Tür auf!«, teilte er uns mit.

Vier der Stadtbewohner schleppten einen großen Pfahl heran. Ein improvisierter Rammbock. Es donnerte, als er zum ersten Mal gegen die Tür schlug. Beim zweiten Mal hörten wir die Holzriegel brechen.

»Was tun wir jetzt?« Iga krallte sich in meinen Arm.

Ich schüttelte sie vorsichtig ab. »Ich weiß es nicht. Aber leicht werde ich es ihnen nicht machen«, schwor ich.

Im Erdgeschoss polterte der schwere Tisch zur Seite. Die Wölfe knurrten voller Vorfreude.

»Holt sie euch!«, rief ihnen ihr Anführer zu. Die Vierbeiner stürmten in das Haus.

Ich riss die Vorhangstange herunter und drückte sie Iga in die Hände. Auf ihren fragenden Blick erklärte ich: »Versuch sie von dir fernzuhalten«, mit diesen Worten schob ich sie vor die Treppe.

Es blieb mir keine Wahl, ich musste sie als einen Köder verwenden.

»Darik«, kreischte Iga, als der erste Wolf die Treppe hinauf tapste. Er sprang sie an, dabei fiel ich ihm in die Flanke und rammte ihm das Silbermesser in den Leib. Er stockte ob der Wunde. Mit einem Tritt beförderte ich den sterbenden Wolf die Treppe hinunter. Auf halber Strecke zerstob er zu dunklem Rauch. Wenn ich gehofft hatte, dass sein Verenden die anderen Wölfe abschrecken würde, so hatte ich mich geirrt. Durch den Dunst des Todes sprang sofort noch ein Wolf. Er biss mir zielsicher in den rechten Unterarm und riss mich zu Boden.

Iga verpasste einer weiteren Bestie einen heftigen Schlag auf die Schnauze, doch dies kümmerte den Wolf nicht. Sie wurde niedergerissen und verschwand unter einem Meer aus schwarzem Fell.

Unterdessen zog und zerrte der Wolf an meinem Arm. Er wollte ihn mir wohl ausreißen, da sprang mich eine weitere Bestie an. Bereit, mit das Herz aus der Brust zu beißen. Der Wolf ließ meinen Arm los und fiel seinen Artgenossen an, um ihm die Beute streitig zu machen. Wenn sein Leben davon abhing mein Herz zu fressen, dann blieb ihm keine Wahl, als seine Artgenossen zu bekämpfen.

Mit einem Streich des Silbermessers beendete ich den Konflikt über mir. Der zweite Wolf verging nach einem Stich in den Hals. Ungelenk kam ich auf die Beine. Über Iga trug sich eine ähnliche Auseinandersetzung zu. Noch bevor ich bei ihr war, wich einer der Wölfe zurück. In seinem Hals steckte ein Stück des zerbrochenen Kerzenständers. Sein Leben endete endgültig, auf meinem Silbermesser. Der andere Wolf fand ebensolch ein abruptes Ende. Unter ihm kam eine blutüberströmte Iga zum Vorschein. Ich beugte mich zu ihr hinab. Diesen Augenblick der Unachtsamkeit büßte ich bitter. Ich wurde von hinten gepackt und bekam den rechten Arm schmerzhaft auf den Rücken gedreht. Dabei spürte ich, wie mir das Messer entwunden wurde. Im nächsten Moment fand ich mich auf den Boden gedrückt wieder. Meine Hände wurden zusammengeschnürt.

»Was ist mit ihr?«, fragte jemand.

»Die ist nicht mehr zu gebrauchen. Er hier reicht.«

Vergebens versuchte ich, den Kopf zu Iga umzudrehen, um sie zu sehen.

»Die anderen sind tot.«

Ich wurde unsanft auf die Beine gezogen, die Treppe hinunter und aus dem Haus herausgeschleift.

»Das war riskant«, der Anführer stand auf dem hell erleuchteten Marktplatz und tätschelte dem letzten verbliebenen Wolf den Kopf. »Aber der Erfolg gibt dir recht.«

Nun erkannte ich die Stimme. Sie hatte jegliche Freundlichkeit verloren.

»Der Wächter vom Tor!«

»Richtig«, stimmte er zu und zog sich die Kapuze vom Kopf. Sein Bart erstreckte sich über das ganze Gesicht. Seine Augen leuchteten Gelb, die Zähne stachen spitz in seine Unterlippe. Er war selbst mehr Wolf als Mensch. »Ich habe so gehofft, das diese Nacht noch mehr Reisende kommen würden. Die Stadt war zu klein für meine Kinder, es gab nicht genug Leben. Ich sollte dir danken, immerhin hast du ihnen einen qualvollen Tod erspart.«

»Ich verstehe, es ist sicher nicht einfach, in vierzig Jahren so viele *Gäste* in die Stadt zu locken, damit deine *Familie* satt wird.« Ich rüttelte an den Fesseln. Die Rasierklinge rutschte aus den Lederarmschienen in meine Hand. »Ich muss dich enttäuschen. Wem auch immer du die Seelen versprochen hast. Meine wird ihm nicht schmecken.«

Er kam schnüffelnd auf mich zu. »Was bist du?«, fragte er mit großen Augen. »Du bist kein Mensch.« Er packte mich am Kinn. Seine langen Fingernägel drückten gegen meine Haut. Prüfend drehte er meinen Kopf hin und her. Was er zu finden hoffte, wusste ich nicht. Mit einem Ruck riss ich mich von den beiden Kerlen los, die mich gepackt hielten, fuhr herum und warf mich gegen den Wolfsmenschen. Gemeinsam gingen wir zu Boden. Ich spürte, wie sein Blut über meine Finger sprudelte, als die Rasierklinge in seinen Leib schnitt. Er schrie schmerzerfüllt auf. Mehrere der Städter kamen herbei, um mich von ihm herunterzuziehen. Ich wand mich dabei in ihrem Griff. So vermochte ich dem Torwächter die Klinge mehrfach durch den Leib zu reißen.

Eine Verzweiflungstat, schließlich wusste ich nicht, ob eine einfache Klinge im Stande war ihn zu verletzen oder gar zu töten.

Als sie mich endlich von ihm trennten, war meine Kleidung mit seinem Blut durchtränkt. Er versuchte vergebens, die Blutung zu stillen. Der Schnee verfärbte sich rot und sank unter seinem warmen Lebenssaft ein. Zufrieden stellte ich fest, dass ich ihm auch die Därme zerrissen hatte. Zumindest stank es danach.

Klagend lag der Wolfsmann auf dem Boden. Die Städter, Männer wie Frauen starrten ihn betroffen an. Der letzte verbliebene Wolf schnüffelte an ihm, als überlegte er, sich vom Herzblut seines Meisters zu nähren.

»Was glotzt ihr, helft mir!«, brüllte er.

Mit der blutigen Klinge bearbeitete ich meine Fesseln, auch wenn ich im Grunde wusste, dass ich die Seile nicht schnell genug durchschnitten haben würde.

Einige der Städter versuchten tatsächlich, seine Blutung zu stoppen, indem sie ihm allerhand Stoff auf den Leib drückten. Dieser sog sich an der Wunde gierig voll.

»Du hast ihn getötet«, pöbelte mich ein breitschultriger Kerl an, der Schmied oder zumindest Stallbursche sein musste. Er wirkte wenig betroffen. Jemand, der sein Leben zum Preis eines anderen verlängerte, der konnte kein Mitgefühl mehr in sich tragen. Er hob eine grobschlächtige Axt.

»Die Stadt brennt!«, kam es von der anderen Seite des Marktplatzes. Tatsächlich hatte das Feuer auf andere Häuser übergegriffen. Bei diesem Anblick vergaßen die Männer, mich festzuhalten. Ich stieß dem Kerl mit der Axt meine Schulter gegen das Kinn. Der plötzliche

Angriff warf ihn um. Ich wollte gerade die Flucht antreten, als ich die Stimme des Wolfsmannes vernahm.

»Hilf uns, Fürst Garvuin, Hilfe!«

Ich erstarrte.

Alle Blicke hatten sich auf das brennende Lager gerichtet. Ich konnte nicht anders, mein Kopf wurde regelrecht in diese Richtung gerissen.

Aus dem Feuer löste sich eine Gestalt. Sie stand zur Gänze in Flammen. Das Feuer rutschte jedoch wie ein Laken von ihr herunter. Es kam ein Mann zum Vorschein, in Feuerrot gewandet. Gelangweilt blies er die letzte verbliebene Flamme auf seiner linken Schulter aus.

Jene Menschen, die einen verderbten Pakt mit ihm geschlossen hatten, wichen beiseite. Er beachtete sie gar nicht.

»Largus, ich bin enttäuscht«, sprach er kalt. »Du hast kaum vierhundert Jahre durchgehalten. Hättest du dich bedeckt gehalten und meinen Segen nicht mit anderen geteilt, hättest du länger gelebt. Aber ihr Menschen ertragt es nicht alleine zu sein.«

Largus sah auf dem Boden liegend zu ihm auf. »Bitte Herr, rette mich ...«, flehte er.

»Nein«, sprach der Fürst tonlos. »Du amüsierst mich nicht mehr, hast es nie. Einen neuen Handel mit dir werde ich nicht eingehen.« Er hielt die offne Hand über den Sterbenden. Aus dessen Nase und Mund löste sich dunkler Rauch. Derselbe, der beim Tod eines der geisterhaften Wölfe entstand. Der Nebel erzeugte einen Wirbel in seiner Hand und zerstob zu allen Seiten.

»Bitte, Herr ...« Die Umstehenden riefen wild durcheinander. Jeder versuchte, ein Angebot an ihn zu richten. Er ging nicht auf sie ein. Ihr Flehen erstarb in einem Nebel aus grauem Dunst, der ihnen aus Mündern und Nase brach. Sie stürzten leblos übereinander. Ich blieb als Einziger stehen.

Fürst Garvuin musterte mich mit seinen nebelverhangenen Augen. »Und du? Hast du kein Angebot für mich?«, zum ersten Mal klang er anders, so als würde er sich tatsächlich für mich interessieren. »Ich vermag dir mehr zu bieten, als du dir vorstellen kannst«, lockte er. »Geld, Frauen, vielleicht ein großes Haus mit einem ausladenden Garten. Alles was du dir jemals gewünscht hast.«

Etwas regte sich in mir. Garvuin scherzte nicht. Er kannte meine Wünsche und Vorlieben nur zu gut. Vor meinem inneren Auge tauchte Mailien auf, ihr Blick als mich Elsa dazu gezwungen hatte, ihr den Dolch in die Brust zu rammen. Mein Schwur, sie zu retten hielt mich davon ab, das Angebot auch nur einen weiteren Lidschlag in Erwägung zu ziehen. Ich schüttelte ablehnend den Kopf. Dabei versuchte ich seinem Blick auszuweichen, wobei ich an den Hörnern hängen blieb.

»Schade«, sprach Garvuin bedauernd. »Deine Seele würde sich gut in meiner Sammlung machen. Aber meine Geduld ist grenzenlos.« Er gluckste. »Deine Zeit wird kommen, deine Zeit wird kommen, Darik.« Er schritt in die Flammen zurück, die sogleich auf ihn übergriffen. Er wurde eins mit dem Feuer.

»Ich finde dich und dann vernichte ich dich«, schwor ich.

Mir war so, als könnte ich jemanden lachen hören.

Die Fesseln rissen. Ich war wie von selbst damit fortgefahren sie zu zersägen. »Iga«, fiel es mir ein.

Im oberen Stockwerk des Hauses lag sie, in ihrem eigenen Blut. Ihre rechte Wange war zerschnitten. Eine tiefe Wunde lief ihr über die rechte Brust. Ihr Lebenssaft sickerte unaufhörlich aus den Wunden und doch war sie am Leben.

***

Die Lektüre war ergiebig. Mit allem was ich aus anderen Quellen wusste, ergab sich folgendes Bild: Als die Menschen nicht viel mehr als Gedanken waren, herrschten die Farudähen mit eiserner Hand über die Welt. Bis es den Daemiren gelang, sie in eine andere Sphäre zu bannen. Heute waren von den einstigen Herrschern der gesamten Erde nicht mehr als Schauergeschichten geblieben. Ich wusste es besser. Die Farudähen gab es wirklich und einigen gelang es, in unsere Welt einzudringen und dort Einfluss zu nehmen. Garvuin war der Beweis dafür. Mein Bestreben war es, ihn endgültig zu vernichten. Es fühlte sich so an, als hätte ich dies schon immer vorgehabt. Aber selbst die Daemiren waren meines Wissens daran gescheitert.

Als Sieger über die Farudähen machten sie sich die Welt zu eigen. Die Menschen befreiten sie aus der Sklaverei und bereiteten ihnen einen Platz in ihrer Mitte. Sie mussten ihren Schützlingen sehr zugetan sein. Es hieß in manchen Märchen, dass sogar Liebschaften zwischen Menschen und Daemiren entstanden. Heute war nicht mehr als ein schwacher Glaube an sie als Untergötter geblieben. Andere hielten sie für Naturgeister. Die meisten jedoch glaubten nicht an ihre Existenz.

Der Nurakonimus schwieg sich über die Daemiren aus. Zumindest fand ich keine Passage, die auf sie hinwies, woher sie gekommen und was ihre Absichten waren. Er kündete lediglich von der Zeit, in der die Farudähen herrschten. Zu meiner Überraschung hieß es, dass sie untereinander Krieg führten, sich mordeten und meuchelten, ganz so wie die Menschenherrscher. Das Interessante daran war, dass es in den Legenden hieß, dass die Farudähen nicht zu töten waren. Das Gegenteil schien der Fall. In ihren Kriegen starben sie wie die Fliegen. Wenn ich den verworrenen Text richtig deutete, musste das an den Waffen liegen, die sie gegeneinander einsetzten. Über die Schmiedekunst schwieg sich dieses Buch allerdings aus. Dafür war es voller Grausamkeiten, welche sich die Farudähen untereinander antaten. Aber auch diese führten nicht zum Tode. Erst wenn ein

Gegenstand Namens Braklar zum Einsatz kam, endete das Leben eines dieser Wesen. Diese Textstellen klangen in etwa so: Nach dem Furgar Evugri zum zehnten Male das Herz herausgetrennt und sich an dessen Schreien erfreut hatte, begann ihn sein Tun zu langweilen. Er nahm den Braklar, schlug Evugri die Spitze in den Schädel und beendete so dessen elendes Leben.

Eine andere Stelle lautete: Einem der niedersten - damit waren die Menschen gemeint - fiel einst ein Braklar in die Hände. Er nutzte ihn, um sich gegen seinen Herrn zu verteidigen. Zehn der Erhabenen starben durch seine Hand.

Da stand es. Zum ersten Mal las ich davon, das einer der Farudähen getötet worden war, noch dazu durch die Hand eines Menschen. Das ließ nur drei Schlussfolgerungen zu: Diese Waffen waren entweder verschollen oder die Farudähen hatten sie vernichtet. Die letzte Möglichkeit bestand darin, dass sich der Sinn der Waffe nicht erschloss. So stand sie vielleicht in irgendeiner Abtei und fungierte dort als Buchstütze, Kerzenständer oder wurde als Kochlöffel benutzt.

Es konnte sein, dass ein Braklar als etwas Wertloses erschien, ein stumpfes Stück brüchiges Metall. Niemand würde auf die Idee kommen, solch eine Waffe gegen die Farudähen einzusetzen. Dazu war die eigene Seele zu kostbar, als sie bei solch einer Narretei aufs Spiel zu setzen.

»Bin ich tot?«, fragte Iga von ihrem Bett aus.

»Überraschenderweise nicht.« Ich sah zu ihr auf. »Du hast viel Blut verloren, du brauchst Ruhe.«

»Es geht schon.« Sie versuchte, sich aufzusetzen. Sogleich wurde sie von den Schmerzen zurück auf die Liege gedrückt. Sie biss die Zähne zusammen, um nicht laut zu schreien.

»Du hast die Wölfe geschlagen«, stellte sie fest. »Was hast du jetzt vor?«

»Ich habe eine neue Erkenntnis gewonnen«, ich tippte auf das Buch. »Allerdings bin ich jetzt in einer Sackgasse.«

»Vielleicht kann ich dir helfen«, entgegnete sie. Iga wagte es nicht, sich noch einmal zu bewegen.

Ich zog die Brauen hoch.

»Wenn du mir sagst, was du suchst, ich bin recht belesen«, ein Lächeln huschte über ihre Züge.

»Ich suche eine Waffe, mit der ich Farudähen töten kann«, erwiderte ich.

»Du sagst doch, dass alle Legenden wahr sind?«, vergewisserte sie sich. Ihr Versuch, sich auf die Seite zu drehen, scheiterte.

»Im Kern haben die meisten etwas Wahres«, bejahte ich. Misstrauisch betrachtete ich die Flammen der beiden Kerzen, die ich anstecken musste, um im Nurakonimus lesen zu können.

»Kennst du die Legende von Herrscher Myodas?«, fragte Iga. Diesmal fand sie eine Position auf der Seite, in der sie liegen konnte. Sie sah mich aus ihren wachen Augen an.

Davon hatte ich noch nie gehört. Es blieb mir nur den Kopf zu schütteln.

»Erstaunlich«, kommentierte sie meine Unwissenheit. »Er herrschte vor über tausend Jahren über die gesamte Welt. Seine Macht soll grenzenlos gewesen sein. Ich hielt das immer für Übertreibung. Vielleicht beherrschte er die damals bekannte Welt, die nicht groß gewesen sein mochte. So habe ich versucht, mir diese Legende zu erklären.« Sie lächelte. »Jedenfalls soll er grausam und unsterblich gewesen sein. Jeder Versuch, ihn abzusetzen, scheiterte. Er soll alleine eine ganze Rebellenarmee niedergeschlagen haben.«

»Klingt wirklich unglaublich«, urteilte ich. »Oder nach einem Farudähen.« Vielleicht war Myodas als letzter Herrscher, bei dem Kampf zwischen den Farudähen übrig geblieben.

»Einem Helden soll es gelungen sein, ihn niederzustrecken, mit einer magischen Waffe. Dabei fand er jedoch selbst den Tod«, berichtete sie. »Dieser Held hieß übrigens Darik.«

Ich runzelte die Stirn.

»Deshalb wundert es mich, dass du diese Geschichte nicht kennst.«

»Was ist mit der Waffe passiert?«, fragte ich. Was kümmerten mich Namen?

»Man sagt, dass sie mit Darik bestattet wurde. Ihm zu Ehren wurde der Herrscherpalast von Myodas zu einer Grabstätte gemacht, zu einem Monument des Helden.«

»Du meinst das Monument des Helden in Dabgara?«, fragte ich verblüfft.

»Ja genau!«

»Ich war einmal dort«, berichtete ich. »Es ist nicht viel mehr als ein großer Haufen Steine ...«, natürlich war es mehr als das, »... in den keiner je hineingekommen ist.«

»Der Herrscher der Welt, soll einen beträchtlichen Schatz besessen haben. Man glaubte jedoch, dass er verflucht sei, deshalb hat ihn noch keiner geborgen.« Sie lächelte verlegen. Offenbar wollte ein Teil von ihr immer noch nicht wahrhaben, dass es mehr in dieser Welt gab, als ein Mensch fassen kann. Davon konnte nur jemand ausgehen, der Zeit seines Lebens hinter Klostermauern festsaß. Vielleicht trieb die Wissenschaft einem den Volksglauben aus.

Ich gürtete meine Waffen.

»Was hast du jetzt vor?«, fragte sie.

»Ich werde mir das Monument des Helden genauer ansehen«, erwiderte ich.

»Dir ist klar, dass es zwei Monate dauert, dorthin zu reisen?«, fragte sie mit großen Augen.

»Es sind wohl eher fünf, wenn ich unterwegs kein Pferd ergattern kann.«

»Und was wird aus mir?« Die Frage war berechtigt.

Während ich Iga noch grübelnd ansah, entschied sie bereits: »Ich komme mit.«

»Nein, das ist zu gefährlich!«, schmetterte ich sie ab.

»Willst du mich in einer Stadt voller Toten zurücklassen?«, fragte sie entsetzt.

»Nein, du hast recht.« *Verflucht sei mein verdammtes Verantwortungsgefühl!* Bisweilen ging es mir gehörig auf die Nerven. Aber ich konnte auch nicht aus meiner Haut. Iga verwundet und ohne ausreichend Nahrung und Wasser für den Winter zurückzulassen, wäre einfach nicht richtig.

Sie blickte mich triumphierend an. In dem Moment kam die Sonne über die Bergwipfel gestiegen. Ihr Licht, vom Buntglas verfärbt, legte sich blutrot über Igas Antlitz.

Die Nacht im Grab

Du bist schon ein seltsamer Kauz«, neckte Iga mich. Solche Sticheleien gehörten zur Tagesordnung. »Ich habe dich in dem halben Jahr noch nie etwas essen oder trinken gesehen und immer wenn ich Feuer mache, nimmst du Reißaus. Kann es sein, dass du nicht ganz normal bist?«

Ich ließ gerade meine Füße in einen erfrischenden Bach hängen und spürte, wie ich zu neuen Kräften kam. »Dafür spricht außerdem, dass ich mit einer Gelehrten unterwegs bin, die sich anzieht und kämpft wie ein Mann.« Tatsächlich wollte sie von mir das Kämpfen lernen. Mittlerweile trug sie dieselben Waffen wie ich und war mit mir fast gleichauf, was den Waffengang anging. Sie lernte mit demselben Eifer, den sie vermutlich einst bei ihrem Studium an den Tag gelegt hatte.

»Die Kleidung ist Tarnung!«, beschwerte sie sich. »Außerdem war das deine Idee!«

Für herumziehende Frauen konnte es außerhalb einer Stadt oder eines Dorfes sehr gefährlich sein. Deshalb hatten wir uns entschlossen, sie als einen Knaben zu tarnen. Unter dem Hut verbarg sie ihre Haare. Das weite Leinenhemd verhüllte ihre schwach ausgeprägte

Weiblichkeit. Die Hose aus Leder hing schlabbrig über die Beine. Nur an der Hüfte war sie stramm festgezurrt. Einmal war Iga, im wahrsten Sinne des Wortes, ohne Hosen da gestanden, das wollte sie auf keinen Fall wiederholen. Alles in allem sah sie auf diese Weise aus wie ein hochgewachsener Junge, der das Mannesalter noch nicht erreicht hatte.

»Ist ja gut«, beschwichtigte ich sie. Vergnügt spielte ich mit den Füßen im Wasser. Es wäre gelogen zu sagen, dass mir ihre Gesellschaft keine Freude bereitete. Nicht solche Freude, wie man vielleicht glauben würde. Ein Mann und eine Frau alleine unterwegs ... Natürlich hatte sie versucht, mir näher zu kommen. Aber der lüsterne Darik, der jedem Frauenarsch hinterher stieg, war mir in der Nacht im Wald abhandengekommen. Damals hatte ich geglaubt, nie mehr lachen zu können, bis ich Mailiens Seele aus den Fängen des Farudähen befreit hatte. Dieses Unterfangen zog sich bereits ein Jahr hin. Igas blanker Hintern auf dem Marktplatz hatte den Krampf in meinem Gemüt gelöst. Dennoch verfolgte mich Mailiens Anblick immer noch im Schlaf. Sie erinnerte mich nahezu jede Nacht an meinen Schwur.

Iga entfachte sehr weit weg von mir ein Feuer, um sich einen Hasen zu braten. Hinter uns erhob sich das monumentale Grabmal des Helden. Tatsächlich sah es wie ein Palast aus. Mit etwas Fantasie zumindest. Die Zeit hatte dem Bauwerk stark zugesetzt. Geblieben war nicht mehr als ein stark verwitterter Steinklotz, auf dem sich einige lange Zacken erhoben. Vielleicht waren das einst Türme gewesen. Ein Reisender mochte es nicht glauben, dass es sich bei diesem gigantischen Felsen, um ein von Menschen geschaffenes Bauwerk handelte. Der Stein sah so aus, als bestünde er aus einem einzigen monströsen Block. Soweit ich wusste, gab es keine Möglichkeit hinein oder gar hinauf zu gelangen.

Wir hatten beschlossen, hundert Schritt entfernt zu lagern und morgen Früh einen Weg hinein zu suchen. Wenn es denn einen gab. Auf der langen Reise hatten mich unentwegt Zweifel geplagt, ob an dieser Geschichte etwas Wahres dran war. Auch wenn ich mich allerorts umgehört hatte, so gab es jedoch keinen anderen Anhaltspunkt auf eine Waffe, die im Stande war, einen Farudähen zu töten.

»Was ich dich schon längst einmal fragen wollte.«

»Ja?«, ich sah zu Iga hinauf, die neben mir stand. In der Hand einen Holzspieß mit einem gebratenen Tierkadaver.

Sie setzte sich mit untergeschlagenen Beinen neben mich. »Wo hast du das Messer her, das aus Silber meine ich?«, sie machte sich daran das Tier zu zerlegen. »Ich habe noch nie gelesen, dass man aus Silber ein Messer geschmiedet hat.«

»Bei Alchemisten ist das durchaus üblich«, erwiderte ich. »Aber vermutlich erzählen sie das nicht der breiten Masse. Viele Elixiere können sie nur mit einem Silbermesser herstellen.«

»Und du hast es einem Alchemisten gestohlen?«, fragte Iga keck.

»Ich muss doch bitten«, empörte ich mich künstlich. »Es wurde mir von einer Alchemistin geschenkt. Na ja, einer Kräuterhexe.«

Iga machte sich daran den Hasen zu verspeisen. Der Wind raschelte in den Bäumen. Die Wolken zeichneten unregelmäßige Bahnen in den Himmel. Ein Moment des Friedens. Davon gab es zu wenige in meinem Leben.

»Erzähl doch mal, wie war das?«, riss mich Iga aus meinem inneren Schwelgen.

»Wie war was?«

»Na die Hexe, von der du das Messer hast«, erinnerte sie mich.

Ich verkniff das Gesicht. Der Tag war lang und die Wanderung hart.

»Ach komm schon, deine Geschichten sind immer so unterhaltsam, wie es die Heldensagen gar nicht sein können«, schmeichelte sie mir.

»Meinst du, ich denke mir das aus!«, die Entrüstung war echt.

»Nein«, beteuerte sie etwas zu übereifrig. »Wie du schon gesagt hast, jede Legende hat einen wahren Kern.«

»Also gut«, ergab ich mich. »Zu jener Zeit befand ich mich im Dienste der kaiserlichen Armee. Wir kämpften gegen eine Übermacht im Grigartal.«

»Herrje, die Schlacht hat doch keiner der Soldaten überlebt«, schauderte sie vergnügt.

»Außer meiner Wenigkeit. Aber auch um mich war es nicht gut bestellt. Als ich schwer verwundet auf dem Schlachtfeld zu mir kam, blutete ich aus einer Wunde, die sich über meinen ganzen Bauch erstreckte. Mein Lebenssaft rann in Bächen aus mir heraus ...«

»Du bist aber nicht gestorben, oder?«, fragte sie begeistert.

»Nein ich bin nicht *gestorben*«, empörte ich mich. »Sonst läge ich wohl nicht hier.«

»Ist ja gut, erzähl weiter.«

»Die Krieger der Warhul streiften über das gigantische Schlachtfeld, um Verwundete zu versorgen, Waffen zu bergen und kaiserliche Soldaten zu töten. Zwar wurde ich mein Rüstzeug sehr schnell los, doch würden sie mich schon an meiner Sprache erkennen.

Um einen Wald nahe dem Schlachtfeld machten sie bei ihrer Suche jedoch einen Bogen, wie ich bemerkte. Ich stolperte dort hinein, um mich in Sicherheit zu bringen. Der versumpfte Wald ...«

»War es ein Wald oder ein Sumpf?«

»Irgendwie beides, ein Wald mit solch nassem Boden, dass man darin versank.«

»Also entweder ist es ein Wald oder ein Sumpf, beides schließt sich gegenseitig aus ...«

»In der Welt von Büchern vielleicht, die Wirklichkeit kennt aber nicht nur dies oder das, sondern auch

Übergänge. Oder kannst du mir den Punkt nennen, an dem ein Junge zum Mann wird?«

»Ich kann dir sagen, ab welchem Punkt in seinem Leben er glaubt einer zu sein«, sie lächelte süffisant. »Aber gut, du schlepptest dich also in den versumpften Wald und weiter?«

Ich schnaubte und wackelte mit den Zehen im Wasser. Das lief immer so. Immer wenn ich ihr eine Anekdote aus meinem Leben erzählte, wusste sie alles besser, als sei sie dabei gewesen. »Irgendwo in der Mitte dieses ...« Ich vermied es, *versumpften Waldes* auszusprechen, »stieß ich auf eine kleine Hütte. Mit letzter, wirklich allerletzter Kraft schleppte ich mich an dessen Tür und brach auf der Schwelle zusammen. Als ich wieder zu mir kam, lag ich auf einem Bett aus Fellen. Neben mir kniete eine hagere Frau. Mit Fingern feingliedrig wie Spinnenbeine und schwarzen, spitzen Fingernägeln. Die Arme waren so dünn, dass die Fantasie keinen Platz ließ, sich ihre Knochen darunter vorzustellen ...«

»Manchmal schmückst du deine Geschichten etwas zu blumig aus«, mampfte Iga ihren Hasen.

Ich sah sie enträstet an. Hatte ich mir nicht eigentlich geschworen, ihr nie wieder etwas zu erzählen?

»Nur weiter.«

»Also gut«, seufzte ich ergeben. Was hätten wir auch sonst tun sollen? »Sie trug ein schmutziges Gewand, das einmal weiß gewesen sein mochte. Jetzt aber stand es vor Dreck und Schlamm, und war zu einem fleckigen Braun erblüht.«

Iga musste lachen. Auf meinen fragenden Blick erwiderte sie: »Du tust es schon wieder.«

»Gut, sie hatte auch noch ein Gesicht und Augen«, brach ich die Beschreibung ab. »Und Haare ja.«

»Ach komm schon«, beschwerte sich Iga. Sie rutschte näher zu mir heran. »Wie hat sie ausgesehen?«, flüsterte sie.

Meine Augen drehten ihre übliche Runde, daraufhin ergänzte ich die Beschreibung. »Sie hatte dichtes, schwarzes Haar. Es schien sich den Gesetzen der Natur zu entziehen und waberte um ihren Kopf, wie Nebelschwaden. Ihr Gesicht war schmal, nicht ausgezehrt, sondern auf eine eigenwillige Weise schön zu nennen -«

»Gut, du hattest was mit ihr«, stellte Iga fest. »Was? Sonst fängst du doch nicht so an«, beschwerte sie sich.

»Sie hat mir das Leben gerettet, vielleicht fiel mein Dank etwas überschwänglich aus.«

»Na warte, ich werde dir irgendwann das Leben retten -«

»In ihren Augen jedenfalls«, unterbrach ich, »erstrahlten schwarze Sonnen auf weißem Grund.«

»Und ihr Mund war voller fauliger Zähne!«

»War er nicht, die Zähne waren in Ordnung, sie blitzten weiß zwischen ihren dunklen Lippen hervor.

›das war knapp, Darik‹, sprach sie, ihre weiche Stimme umfing mich wie ...«

»Ha, jetzt kommst du mit deinen Vergleichen nicht mehr weiter«, triumphierte Iga.

»Ich hab´s gleich«, nahm ich die Herausforderung an. »Wie warmes weiches Fell.«

Iga verdrehte die Augen. »Das war zu leicht, du lagst ja auf einem.«

»Wenn es dir nicht passt, schlaf gut!«, endete ich.

»Nein warte, ich bin ab jetzt still«, log sie.

Wie immer fiel ich darauf herein.

»Wer bist du?‹, mehr brachte ich nicht über die Lippen.«

»Wenigstens fragst du nach ihrem Namen, nicht wie sonst -«

»Wolltest du nicht still sein?«

Sie legte sich den rechten Zeigefinger vor die Lippen.

»Ihre Antwort verblüffte mich. ›Ich bin die, die immer war und immer sein wird‹, erwiderte sie. Ich sank zurück auf das Lager. ›Du hast mir das Leben gerettet‹, stellte ich fest.«

»Nachdem sie dir so etwas sagt, fragst du nicht nach?«, wunderte sich Iga.

»Ich war geschwächt und konnte die Bedeutung ihrer Worte nicht erfassen«, rechtfertigte ich mich. Allmählich riss mir der Geduldsfaden und der war für gewöhnlich beschaffen wie ein dickes Tau. »Ich habe im Grunde die meiste Zeit geschlafen. Sie verbot mir, mich zu erheben.

Da es für mich nichts zu tun gab, fragte ich sie nach ihren alchemistischen Künsten aus. Dabei lernte ich den ein oder anderen Handgriff.«

»Handgriff, natürlich«, Iga verdrehte die Augen.

»Wenn du mich noch einmal unterbrichst, dann -«

»Gut gut«, fiel sie mir ins Wort.

Entnervt fuhr ich fort. »Sie wunderte sich jedes Mal darüber, wenn ich ihr eine Frage zu ihrer Kunst stellte. Dann schüttelte sie den Kopf und sagte: ›Wie viel ihr doch vergessen habt ...‹

Aber zumindest erfreute sie meine Bereitschaft, zu lernen. Als sie mich entließ, schenkte sie mir das Messer, mit dem sie jahrelang gearbeitet hatte, mit den Worten: ›Eines Tages wirst du verstehen.‹.«

»Und, hast du verstanden?«

»Von einem Gelehrten erfuhr ich, dass der Dolch nicht nur aus Silber besteht, was ich schon wusste, sondern auch, dass er von einem Schamanen geweiht worden sein muss und somit wirksam gegen viele Übel ist.«

»Zeig her!«, schon hatte sie mich entwaffnet. Ich ließ sie gewähren. Das Messer besaß einen ungewöhnlich breiten Rücken. In der Blutrinne standen seltsame Zeichen. Der Griff war aus abgegriffenem Holz, das zu beiden Seiten anlag, darum war Leder gewickelt. Ich hatte mich schon oft gefragt, ob der Griff ersetzt worden war. Für solch eine Klinge wirkte er zu schlicht.

Zumindest hielt er und lag gut in der Hand, nur darauf kam es an.

»Diese Symbole kenne ich nicht«, überlegte Iga.

»Die hat noch keiner lesen können. Deshalb meinte der Gelehrte auch, dass sie zu einem alten schamanistischen Zauber gehören.«

»Ich habe alle Schriften und Symbole studiert, die unser Orden gesammelt hat, nie bin ich auch nur etwas Ähnlichem begegnet«, überlegte Iga gedankenverloren. »Entweder der Dolch ist schon sehr alt, älter als die ältesten Schriften. Das bedeutet über tausend Jahre. Oder jemand hat dir damit einen Streich gespielt und irgendetwas in die Blutrinne geschlagen«, sie reichte mir die Waffe zurück. »Ich glaube ja Letzteres«, stichelte sie.

»Sei still!«, wies ich sie alarmiert an.

»Tschuldigung, ich wusste nicht, dass -«

»Ruhe!«, ich lauschte.

Sie verstummte. Nun hörten wir es beide: Stimmen! Und gar nicht wenige!

»Das klingt, als würde eine Armee anrollen«, überlegte Iga.

Ich widersprach nicht, auch wenn eine Armee wesentlich mehr Lärm verursachte. Sollte sie es glauben, vielleicht gemahnte sie sich dann selbst zur Vorsicht.

Ich zog meine Füße aus dem Wasser und wir schlichen uns geduckt in jene Richtung, aus der die Stimmen drangen. Die vielen Büsche auf der Ebene vor dem Monument machten es uns leicht, unentdeckt zu bleiben.

Es war keine Armee, aber etwa vierzig schwer bewaffnete Männer. Kein Banner und auch keine Farben wiesen sie als zu einem Fürstentum zugehörig aus.

»Dieser Platz ist doch so gut wie jeder andere«, erklang eine Stimme. Ich fand schnell deren Ursprung.

»Krinak«, flüsterte ich.

»Gesundheit«, erwiderte Iga.

»Nein, das ist Krinak.«

»Du meinst den Kerl mit den langen Haaren, dem Bart und einem Zwicker auf der Nase, mit Hammer und Meißel im Gürtel, der -«

»Genau den«, unterbrach ich.

»Ein Freund von dir?«

»Nicht wirklich, wir haben einmal zusammen gearbeitet. Er ist ein Gräber«, erklärte ich.

»Er sieht nicht so aus, als würde er sehr viel körperliche Arbeit leisten. An ihm ist nichts dran«, überlegte Iga.

»Dafür bezahlt er, und zwar ziemlich gut. Er kennt sich mit alten Schriften, Kulturen und deren Schätzen aus«, erklärte ich.

»Dann ist er ein Archäologe«, meinte Iga zu verstehen.

»Ein Archi... was? Nein, Grabräuber trifft es besser.«

»Wieso sagst du es dann nicht einfach?«

»Weil er manchmal auch für den Kaiser und andere hohe Herren arbeitet und dabei nicht immer nur auf Schätze aus ist. Manchmal geht es ihm auch nur darum, seinen Horizont zu erweitern«, berichtete ich. »Aber ich glaube, es ist besser, ihm aus dem Weg zu gehen. Wer weiß, in welchem Auftrag er unterwegs ist.«

Die Männer schlugen gerade ihr Lager auf und machten sich daran ein Feuer zu entfachen.

»Darf ich Euch daran erinnern, dass meine Herrin zur Eile drängt«, sprach eine weitere vertraute Stimme.

»Rede nicht so geschwollen, Leichenfledderer«, kanzelte ihn Krinak ab. »Ich habe den Befehl.«

»Darf ich Euch auch daran erinnern, dass dies die Männer meiner Herrin sind. Ihr seid nur ein Gast.« Der Sprecher stand mit dem Rücken zu uns, weshalb ich sein Gesicht nicht sehen konnte, aber seine Stimme war mir bekannt, es gab keinen Zweifel.

Krinak wandte sich nach allen Seiten um, als überprüfte er, ob er bereits mit einem Speer oder Schwert bedroht wurde. »Wenn es dunkel ist, dann sehe ich nichts«, beharrte er. »Die Eingänge sind versiegelt. Ich werde keinen finden, wenn es Nacht ist.«

»Herbald!«, rief der mir vertraute Kerl einem der Männer zu. »Mach die Öllampen fertig«, befahl er. Einer der Spießgesellen schritt sogleich zur Tat. »Ist es so besser?«, fragte er und hielt dem professionellen Grabräuber die Lampe vors Gesicht.

Krinak blinzelte in das Licht. »Das wird wohl genügen.«

»Meine Herrin wird zufrieden sein«, kam eine freudige Antwort.

»So lange sie sich an die Abmachung hält«, erwiderte der Archäologe. »Die Schätze für mich, sie erhält lediglich das eine Artefakt.«

»Sie steht zu ihrem Wort. Das wüsstet Ihr, wenn Ihr ihr gegenübergetreten wäret.«

»Es ist wohl besser, ihr nicht zu begegnen, was man so hört.« Krinak nahm ihm die Öllampe ab.

»Wieso, was hört man?«

»Dass sie einen um Sinn und Verstand bringt. Aus diesen beiden Eigenschaften ziehe ich aber meinen Profit«, antwortete er rund heraus. »Ich kann es mir nicht leisten sie zu verlieren.«

»Für diese Kühnheit sollte ich Euch zur Rechenschaft ziehen«, grollte er.

»Vergesst nicht, dass sie mich braucht«, erinnerte Krinak ihn. Er hob die Lampe, um seinem Widersacher ins Gesicht zu leuchten. »So lange es dir gelingt, den Fluch, der über allem hier liegt, zu brechen.«

Sein Gesprächspartner wandte sich von dem grellen Licht ab. Dabei konnte ich sein Gesicht sehen und meine Vermutung bewahrheitete sich: Baldrinus!

»Keine Sorge, das werde ich. Die Magie ist meine Profession«, beteuerte dieser.

Aus meinen Erfahrungen mit ihm wusste ich es besser. Ich griff Iga an der Schulter und zog sie in die Büsche.

Wir vermieden es, zu unserem alten Lagerplatz zurückzukehren. Es konnte nicht lange dauern, da würden Baldrinus' Männer ihn entdecken.

»Dir ist klar, was sie hier wollen?«, vergewisserte Iga sich.

»Sie wollen den Braklar finden«, bestätigte ich. Dass ich seine Herrscherin kannte, verschwieg ich. In all der Zeit hatte ich ihr meine wahren Beweggründe nur teilweise eröffnet. Sie sollte nicht alles wissen. Ich hatte immer gehofft, sie in einer Stadt oder auf einem Bauernhof zurücklassen zu können. Dort brächte sie ihr Wissen ohnehin schon in Gefahr, ohne dass sie von Garvuin wusste.

Es ging um Mailiens Seele, die in die Fänge des Farudähenfürsten geraten war. Ich fühlte mich ihr verbunden, nicht nur weil ich mir insgeheim die Schuld an ihrem Schicksal gab. Nein, uns verband, dass wir beide kaum etwas über unsere Herkunft wussten, die nicht in der menschlichen Natur lag.

»Und was machen wir jetzt, das sind zu viele, um sie einfach niederzuschlagen?«, wollte Iga wissen.

Ich hielt inne. »Wo nimmst du nur solche Ideen her?«, fragte ich überrascht.

»Na ich meine so gehst du doch vor, oder?« Ihre Miene verriet, dass sie es ernst meinte.

»Nein«, beschwerte ich mich. »Hast du in dem halben Jahr einmal gesehen, dass ich auf sinnlose Gewalt aus war?«

»Aber in meiner Heimatstadt hast du doch alle umgebracht«, erinnerte sich mich.

»Das war nicht ich. Die Menschen waren schon lange tot. Sie haben ihr Leben nur verlängert, indem ... Das haben wir doch schon endlos durchgekaut, du willst mich veralbern, oder?«

Iga schwieg sich aus.

Das war also das Bild, das sie von mir hatte, nach all den Monaten, die wir bereits zusammen unterwegs waren. In meinen Geschichten, die ich zu berichten wusste, lief es oft auf Gewalt hinaus. Aber das war nie meine Absicht.

»Wie dem auch sei«, vertrieb ich meinen Ärger. »Wir müssen einen Weg in diesen Klotz finden. Nein, nicht um ihnen aufzulauern, wir müssen einfach schneller sein«, erklärte ich.

»Ich bin gespannt.«

***

Wir standen an dem Monument weit ab von Krinak und seinem Gefolge.

»Und du bist sicher, dass das hier ein Eingang ist?«, fragte ich erneut.

»Wenn du mich in Ruhe die Zeichen studieren lässt, dann kann ich es dir sagen«, meinte Iga, sie klang etwas genervt. Sie versuchte seit geraumer Zeit, einige Kerben in der verwitterten Steinwand zu entziffern. Auch wenn ich mich etwas mit alter Schrift auskannte, so hätte ich in diese Vertiefungen niemals Schriftzeichen hineininterpretiert. Sie sahen so aus, als seien sie zufällig entstanden. Iga hingegen studierte die angedeuteten Symbole mit einer Hingabe, die ihresgleichen suchte. Die Abendsonne spendete glücklicherweise genug Licht. Dennoch hatte sie es sich nicht nehmen lassen, eine Fackel anzustecken.

»Das letzte Wort, ich bekomme es nicht zusammen«, grübelte sie. Iga gab mehrere Silben von sich, die keinen Sinn ergaben. Das sollte eine Sprache sein?

»Bald hast du kein Licht mehr«, beschwor ich das Unheil herauf.

Sie hob die Fackel in meine Richtung, erschrocken wich ich zurück. Damit war es nicht getan. Ich stürzte nicht über eine Wurzel oder einen Stein, sondern in einen Abgrund. Der unter allerhand Schlinggewächsen verborgen lag.

»Darik?«, rief Iga.

Vor Schmerzen stöhnend richtete ich mich auf. Ich war unverletzt, auch wenn das an ein Wunder grenzte. Der Himmel über mir war nicht mehr als ein heller Spalt, der zwischen Daumen und Zeigefinger passte. Der Boden, anstatt dass mir das Schicksal weiche Erde beschert hätte, bestand ausgerechnet aus Fels. Der Stein unter meinen blanken Füßen war so glatt, wie er in der Natur nicht vorkam. Dieser Teil musste ebenfalls zu der alten Stadt oder der Festung gehören. Ach, nennen wir es doch beim Namen: Es war ein Grab.

»Darik!«, Igas Stimme drang schrill zu mir hinab.

»Es geht mir gut!«, rief ich empor. Es blieb zu hoffen, dass die Männer meiner beiden Bekannten, uns nicht hörten.

»Schön, aber wo bist du!?«

»Hier unten!«

»Oh«, eine Fackel tauchte im Licht des Erdspalts auf. Die Überraschung galt jedoch nicht meinem Absturz. »Das hat der Satz bedeutet.«

»Toll«, kommentierte ich.

»Willst du in die Stadt gelangen, musst du nach unten ...‹. Ich war nicht sicher, ob es nach unten gehen oder sehen hieß.«

»Hier soll also der Eingang sein?«, vergewisserte ich mich. Ob der Dunkelheit vermochte ich kaum die Hand vor Augen zu erkennen.

»Ich komme runter!«, rief sie.

»Pass auf, es ist -«

Da kam die Fackel geflogen. Ich sprang zu Seite und schlug gegen eine Wand, die ebenfalls aus glattem Stein bestand. Von oben bröckelte die Erde auf mein Haupt herab. Es dauerte nicht lange, da stand Iga vor mir. Den Hut hatte sie bei der Kletterei verloren, weshalb ihr das

Haar über die Schulter fiel. Sie nahm die Fackel auf, sah mich an und schüttelte kurz den Kopf, so als könne sie meine Angst vor dem Feuer nicht verstehen.

Vor uns tat sich ein finsteres Loch auf. »Sieht aus wie der Bau einer Riesenspinne«, überlegte Iga.

Ich blieb abrupt stehen.

»Du willst mir jetzt nicht sagen, dass es solche Monster wirklich gibt?«, vergewisserte sie sich. Ihre Augen sahen mich geweitet an.

»Wenn es dich beruhigt, dann sehe ich davon ab«, erwiderte ich.

»Na wunderbar«, ihre Schultern sanken entmutigt herab. »Na los, komm«, seufzte sie.

»Zu deiner Beruhigung, hier fehlen die Netze«, versuchte ich, das Gute an unserer Situation zu sehen.

»Nicht alle Spinnen weben Netze«, zerschmetterte sie mein Argument.

Solcherlei aufbauende Reden schwingend, schritten wir in die Höhle. Wir gerieten nicht in den Bau einer Spinne. Dafür in einen lange vergessenen Schacht, den sich so manche Kletterpflanze zur Heimat erkoren hatte. Erst tief im Tunnel nahm der Bewuchs soweit ab, dass wir uns frei bewegen konnten.

»Was ist das eigentlich für eine Stadt? Ich dachte immer, Städte bestehen aus einzelnen Häusern«, überlegte ich.

»Wenn ich das richtig im Gedächtnis habe, war das nur ein Gebäude, indem tausende Menschen wohnten.

Ganz unten die Ärmsten und oben der Herrscher der Welt.«

»Dann ist es klar, wo wir hinmüssen«, stellte ich fest.

»Scheint wohl so, ja«, stimmte sie zu.

Neben uns tat sich eine Pforte auf. Aus dem Tor fiel mattes Licht in den Gang. Wir blickten über eine Ansammlung von kleinen Steinhäusern hinweg. Wenn es sich tatsächlich um einen Raum handelte, musste er gigantisch groß sein. Wir konnten weder dessen Ende noch die Decke erkennen.

»Eine Nekropole, eine Totenstadt«, erkannte Iga.

»Ich dachte mir schon so was, in solchen Hütten kann ja keiner Wohnen«, versuchte ich einen Scherz, der gründlich misslang. Für Krypten waren diese Bauwerke zu klein. Aber um einzelne Körper, oder mehrere in Schächten übereinander zu beherbergen, dafür reichten sie aus.

»Die Toten stört man besser nicht.« Ich zog Iga an dem Eingang vorbei.

»Was ist, wenn dort das Grab des Helden liegt?«, fragte sie, berechtigterweise.

Daran glaubte ich nicht. Das passte nicht ins Bild. Ich sah seinen verbrannten Körper gebettet auf einem Altar liegen. Dieser befand sich unter einem pompösen Dach, getragen von Steinsäulen, ganz oben, an der Spitze des Bauwerkes. Zu diesem Zeitpunkt konnte ich mir nicht vorstellen, dass diese Ahnung mehr als nur Fantasie war.

Zwanzig Schritte weiter fanden wir uns vor einem Steinquader wieder, der aus der Decke gebrochen zu sein schien. Er versperrte uns den Weg so endgültig, dass uns nichts anderes übrig blieb, als zurückzugehen und über die Nekropole zu laufen.

»Was meinst du, woher dieses schummrige Licht kommt?«, fragte Iga, als wir erneut vor dem Eingang zur Totenstadt standen.

»Spiegel, die das Mondlicht reflektieren und verstärkt hier hinein fallen lassen«, spekulierte ich, auch wenn ich keinerlei Vorrichtungen sah, die darauf hindeuteten.

»Erstaunlich.«

Dass ich in Wirklichkeit mit einem bösen Zauber, oder gar dem Fluch rechnete, der hier über allem liegen sollte, behielt ich für mich.

Über der Nekropole hing dichter Nebel. Dennoch war es hell genug, um der Fackel ihre Wirkung zu nehmen. Iga weigerte sich trotzdem sie abzulegen. Die Grabmäler, um die wir herumschlichen, waren gerade mannshoch, sodass wir nicht darüber hinwegsehen konnten. Der Boden unter meinen nackten Füßen, war lehmig und feucht. Überall fanden sich schwarze Pflanzen. Rankende Gewächse, die sich einst über den Boden und die Gräber gewunden hatten und nun tot darnieder lagen. Über die Jahrhunderte waren sie erhalten geblieben, als seien sie mumifiziert.

»Obwohl zur Ruhe gelegt, werde ich mich so lange erheben, wie Garantar Gefahr droht. So lautete mein Schwur«, sprach Iga.

»Was?«, fragte ich verwirrt.

»Das steht hier auf jedem Grab«, sie deutete auf einen Schriftzug. Er schien nachträglich in das Bauwerk eingeschlagen worden zu sein.

»Na wunderbar«, seufzte ich.

»Du glaubst doch nicht wirklich, dass sie das tun?«, fragt sie verunsichert.

»Wäre nicht das erste Mal. Die Frage ist nur, wer sich da erhebt«, meinte ich.

Die Gräber schienen sich endlos in alle Richtungen zu erstrecken. Das seltsam silberne Licht hing wie der Vollmond an der Steindecke, die nur teilweise hinter dem Nebel sichtbar wurde. Es mutete fast so an, als würden wir über einen Friedhof unter freiem Himmel laufen. Wäre da nicht die modrige Luft. Sie war fast nass zu nennen. Ihre Feuchtigkeit kroch uns in die Kleidung. Selbst die Fackel kämpfte damit. Sie knisterte empört darüber, durch diesen Dunst getragen zu werden.

Iga fuhr zusammen. »Hörst du dieses Kratzen?« Sie lauschte.

Ich tat es ihr gleich. Nach einigen Lidschlägen schüttelte ich den Kopf.

»Es war ganz deutlich, zu hören. Es kam aus einem Grab«, beteuerte sie.

»Jetzt ist es still«, stellte ich nüchtern fest.

»Ja ist es wohl.« Ihre Augen sahen sich suchend nach der Quelle dieses Geräusches um.

Zögerlich setzten wir unseren Weg fort.

Als ich eines der Steingräber sah, dessen unterer Teil aufgebrochen war, sagte ich Iga nichts. Ich wollte sie nicht noch mehr beunruhigen. Es musste kein Toter sein, der daraus hervorgekrochen war. Es konnte eine der Pflanzen gewesen sein, die zu ihren Lebzeiten einen Weg in eine Fuge gefunden und das Bauwerk aufgesprengt hatte. Solcherlei Schäden an den Bauten sah ich immer wieder. Es sah so aus, als habe die Natur vor langer Zeit versucht, diesen Ort für sich zurückzugewinnen.

»Zum Ruhme des Weltenlenkers leben und sterben wir«, las Iga von einem anderen Grab. Die Inschrift war zerkratzt, als habe jemand den halbherzigen Versuch unternommen, sie aus dem Grabmal zu entfernen.

In diesem Teil der Nekropole fanden sich viele weitere Bekundungen der Treue gegenüber dem Herrscher der Welt. Wenn diese Stadt wirklich von Sklaven erbaut worden war, so hatten sie sich entweder freiwillig untergeordnet oder hier waren lediglich die Bürger bestattet. Sklaven errichtete man für gewöhnlich keine Gräber. Auch wenn es hier einige tausend Grabstätten geben musste. Vermutlich erstreckte sich die Nekropole über die gesamte Grundfläche der Stadt.

»Denn vor ihm herrschte das Unheil und nach ihm wird es herrschen. Deshalb ewiges Leben dem Herrscher der Welt«, las Iga. »Klingt bedrohlich.«

»So schlecht ist unsere Welt nicht«, verteidigte ich die Verderbnis, derer ich allerorts gewahr wurde. Man konnte tatsächlich von einem chaotischen Zustand sprechen. Nur deshalb hatte ich mich damals dem Kaiserreich angeschlossen, weil ich hoffte, es würde Ordnung bringen. Allerdings war mir der Preis dafür zu hoch. Ganze Völker auszulöschen der Ordnung wegen, das konnte nicht der richtige Weg sein.

Vor dem Herrscher der Welt hatten sich bereits die Farudähen bekriegt, wie ich erfahren musste. Sie unterschieden sich nicht so sehr von den Menschen. Vielleicht hatten sie einen ähnlichen Ursprung. Oft hing es nur vom Glück ab, wer Herrscher und wer die Beherrschten waren.

»Er brachte den Segen, deshalb lieben wir ihn«, fand Iga einen anderen Spruch. »Auf jedem Grab steht etwas anderes. Wie kreativ kann man eigentlich bei seiner Verehrung sein?«

»Man sollte die Menschen nicht unterschätzen. Macht kann sehr inspirierend sein«, ich verstummte. Vor uns erhob sich ein undurchdringliches Dunkel. Zunächst glaubte ich, dass sich vor uns eine schwarze Wolkenwand auftürmte, bis mir einfiel, dass wir uns unter Tage befanden. Es handelte sich lediglich um die gegenüberliegende Wand, die wir nach dem langen Marsch endlich erreicht hatten.

»Wie es aussieht, haben wir diesen Ort gleich hinter uns gebracht«, freute sich Iga. »Jetzt muss es nur noch einen Aufgang geben.«

Alsbald fanden wir an der schwarzen Mauer ein Tor, welches uns ohne Schwierigkeiten Durchgang gewährte. Der Gang dahinter lenkte uns zu einer Treppe. Nach der etwa fünfhundertsten Stufe verzählte ich mich und gab auf.

Iga kam vor mir oben an. »Das gibt es nicht.« Sie stand vor einem weiteren Torbogen.

Ich trat zu ihr und war genauso fassungslos. Vor uns erhob sich eine weitere Nekropole, die eben so beschaffen war wie jene, durch die wir bereits gekommen waren. Auch hier gab es keine Decke zu sehen, nur das schummrige Licht und abermals erstrecken sich die Steingräber bis über den Horizont.

»Das Bauwerk«, sie vermied wohl absichtlich das Wort Grab, »sah von außen gar nicht so groß aus.«

»Vielleicht haben wir es mit einem alten Zauber zu tun«, überlegte ich.

»Ein magischer Irrgarten?«, Iga sah mich fragend an. »Das würde bedeuten, wir befinden uns wieder an der Nekropole, durch die wir bereits gelaufen sind«, mutmaßte sie.

»Wenn das so ist, dann sollten wir uns den Weg gut merken. Wenn wir nicht exakt denselben zurückgehen, dann finden wir hier vermutlich nicht mehr raus.« Ich beließ es bei der Andeutung, dass ich schon einmal in solch eine Falle geraten war.

»Das kann ja lustig werden«, Iga neigte nur dann zu Ironie, wenn ihr der Mut oder die Zuversicht schwand.

Wir waren keine zehn Schritte weit in die Nekropole vorgedrungen, als ich Iga am Arm festhielt. »Hörst du das auch?«

»Diesen schaurigen Singsang?«, vergewisserte sie sich.

»Genau den«, stimmte ich zu.

»Ja, ich dachte nur, ich würde langsam verrückt werden und wollte nichts sagen«, gestand sie mir.

Ich ging nicht auf ihre Befürchtung ein. »Das kommt von dort.« Ich deutete in Richtung Osten, jedenfalls vermutete ich diese Himmelsrichtung dort.

»Dann lass uns in die andere Richtung gehen«, beschloss sie, schon halb auf dem Weg.

»Was ist aus deiner Abenteuerlust geworden?«, stichelte ich und wandte mich nach Osten.

»Darik«, zischte sie. »Bleib hier.«

»Ich muss wissen, was das ist. Eine Gefahr, die man im Rücken hat, sollte man besser kennen. Wahrscheinlich ist es nur der Wind, der durch irgendwelche Ritzen pfeift. Dann müssten wir uns nicht weiter fürchten.« Dagegen stand, dass die feuchte Luft unbewegt in dem Gewölbe stand, als sei sie vor Jahrhunderten hier hinein gepresst worden.

»Na gut«, willigte sie ein.

Je näher wir dem Ursprung dieses schaurigen Lautes kamen, umso sicherer wurde ich, dass meine Theorie mit dem Wind grundlegend falsch war. Ich meinte, in dem Geheul sogar Wortsilben zu hören. Selbst wenn ich keine davon verstand. Das Klagen schwoll zu einem Chor an.

»Oh Herr, der du von uns gegangen bist, wir deine Anhänger erwarten dich jeden Tag zurück, komme und erlöse uns«, sprach Iga schaudernd.

»Es ist nicht die Zeit, um Grabinschriften zu lesen«, tadelte ich sie, weil mir bei den Worten ganz eisig wurde.

»Das ist keine Inschrift, das singen sie.«

In mir knarrte es, als ich endgültig zu Eis gefror. Am liebsten hätte ich mich verkrochen oder wäre schreiend davon gerannt. Dagegen stand die Starre meiner Glieder.

Sie löste sich erst, als ich wieder zu mir fand. Ein Blick um die nächste Ecke offenbarte mir den Ursprung des Gesangs. Da saßen Menschen! Mit dem Rücken zu uns. Ihre Köpfe, zierten nur wenige Haarbüschel. Ihre Kleider hatten sich großteils zersetzt. Die Körper waren ausgezehrt und ihre Haut grau. Mit untergeschlagenen Beinen und wiegenden Schultern sangen sie ihr Klagelied. Vor ihnen ragte etwas Großes auf, mit vielen Armen, die das Ding in alle Richtungen streckte. Es dauerte bis ich darin einen toten Baum erkannte.

»Lass uns hier verschwinden«, griff ich Igas Vorschlag auf.

»Deine erste gute Idee heute«, erwiderte sie.

Am liebsten wäre ich aus dem Grabmal geflüchtet. Doch wir mussten den Braklar finden, bevor es Baldrinus tat. So blieb uns nichts anderes übrig, als einen Bogen, um den schaurigen Chor zu machen. Das fiel uns schwerer als gedacht. Je weiter wir in die Nekropole vordrangen, umso bewusster wurde uns, welche Ausmaße diese Ansammlung von Schauergestalten annahm. Es musten Abertausende sein, die hier saßen und sangen.

»Das hat auch was gutes«, überlegte Iga.

»Und was bitte?«, flüsterte ich.

»Jetzt wissen wir, dass wir uns nicht in einem magischen Labyrinth aufhalten«, scherzte sie mit bebender Stimme.

»Na, das kann ja noch kommen«, erwiderte ich.

»Da«, flüsterte sie. »Die Wand, wir sind so weit vom Weg abgekommen, dass wir an die linke Außenwand gekommen sind.«

»Vielleicht gibt es dort einen Weg nach oben«, hoffte ich.

Das Singen brachte den Boden zum Schwingen, sodass mir das Lied durch den ganzen Körper lief. Es berührte etwas in mir, etwas Altes, das vertraut und fremd gleichermaßen war. Als gehörte es zu meinem Leben, läge aber Äonen zurück.

»Da ist es.« Eine Last schien von Igas Schultern zu fallen.

Vor uns tat sich tatsächlich ein Tor auf. Dahinter befand sich eine Treppe, die nach unten, aber auch nach oben führte.

***

Ich schlich den Gang entlang, wie ein gedungener Mörder und hielt mich in den Schatten, bereit zuzuschlagen. In meiner Hand fühlte ich das Gewicht des Speers. Nun würde seine Herrschaft endlich enden. Ich passierte einen der Wächter, ohne dass er auf mich aufmerksam wurde. Nur noch zwei Treppen dann ...

»Darik!« Iga rüttelte heftig an meiner Schulter. Wir standen mitten auf der Treppe.

Ich schüttelte mich.

»Was war mit dir los, du warst wie versteinert. Ist alles in Ordnung?«, sie blickte mich besorgt an.

»Es ist alles in Ordnung«, log ich.

»So siehst du nicht aus.« Sie fuchtelte mit der Fackel vor meinem Gesicht herum.

»Nimm das Ding weg«, beschwerte ich mich.

Die Flammen, kicherten garstig, das bildete ich mir jedenfalls ein.

»Wenn du mir sagst, was los ist«, verhandelte sie.

»Ich habe das Gefühl, dass ich schon einmal hier war«, zumindest versuchte ich es mir auf diese Weise zu erklären.

»Nur das Gefühl?«, fragte sie skeptisch. »Meinst du nicht, dass du dich an diesen Ort erinnern würdest. Ich meine ihn gibt es vermutlich nur einmal auf der Welt.«

»Vermutlich«, stimmte ich zögerlich zu.

Der silberne Schein, der die Nekropolen beherrscht hatte, beleuchtete auch diese Gänge, nur deutlich schwächer. Nach dessen Quelle hielt ich vergebens Ausschau. Die Fackel war immer noch unnötig, aber auch hier weigerte Iga sich, diese zu löschen.

Überall an den Wänden und dem Boden fanden sich die mumifizierten Ranken. Ich vermied es auf sie zu steigen, doch wenn ich aus Versehen auf sie trat, fühlten sie sich weich an.

»Ob wir noch einmal durch eine Nekropole müssen?«, überlegte Iga.

»Ich glaube nicht.«

Meine Vermutung sollte sich bewahrheiten. Wir fanden uns in einem Gewirr aus Gängen wieder. Wir bogen einmal links und einmal rechts ab. Darauf noch zweimal links.

»Du scheinst genau zu wissen, wo es hingeht«, fiel Iga irgendwann auf. »Geht man ein Labyrinth nicht vorsichtiger ab, immer mit einer Hand an der Wand?«

»Es ist so ein Gefühl«, antwortete ich.

»Au!«

Ich wandte mich um. Iga lag am Boden. Ich reichte ihr eine Hand, um ihr beim Aufstehen zu helfen. »Alles in Ordnung?«, fragte ich besorgt.

»Ja, ja«, schmetterte sie mich ab. »Schau dir das an«, sie deutete auf dem Boden. Sie war über eine der Ranken gestolpert.

»Die wachsen hier überall«, kommentierte ich ihre Beobachtung.

»Das meine ich nicht«, tat sie ab. »Sieh doch.« Sie hielt die Fackel an die Ranke, über die sie gefallen war. An der Bruchstelle blitzte es grün hervor, so wie junges Holz. »Wie hat sie sich so lange gehalten?«

Eine Frage, die ich unmöglich zu beantworten wusste.

»Sieht wie eine Invasion von Pflanzen ans«, überlegte Iga, während sie sich umsah.

Ich befühlte eine der Ranken an der Wand. Auch sie war seltsam robust und biegsam.

»Gehen wir weiter, oder musst du erst deine Liebeserklärung beenden?«, erkundigte sich Iga. Abermals hielt sie mir die Fackel vors Gesicht.

»Nimm endlich das Ding weg!«, verlangte ich. »Ich komme ja.«

***

Auf Schritt und Tritt breitete sich auf dem verderbten Ort mein Gefolge aus. Sie brachen durch alle Fugen und Ritzen. Gemeinsam würden wir die Wächter überwinden, zu Myodas gelangen und seiner Schreckensherrschaft ein Ende bereiten.

»Was ist denn jetzt?« Iga sah mich wütend an. »So verträumt kenne ich dich gar nicht.« Sie hielt mich am Kragen gepackt und zog daran.

»Ich weiß es auch nicht«, gestand ich. »Aber wir sollten vorsichtig sein.«

»Das bin ich immer«, erwiderte sie.

Wir kamen in einen Saal, auf dem zu beiden Seiten Statuen standen. Sie hatten nichts Menschliches an sich, ihnen fehlten die Ohren, dafür besaßen sie drei Augen und vier Arme. Sie trugen Steinhellebarden, die zu ihrer Größe passten und überragten Iga und mich um das Doppelte.

»Komm«, trieb sie mich an.

»Nein«, hielt ich sie zurück. »Lass uns einen anderen Weg finden.«

»Hast du Angst vor alten Steinen?«, grinste sie amüsiert.

»Wenn er so angeordnet ist ja«, räumte ich ein.

»Schau dir die Treppe da hinten an, sie sieht so aus, als würde dort ein Herrscher hinaufsteigen. Breite Stufen und Geländer. Es fehlt nur noch der rote Teppich«, erklärte sie.

»Vor einem Teppich hätte ich keine Angst, aber vor den sechs Wächtern«, beharrte ich.

Iga riss sich los. »Du bist wirklich ein Feigling, forderte sie mich heraus. »Sieh doch!«

Sie schritte in den Gang und legte ein Tänzchen hin. »Da passiert nichts.«

»Iga!«, zischte ich. »Komm wieder her!«

»Darik, du erstaunst mich, nachdem was du immer erzählst, müsstest du der mutigste Mensch der Welt sein. Aber -«

»Iga runter!«, schrie ich.

Zu ihrem Glück hörte sie diesmal auf mich. Die Steinhellebarde hätte ihr sonst den Kopf von den Schultern getrennt. Es donnerte, als sich der erste steinerne Wächter in Bewegung setzte.

Bum! Bum! Bum!

Jeder Schritt brachte den Boden zum Zittern. Er hob abermals seine Waffe und drang damit auf Iga ein. Sie war vor Schreck wie gelähmt. Ich sprang vor und zog sie zur Seite.

Die Hellebarde schlug neben ihr auf den Boden. Der Klang wurde in ohrenbetäubender Weise von den Wänden weitergetragen.

»Renn!«, trieb ich sie an. Hals über Kopf traten wir die Flucht an.

Der Steinwächter kam hinter uns her, dabei verlor er mehr und mehr seine Schwerfälligkeit. Ein Schritt von ihm bedeutete fünf für uns.

Bum! Bum! Bum! Bum! Ging es hinter uns. Der Boden bebte, die Wände wackelten. Wir rannten. Links, Rechts! Rechts! Links!

Vergebens versuchten wir, ihn in dem Labyrinth abzuschütteln. Einer Ahnung folgend stieß ich Iga zur Seite. In dem Moment schlug die Hellebarde, wie ein Himmelskörper zwischen uns ein. Iga wich einem der Füße des Wächters aus und stürzte. Die Waffe hob sich drohend über ihr, bereit sie zu Zermalmen. In meiner Verzweiflung zog ich das Paradeschwert und drosch damit auf das Knie der Statue. Es klirrte, als das stumpfe Metall auf den lebendigen Stein traf. Auch wenn sich nicht einmal ein Splitter davon löste, hielt der Wächter tatsächlich inne. Seine toten Steinaugen fixierten mich. Der Hellebarde, die mich aus der Horizontalen zu zerteilen suchte, wich ich mit einem Sprung nach vorne aus. Ich duckte mich zwischen die Beine des Ungetüms. Der Wächter versuchte, mich mit dem Schaft der Waffe zu treffen. Unbeholfen stieß er damit nach mir. Die Decke des Gangs war zu niedrig, als dass er weit ausholen konnte.

»Iga, renn!«, befahl ich ihr. Ich sah sie gerade noch hinter einer Ecke verschwinden, als sich zwei gigantische Hände um meinen Leib schlossen. Den Moment der Unachtsamkeit hatte der Wächter genutzt. Triumphierend hob er mich zur Decke. Seine Drei Augen stierten mich an. Der Griff wurde immer fester. Mein Schwert ging klirrend zu Boden. Langsam drückte er mir die Luft aus der Lunge. Zumindest schien das seine Absicht zu sein. Mit meinen Fäusten schlug ich auf seine Hände. »Na was ist ... du Monster?« Ich konnte kaum noch sprechen, denn dafür benötigte ich tatsächlich Luft im Körper.

Seine Bemühungen mich zu zerquetschen nahmen zu. Hätte ich es nicht besser gewusst, so wirkte er überrascht ob der Robustheit meines Körpers. Der Schmerz in meinem Leib schwoll an. Ich krallte mich in seine Arme, nein, in die Ranken, die über seinen Körper wuchsen. Sie waren nicht mehr als dunkle Schatten. Ich entsinne mich nicht wie, vielleicht flehte ich die Götter um Hilfe an. Vielleicht waren es aber auch die Pflanzen selbst. Ich fühlte, wie sie in meinen Händen zu neuem Leben erwachten. Sie legten sich eng um die Steinhaut des Wächters. Irgendwo in ihm krachte es. Er verharrte in der Position. Ich wand mich in seinem tödlichen Griff. Unvermittelt brach sein Kopf herunter, krachend schlug er auf dem Boden auf. Die unteren Arme, in deren Hände die Hellebarde lag, fielen grollend ab. Die Steinwaffe zersplitterte. Mit einem Mal zerbarst der Torso des Wächters. Die spitzen Steine flogen mir bei dem Sturz um den Kopf.

**

Die Wächter waren taub und spürten nichts. Sie vermochten nur zu sehen. Jedem, der ihnen den Blick auf das Mal des Herrschers verwehrte, griffen sie an. Ich trug es nicht am Leib. Dennoch würden sie mich nicht sehen. Ich musste lediglich etwas warten, bis meine

Verbündeten das Werk vollbracht hatten. Die grünen Ranken sprossen von der Decke und legten sich um die drei Augen. Die erblindeten Wächter bemerkten nichts, als ich an ihnen vorbeischritt. Die Magie, aus der sie entsprungen waren, hatte nicht mit diesem Trick gerechnet.

Als ich wieder in die Gegenwart zurückfand, hatte sich der Staub noch nicht gelegt. Mit Mühe wühlte ich mich aus den Trümmern heraus. Ich fand mein Paradeschwert unweit des Geröllberges liegen und steckte es zurück in den Gürtel. Zu dieser Gewohnheit zurückzukehren half mir, das Geschehen zu bewältigen.

»Danke«, sprach ich. Auch wenn ich nicht wusste, wem meine Dankbarkeit galt.

Iga kam um die Ecke gebogen. Sie war wohl ihrer Neugier erlegen. »Bei allen Geistern!«, rief sie überrascht aus. »Wie hast du das gemacht?«

Eigentlich wollte ich etwas Schlagfertiges erwidern, wie: Ich bin eben doch nicht so unfähig, wie du glaubst. Ich beließ es dagegen bei einem ehrlichen: »Wenn ich das wüsste.«

Stimmen hallten zu uns herüber.

»Es kam von dort! Bildet eine Reihe und vorrücken«, rief Baldrinus, der Möchtegern-General.

Iga und ich verschwanden um die nächste Ecke. Die Rüstungen schepperten auf den zerstörten Wächter zu. Vermutlich handelte es sich bei seinen Männern um verkleidete Soldaten. Ein Trick den Baldrinus damals in der Nacht im Wald gelernt hatte.

Unsere Schritte hörten sie nicht, über den Lärm, den sie verursachten. Sie gingen ganz und gar nicht mit der gebotenen Vorsicht vor. Es fehlte nur noch das Horn, mit dem sie zum Angriff bliesen.

Iga und ich hielten uns hinter der Ecke verborgen, um zu lauschen.

»Was ist hier geschehen?«, fragte Baldrinus.

»Woher soll ich das wissen?«, knurrte Krinak. »Ich bin kein Hellseher. Aber das sieht wie eine Statue aus, die zerbrochen ist. Kürzlich. Gib mir eine Lampe, dieses seltsame Licht genügt nicht. Siehst du diese Bruchkanten. Sie sind noch frisch und nicht verwittert. Bei diesem Gewölbe sicher kein Wunder. Aber der Knall, den wir gehört haben, kann nur hiervon stammen.«

»Wie soll das möglich sein? Die Statue steht hier tausend Jahre und dann kommen wir und sie birst in Stücke?«, zweifelte Baldrinus. Ich hatte immer befürchtet, dass er nicht so einfältig war, wie er tat.

»Es gibt für mich nur drei Möglichkeiten«, bot der Archäologe an. »Zum einen kann die Erschütterung unserer Schritte dazu geführt haben. Seht, die Statue hatte bereits Risse und ist mit dieser seltsamen Ranke eingewachsen, die den Stein aufgesprengt haben könnte.«

»Und weiter?«

»Nun vielleicht ist noch jemand hier, der die Statue zerschlagen hat. Oder, dass was ich für am wahrscheinlichsten halte, die Statue ist zum Leben erwacht und dann gebrochen.«

Das Gelächter, welches durch den Gang hallte, klang wie das eines Farudähen, der den Sieg über die Menschheit errungen hatte.

»Ihr lacht, aber wartet es nur ab!«, brüllte Krinak, der sich in seiner Ehre beleidigt sah. Das war schon immer seine Schwäche gewesen. Die Schwäche eines jeden brillanten Gelehrten, der um seine Fähigkeiten wusste.

»Stein ist ein totes Material. Mir ist kein Zauber bekannt, der Stein zum Leben erwecken kann«, entgegnete Baldrinus. Er blieb als Einziger ernst. Als Nekromant hatte er einen anderen Blick auf die Welt, auch wenn er nicht besonders fähig war.

»Dieser Ort ist alt, sehr alt. Er stammt aus einer Zeit, in der die Menschen noch nichts von Magie wussten. Hier herrschten Kräfte, neben der selbst die Magier des Ordens des roten Mondes, wie erbärmliche Kinder wirken«, Krinaks Worte brachten die Soldaten erneut zum Lachen.

»Ihr Humor wird ihnen vergehen, wenn sie von den Statuen angegriffen werden«, prophezeite Iga, nicht ohne Schadenfreude.

»Das dürfen wir nicht zulassen«, widersprach ich. Auf meinem Weg waren schon genug Menschen unnütz gestorben. Bei den Soldaten konnte ich davon ausgehen, dass sie alle unter dem Einfluss von Elsa standen. Sie trugen keine Verantwortung für ihr Handeln.

»Und wie willst du das verhindern?«, fragte Iga, sie sah mich ärgerlich an.

»Komm«, wies ich sie an. Wenn ich das Labyrinth richtig verstand, mussten wir diesen Weg einschlagen, um an der kleinen Gruppe vorbeizukommen.

Nachdem wir das zwanzigste Mal abgebogen waren, war ich endgültig sicher, dass wir uns verlaufen hatten. Unter freiem Himmel passierte mir das nie. Zumindest wenn ich mich in einem Wald oder auf dem Land aufhielt. Zumindest schien es Baldrinus und seiner Truppe ähnlich zu gehen. Immer wieder hallten Flüche zu uns herüber, von den Soldaten, die schon lange bemerkt hatten, dass Krinak den Weg nicht fand.

Ich wusste, wie selbstsicher sich der Archäologe gerade dann gab, wenn er keine Ahnung hatte.

Wir huschten hinterrücks an ihnen vorbei und nach zwei Abzweigungen hatten wir den Trümmerhaufen wieder gefunden. Von dort war es einfach den Weg zurückzuverfolgen. Die Statue hatte in dem Gang Spuren hinterlassen, die man leicht fand, wenn man wusste, dass es sie gab.

»Da wären wir wieder«, verkündete Iga. Als wir vor dem Gang mit den Statuen standen.

»Nur noch fünf, vielleicht lockst du die Nächste an«, die bissige Bemerkung konnte ich mir nicht verkneifen.

»Sehr lustig«, entgegnete sie. »Aber im Ernst, was machen wir jetzt?«

Ich lehnte mich gegen die Wand und suchte sie so unauffällig wie möglich nach den Ranken ab. Bevor ich nicht genau wusste, was ich überhaupt vor hatte, wollte ich Iga nichts sagen. Ich redete mir ein, sie schützen zu wollen, wahrscheinlich kam ich mir aber auch nur dumm vor. Als ich eines der Gewächse fand, packte ich es fest und ... Ich bat um Hilfe. Gleichzeitig versuchte ich, mir vorzustellen, wie sie von den Decken wuchsen und sich den Statuen um die Augen legten.

Wir sahen nicht, ob mein Vorhaben gelang. Die Pflanzen waren in diesem fahlen Licht nahezu unsichtbar. Es konnte sein, dass sie deshalb diese Färbung angenommen hatten, um nicht aufzufallen, vielleicht waren sie aber auch tot.

»Was haben wir denn da!«

Vor Schreck hätte ich beinahe die Ranke von der Wand gerissen.

Langsam drehten wir uns um. Da standen sie, wie aus dem Boden gewachsen, die Soldaten und vorne weg Baldrinus. »Ich wusste, dass hier jemand herumschleicht.« Er hob die Lampe, um uns besser sehen zu können, wobei er die Augen zusammenkniff. »Du?«, erkannte er mich. »Ich hoffte ... ich dachte, du wärst tot.«

»So was Ähnliches habe ich mir auch schon gedacht«, erwiderte ich.

»Ihr kennt euch?«, fragte Iga überrascht.

»Was willst du hier?«, wollte Baldrinus wissen.

»Das kannst du dir doch denken«, fuhr ihm Krinak dazwischen. Er schritt zwischen den Reihen der Soldaten hindurch. »Darik, es ist schön, dich wiederzusehen. Aber es wird noch schöner sein, wenn du endlich stirbst.«

»Oh, ich sehe, ihr seid alte Freunde«, grinste Baldrinus. »Auch meine Herrin will deinen Tod. Es tut mir leid, du bist sicher ein guter Kerl. Bringt die beiden um!«

»Lauf!« Das musste ich Iga nicht zweimal sagen. Die Soldaten, zehn Schritte von uns entfernt, trugen weder Bogen noch Armbrust. Das war unsere einzige Möglichkeit, heil aus der Sache herauszukommen.

Wir stürmten durch den Saal mit den Wächtern zur Treppe. Vielleicht sahen sie von uns ab, wenn die Soldaten an ihnen vorbeistürmten.

Zunächst glaubte ich, dass die Soldaten uns entkommen ließen. Aber ein Blick über die Schulter verriet mir, dass sie sehr wohl hinter uns her stürmten. Erst als sie sich ein gutes Stück von Baldrinus entfernt hatten, erklangen ihre Schritte auf dem Boden und das Scheppern ihrer Rüstung. Der Nekromant musste einen Zauber über sie gelegt haben.

»Die Wächter, pass auf!«, rief Iga.

Doch die Steinstatuen blieben, was sie waren, reglose Abbilder von bizarren Gestalten.

Zwei Stufen auf einmal nehmend stürmten wir die Treppe hinauf. Iga war schnell, ich benötigte keine Luft zum Atmen, außerdem trugen wir keine Rüstungen. Alles Vorteile, die dazu beitrugen, den Vorsprung auszubauen.

Über uns öffnete sich der Nachthimmel. Zumindest glaubte ich das für einen Moment, doch er war violett und über ihn zogen schwarze Wolken. Um uns herum türmten sich gigantische Steinbauten auf, die zu einer monumentalen Tempelanlage gehören konnten. Zum Staunen blieb uns keine Zeit. Wir rannten zwischen die Gebäude und schlugen einen Haken nach dem anderen.

»Doch eine Stadt«, stellte ich fest.

Überall wucherten die Ranken, als hätten sie einst die Absicht gehabt das ganze Tempelgelände einzunehmen. Selbst den ein oder anderen blattlosen Baum gab es zu bewundern. Allerdings waren sie noch jung und in ihrem Wachstum erstarrt.

Iga war zu sehr damit beschäftigt zu atmen, als dass sie etwas erwidern konnte.

Wir bogen um eine weitere Ecke und schlugen einen Haken in die andere Richtung.

»Da lang«, wies ich Iga an. Sie wollte bereits um das nächste Gebäude stürmen, als ich sie aufhielt. »Halt«, ich presste ihr den Zeigefinger auf die Lippen.

Gemeinsam lugten wir um die Ecke. Da waren sie, unsere Verfolger. Über einen verwinkelten Weg hatten wir die Treppe erreicht, die wir hinaufgekommen waren.

Baldrinus und Krinak standen dort, die Hände auf die Oberschenkel gestützt und nach vorne gebeugt, als wollten sie sich übergeben. Lediglich zwei Soldaten befanden sich bei ihnen. Ihrem Rüstzeug zum Trotz, hatten sie den Aufstieg besser verkraftet. Die anderen Infanteristen waren uns scheinbar nachgerannt.

Ein kurzer Blick auf den Boden stellte sicher, dass der Pflasterstein keine Spuren zurückließ, die es ihnen möglich machten uns zu finden. Der Straßenbelag war so regelmäßig und perfekt angeordnet, wie man es sich kaum vorzustellen vermochte. Ein Mensch würde solch eine Arbeit nicht zu Wege bringen. Zumindest keiner, der noch Zeit haben wollte, um zu leben.

»Wir können sie jetzt überwältigen«, schnaufte Iga.

»Du willst sie töten?«, vergewisserte ich mich.

Sie nickte entschlossen.

»Glaub mir, das willst du nicht«, widersprach ich.

»Sie wollen dich alle umbringen und du willst sie beschützen?«, fragte sie, ihre Augen sahen mich forschend an.

Ich konnte es selbst kaum glauben. »Vielleicht gibt es einen Weg, wie wir hier alle lebend herauskommen.« Dies zu hoffen, klang wie die Vorstellung eines kleinen Kindes, dass die Schlechtigkeiten der Welt noch nicht kannte.

»Darik, hier gibt es kein Entkommen, wir werden immer wieder auf sie treffen«, erwiderte sie. »Die suchen dasselbe wie wir.«

»Dann werden wir es vor ihnen finden«, beharrte ich trotzig.

»Also gut, du gehst vor«, sie grinste mich gehässig an.

Um mir nicht noch einmal die Blöße zu geben, schritt ich in eine beliebige Richtung. Meine Prämisse war, so viel Abstand zu Baldrinus und seinen Männern zu gewinnen wie möglich.

***

»Wenn es das nicht ist, dann weiß ich auch nicht«, erklärte ich. Vor uns erhob sich ein Prachtbau, der noch pompöser aussah, als die Tempelstadt, die hinter uns lag. Mit den Säulen und Reliefs wirkte er wie der Palast eines Gottes.

Selbst ich, der für menschliche Handwerkskunst kein Auge hatte, war von diesem Bau beeindruckt. Zum Staunen blieb uns jedoch keine Zeit. Unsere Verfolger konnten bald hier sein.

Das große Portal war geschlossen, doch das morsche Holz brach, so wie wir uns dagegen stemmten.

Hier drin herrschte das matte Glimmen des silbernen Lichts.

»Hier ist dein Teppich«, wies ich Iga auf den zerfaserten Stoff am Boden hin.

Sie packte mich am Arm und hielt mich zurück. »Sieh.«

Rechts und Links entlang des langen Ganges befanden sich weitere Statuen. Diese waren nur etwa einen Kopf größer als ich und stellten harmlos erscheinende Personen dar. So lebensecht, als wollten sie tatsächlich gleich erwachen. Aus irgendeinem Grund wusste ich aber, dass sie es nicht tun würden.

»Das sind die Farudähenfürsten«, erklärte ich.

Iga sah mich skeptisch an. »Woher, willst du das wissen?«

»Lies die Schilder«, ich deutete auf den Sockel der ersten Statue.

»*Vergiss unsere Namen und stirb*«, las sie vor. »Meinst du, dass das der Fluch ist?«

»Ich hoffe es nicht, das sind ganz schön viele. Wie sollten wir auf alle ihre Namen kommen?«, vorsichtig tat ich einen Schritt nach vorne. Die Statuen rührten sich nicht, genauso wenig wie ich. Irgendetwas hielt mich zurück. Die Neugier veranlasste mich, die Hand zu heben. Meine Finger stießen gegen etwas Hartes. »Da ist was«, teilte ich Iga überflüssigerweise mit.

Auch sie begann die unsichtbare Wand abzutasten. Alsbald mussten wir feststellen, dass es an ihr kein Vorbeikommen gab.

»Na wunderbar«, resignierte ich.

»Warte, vielleicht müssen wir lediglich die Namen der Farudähen nennen, um durchgelassen zu werden«, überlegte Iga. »Dieser links ist mit Sicherheit Habrus, der Herr der Qualen. Sonst würde er keine Peitsche mit

Nägeln an den Enden tragen. Und der rechts, ist Flagus, der Herr der Lügen.« Ein leises Grollen erklang.

Wir fuhren herum, doch alles schien unverändert. Prüfend tastete Iga nacht der unsichtbaren Barriere. Sie langte ins Leere.

»Gar nicht so schwer«, triumphierte sie und tat zwei Schritte nach vorn.

Zögerlich folgte ich ihr. Das Grollen erklang abermals. Als hätte ich es gewusst, stellte ich fest, dass der Weg zurück versperrt war. Dies galt auch für den Weg nach vorne, wir saßen zwischen zwei unsichtbaren Wänden fest.

Sogleich nannte Iga die Namen, der beiden Farudähenfürsten, die sie bereits identifiziert hatte. In der Hoffnung, dass sich die Wand hinter uns öffnete. Doch nichts dergleichen geschah. Stattdessen flammte vor uns eine widerwärtige Kreatur auf. Ein geschuppter Berg, aus dem Klauen und Zähne hervorstachen. Dort wo man es nicht vermutet hätte, öffnete sich ein Maul, aus dem sich eine wahre Feuersbrunst entfesselte. Vor Panik kreischend sprang ich zur Seite, nach hinten oder vorne gab es kein Entkommen. Iga warf sich zu Boden.

Das Feuer erlosch und damit auch die grauenerregende Erscheinung.

»Vergiss die Namen und ihr sterbt«, kommentierte Iga gefasst. Sie schlug sich die schwelenden Haarspitzen aus, die dem Flammenstoß zum Opfer gefallen waren. »Also gut, es geht also nur nach vorn.«

Während sich mir noch das Herz aus der Brust quetschen wollte, schritt sie bereits zur Tat.

»Dastur, der Zerstörer und Mekgalo der Vernichter.«

Gemeinsam stolperten wir gegen die nächste unsichtbare Wand.

»Wenn du die restlichen Sechzehn auch kennst, dann bin ich beeindruckt«, offenbarte ich ihr.

»Sei still, was auch immer wir sagen, es könnte als ein falscher Name aufgefasst werden«, warnte sie. Iga benötigte einen Moment, dann erkannte sie die nächsten beiden Farudähenfürsten: »Nephra der Erbauer der Höllentore. Daruas Lenker des Flammenflusses.«

Abermals verschwand die Wand vor uns und erlaubte zwei Schritte weiter zu gehen.

»Wen haben wir denn da?«, fragte eine gehässige Stimme.

Ich wirbelte herum. Es fiel mir schwer, nicht seinen Namen auszusprechen. Da stand Baldrinus zusammen mit Krinak und seinen vierzig Schergen.

»Ihr könnte uns nicht hinterherkommen. Bleibt, wo ihr seid, dass hier ist zu gefährlich«, warnte ich sie.

»So kenne ich dich, der allseits besorgte Darik, du würdest -«, der Rest des Satzes ging in einem Schrei verloren. Das Bild des Monsters flammte auf und ein Feuerstoß ging über uns hinweg. Er hätte Baldrinus in eine Aschewolke verwandelt, wäre er nicht noch rechtzeitig hinter seine Männer zurückgewichen. Vier Soldaten vergingen spurlos in dem Feuer auf. Es blieb ihnen kaum Zeit zu schreien. In der allgemeinen Panik bemerkte ich kaum das Iga, die nächsten beiden Fürsten identifiziert hatte und die Barriere offenstand.

Sie zog mich hindurch. »Ich habe dich gewarnt, Bal-«, ich biss mir auf die Zunge. »Geh zurück zu deiner Herrscherin, sag ihr du hast alles getan, was du konntest. Ich glaube nicht, dass dich deine Männer verraten werden.«

Die Soldaten blickten ängstlich drein. Der Anblick ihrer zu Asche vergehenden Waffenbrüder, ließ ihre Moral schwinden wie Eiszapfen im Sommer.

»Du vergisst, wer meine Herrin ist«, erinnerte mich Baldrinus. »Sie duldet kein Versagen. Es wäre ihr vermutlich sogar recht, denn dann könnte sie mich dem Meister opfern«, er schauderte. »Nein, das hier ist zu wichtig.« Offenbar war auch er ein Gefangener, selbst wenn er dem Zauber von Elsa widerstand.

Iga zog mich über die nächste Schranke.

»Ihr Meister?«, fragte ich. All die Zeit hatte ich damit gerechnet, dass sie Fürst Garvuin unterstand, dem sie ihre Seele einst verkauft hatte. Dennoch überraschte es mich, dass dieses Band weiterhin bestand. Vielleicht hatten sie ihr Abkommen erneuert. Jetzt wusste ich, wo ich Garvuin finden würde. Auf ihn war all mein Zorn gerichtet.

Iga führte mich unterdessen weiter. »Gut so, lenk sie ab«, sprach sie leise.

»Fürst Garvuin, er kommt zurück in diese Welt!«, rief Baldrinus. »Es sind nur noch wenige Seelen notwendig, die in seinem Namen in die Unterwelt geschickt werden.«

Ich war schon im Begriff, beiseite zu springen. Da erkannte ich, dass Baldrinus, ohne es zu wollen, den Namen für die vermeidlich letzte Schranke geliefert hatte.

Am Ende des Korridors stand eine große Statue, an der man rechts oder links vorbei musste. Sie stellte einen breitschultrigen Mann dar, mir geschwungenen Hörnern und geschlitzten Pupillen. Der Bildhauer hatte es sich nicht nehmen lassen, seine spitzen Zähne darzustellen. Sie pressten sich von oben und unten in die Lippen. Der Farudähenherrscher wirkte verärgert darüber, dass wir die magischen Sperren überwunden hatten.

»Wir kriegen dich, es gibt für dich kein Entkommen!« Baldrinus hob die Arme. Offenbar versuchte er, die Barriere mit seiner Magie zu zerstören. Ein Unterfangen, dass - wenn ich diesen Ort richtig verstand - nur scheitern konnte.

Tatsächlich war es Krinak, der als einziger den Zauber aufzuheben vermochte.

Ich rannte Iga hinterher, die um die Statue lief. Bei dem Versuch prallte sie erneut gegen eine unsichtbare Wand. Ich fing sie gerade noch auf, als sie zu Boden geschleudert wurde. Dabei bekam ich ihre Haare ins

Gesicht. Die Spitzen zeigten keinerlei Verbrennungsspuren.

»Der Name vom obersten Farudähen, dem Herrscher der Welt, wie lautet er?«, fragte sie mich. Iga richtete sich auf.

»Myodas, der Bezwinger der Welt«, kam es mir ohne nachzudenken über die Lippen. Die Wand vor uns fiel, ich wusste es, auch wenn ich es nicht sehen konnte.

Hinter der Statue erhob sich eine breite Treppe. Im Torbogen darüber waren grobe Worte geschlagen worden. In einer Sprache, die auch ich lesen konnte: »Da du sie alle kennst, erinner dich, welches Leid sie brachten, mach dir klar, was du entfesseln wirst.«

»Klingt bedrohlich«, witzelte Iga. Sie sprang die Treppen hinauf.

»Warte!«, rief ich ihr hinterher. Es gab noch einiges zu klären.

Hinter uns entbrannte ein heftiger Streit darüber, ob sie umkehren oder versuchen sollten, die Barriere zu öffnen.

∗∗∗

Hier war es also, der Thronsaal. Vorbei an allen Farudähen, die ich schon von Geburtswegen bekämpfen musste. Eine drückende Schwere befiel mich, als ich die Stufen emporstieg. Es gab keine Wächter mehr. Ein Farudähenherrscher, der alleine

Armeen zerschlug und unbesiegbar war, benötigte keinen Schutz. Ich besah das metallene Ende des Speeres. Sieben Klingen liefen vorne zu einer Spitze zusammen, die aussah wie eine zwei Fingerbreit geöffnete Klaue.

Auch wenn diese Waffe ihn töten konnte, so war ich ihm unterlegen, dies wusste ich. Doch was war schon mein Opfer gegen die Freiheit der Menschen. Ich würde mein Leben einsetzen, um sie zu retten.

Ich geriet ins Taumeln, als mich die Vision losließ, beinahe wäre ich von der Treppe gestürzt.

»Iga!«, rief ich, um sie aufzuhalten. Sie wusste nicht, was auf sie zu kam.

Erst vor dem Thronsaal holte ich sie ein. Sie starrte wie gebannt hinein. Ein Schimmer lag über dem Eingang, wie der in Aufruhr geratene Wasserspiegel eines Sees.

Ich trat neben sie und stockte. Das war nicht möglich. Ich erblickte einen Mann, bewaffnet mit einem Speer. Derselben Waffe, die ich in der Vision gesehen hatte.

Er trat vor den Thron. Darauf saß Myodas, der Herrscher der Welt. Ich erkannte ihn sofort, die Statue am Eingang des Palastes war eine exakte Nachbildung von ihm.

»Du bist es also, ich hätte mit mehreren gerechnet«, höhnte er. Er bleckte die scharfen Zähne, seine Augen glommen. »Es wird mir eine Freude sein, dich zu vernichten.« Er fuhr mit der linken Hand durch die

Luft, als wollte er eine Fliege verscheuchen. Ich spürte die Druckwelle. Der todesmutige Kämpfer wurde erfasst und durch den Thronsaal geschleudert. Den Speer fest in der Hand haltend rutschte er über den Boden. Unverletzt erhob er sich. Scheinbar ohne jegliche Strategie schritt er erneut auf den Herrscher zu. Dieser lachte. »Wie oft willst du dieses Spiel spielen?«

Erneut schlug Myodas mit seiner unsichtbaren Macht nach ihm. Der Held hob die Speerwaffe, um sich dagegen den Angriff zu stemmen. Die Attacke zerbarst an der Spitze.

Grollend erhob sich der Herrscher, von seinem Thron aus menschlichen Gebeinen. Er glättete seine Robe, der Stoff schien mit frischem Blut getränkt. Er klebte an seinem Körper und das Rot ergoss sich über den Boden. Als besäße er alle Zeit der Welt, schritt Myodas auf den Kämpfer zu.

»Was geschieht hier?«, fragte Iga. Sie konnte sich nicht von der Szene losreißen.

»Das sind Echos aus der Vergangenheit.« Woher ich das wusste? Das vermochte ich nicht zu sagen.

Der Kämpfer hielt dem Farudähen den Speer entgegen. Als dieser bei ihm ankam und nach dem Stiel der Waffe griff, zog er ihn zurück, um ihn dem Herrscher von unten in die Brust zu stoßen. Der Angriff kam schnell. Doch nicht schnell genug. Mit dem Handrücken wischte Myodas den Stab beiseite. Der Schaft brach. Die klingenbesetzte Spitze wurde gegen eine Säule geschleudert. Es klirrte laut, als das Metall aufprallte, ein glänzendes Stück schlitterte über den Boden davon.

Interessiert besah sich Myodas seine Hand, von ihr troff Schwärze. »Ich habe noch nie mein Blut gesehen«, überlegte er. So schnell, dass meine Augen nicht folgen konnten, fuhr er nach vorn, packte den Kämpfer am Hals und hob ihn hoch. Dieser wandt sich vergeblich in dessen Griff. Der Farudähenherrscher musste gigantische Kräfte besitzen.

»Ich weiß, dass du nicht so zerbrechlich bist, wie die Menschen«, grinste er. »Das ist gut, ich werde mir Zeit lassen, bis du mich um den Tod anbettelst«, höhnte er.

»Mit meinem Tod erkaufst du dir nur Zeit«, zum ersten Mal sprach der Krieger.

Iga sah mich überrascht an. Ich bemerkte es kaum.

»Was willst du noch versuchen?«, fragte Myodas. »Du hast ein Heer gegen mich geschickt, versuchtest, mich mit dunkler Magie zu bannen. Jetzt dieses Artefakt aus dem Altertum meines Volkes. Jedes Mal habe ich dich abgewehrt, diesmal breche ich dich. Treibe deine verdammte Seele in den Wahnsinn, bis du darum bettelst, dich nie wieder erheben zu müssen.«

»Auch der kälteste Winter geht vorbei«, erwiderte der Krieger gelassen.

»Kann man dir nicht das Maul zubinden«, grollte der Herrscher. Er zwang den Kämpfer auf den Boden.

»Darik, das bist du, das Aussehen die Stimme ...«, flüsterte Iga erschrocken.

Gebannt verfolgte ich, wie der Fürst den Kämpfer losließ. Myodas Schlag zerschmetterte den Kiefer des Helden. Der Kämpfer selbst wurde zu Boden geschleudert. Sein dickes Blut spritze durch den Raum.

»Mein Herrscher.« Unbemerkt war jemand neben dem Thron aus Knochen aufgetaucht. Ich erkannte ihn sofort. Fürst Garvuin!

»Nicht jetzt«, wies ihn Myodas zurück.

»Aber es ist wichtig«, der Farudähenfürst schlenderte auf ihn zu.

»Was!«, brüllte Myodas, erbost über den mangelnden Gehorsam.

»Ich wollte Euch nur wissen lassen, dass Eure Herrschaft zu Ende ist«, teilte Garvuin ihm gelassen mit.

»Was fällt dir ein?«, Er griff sich den Hals des aufsässigen Fürsten. Dieser lächelte nur.

Ein Ruck lief durch den Leib des Farudähenherrschers. Als er an sich hinab sah, erblickte er die zerbrochene Lanze, die in seinem Körper steckte.

Der Krieger hatte sich erhoben und die Waffe ergriffen, um dem Beherrscher der Welt ein Ende zu setzen. Myodas Augen weiteten sich. Er taumelte. Seine Hand löste sich von Garvuin. Schwankend schritt Myodas zu seinem Knochenthron. »Ihr werdet mich nicht stürzen!«

»Ergib dich meiner Macht und tritt ab«, verlangte Garvuin.

»Nein, verdammt sollst du sein!«, schrie Myodas. Er sank in den Herrschersitz.

»Du hast keine Macht mehr über mich«, triumphierte Garvuin. Zu seiner Überraschung begann er sich aufzulösen. Was auch immer er geglaubt hatte, Myodas entgegenzusetzen, es versagte ihm den Dienst. »Was, wie kann das sein?«, er fuhr herum. »Das ist dein Werk, Darik!«

Der Kämpfer war auf die Knie gesunken. Wenngleich sein Blut dick und zäh war, so rann es doch endlos aus seinem zerrissenen Kinn und der Kehle. Er sah dem Flammenstoß, der ihn aus der Hand des verlöschenden Fürsten traf, mit weit aufgerissenen Augen entgegen. Das Feuer ergriff von ihm Besitz, als hätte er in Öl gebadet. Der Schrei aus einem zerfetzten Hals gellte über das Knistern der Flammen hinweg. Er versuchte vergeblich, die Flammen auszuschlagen. Ich blickte in seine weit aufgerissenen Augen, in das sich zersetzende Gesicht. Er stürzte und blieb liegen, um sich nicht wieder zu erheben.

Erstarrt sah ich den Mann sterben, der hieß und aussah wie ich. Das Bild meines fremden Selbst verlosch.

Der Herrscher der Welt saß auf seinem Thron. In den Saal schritt der Kämpfer, bewaffnet mit dem Speer. Das Geschehen wiederholte sich, als seien die Echos aus der

Vergangenheit dazu verdammt, diese Begebenheit auf ewig zu durchleben. Beim Eintreten konnte ich den Darik, aus einem anderen Zeitalter, deutlich betrachten. Er war mir nicht ähnlich, nein, er war mir wie aus dem Gesicht geschritten. Am liebsten hätte ich ihm beigestanden, wäre mit ihm gegen den Herrscher der Welt gezogen. Doch als ich einen Schritt in den Thronsaal setzte, erlosch das Bild.

Der Saal erschien noch genauso gewaltig, auch wenn sich hier die schwarzen Pflanzen ausgebreitet hatten. Der rote Teppich hatte sich zersetzt. In der Mitte türmte sich nun ein Altar auf. Darauf lag der verbrannte Leib des Helden. Er musste es sein. Die Zeit hatte dem Körper nichts mehr anhaben können. Aus seinem Leib wuchsen, die eigentümlichen Ranken. Der Knochenthron war erhalten und darauf saß er, der Herrscher der Welt. Nach hinten gelehnt, den Kopf überstreckt, in seiner Brust steckte Braklar. Seine Augen standen offen, die Pupillen zuckten. Das einst blutdurchtränkte Gewand war ausgetrocknet.

»Er scheint noch zu leben«, überlegte Iga. Sie blickte dem Farudähenherrscher in die Augen. »Wie kann das sein?«

»Die Waffe ist zerbrochen, bevor sie ihn getroffen hat«, wusste ich.

Iga sah mich forschend an. »Du wirst mir immer ein Rätsel sein.«

Vorsichtig legte ich meine Hand um den Zylinder, der Myodas aus der Brust ragte.

»Halt«, Iga fasste mein Handgelenk. »Wenn du das tust, dann befreist du ihn doch.«

»Ich brauche diese Waffe.« Damals dachte ich nur daran, Mailiens Seele vor Garvuin zu retten, nicht welche Konsequenzen mein Tun haben könnte.

»Er muss gefangen bleiben«, widersprach sie. Demonstrativ griff sie zu ihrem Dolch.

Ich sah sie durchdringend an. Für einen Augenblick dachte ich daran, sie beiseite zu stoßen. Doch irgendwie gelang es meinem letzten bisschen Vernunft, sich gegen meinen Zorn durchzusetzen.

»Du hast recht«, stimmte ich zu. »Aber ich muss eine Möglichkeit finden, die Farudähen zu töten.«

»Myodas auf die Welt loszulassen ist nicht der richtige Weg«, sie zog mich von dem gebannten Farudähen fort.

»Haben wir euch!«, triumphierte Baldrinus.

Wir fuhren herum. Da stand der Nekromant mit seinen Männern.

»Ergreift sie. Die Frau könnt ihr töten, Darik will ich lebend«, befahl Baldrinus.

Ich hätte mich ergeben, schließlich war das die einzige Möglichkeit, mit dem Leben davonzukommen. Aber Iga durfte kein Leid geschehen. Mit gezogenen Waffen trat ich vor sie. Gegen die Soldaten gab es kein Gewinnen, aber leicht würde ich es ihnen nicht machen.

Langsam kamen sie auf mich zu, um uns einzukreisen.

»Bleib dicht bei mir«, verlangte ich von Iga.

»Mach dir keine Sorgen«, sie wirkte im Angesicht ihres sicheren Todes recht gefasst.

Ich wagte einen Ausfall. Wehrte die Klinge ab, die auf mich niederging. Trieb sie mit dem Paradeschwert zu Seite und stieß mit der Schulter gegen einen Soldaten. Dieser verlor das Gleichgewicht und stürzte scheppernd zu Boden. Ich sprang über ihn hinweg. Die Reihe durchbrechend schlug ich dem nächsten Soldaten mein Paradeschwert gegen die Schläfe. Er ging wie ein gefällter Baum nieder.

Indes hatte sich Iga - meiner Anweisung zuwider - auf der anderen Seite gegen die Soldaten geworfen. Tatsächlich war es ihr gelungen, einen zu Boden zu schicken. Gegen die drei, die gleichzeitig auf sie eindrangen, konnte sie jedoch nicht bestehen. Hilflos musste ich mit ansehen, wie ihr drei Schwerter in den Leib getrieben wurden. Lautlos brach sie zusammen.

»Du kannst es uns schwer machen oder auch leicht«, grinste Baldrinus siegesgewiss.

Die Fassungslosigkeit ließ meinen Kampfeswillen ersterben. Ein Kampfreflex mehr war es nicht, der das Schwert abfing und dem Soldaten den Dolch durch die Kehle trieb. Er ging zu Boden. Erschrocken blickte ich auf mein Werk. Mein Langdolch war sauber. Kein Tropfen Blut haftete an der Klinge. Der Soldat, tödlich getroffen, erhob sich. Sein Hals war unversehrt.

Auch die anderen, die ich niedergeworfen hatte, erhoben sich erneut.

»Verschwindet«, knurrte ich. »Sonst setze ich eurem vermaledeiten Dasein ein Ende.«

Die Soldaten lachten. Das ich den Dolch wegsteckte und das vergleichsweise kurze Messer zog, erheiterte sie noch mehr. Ein Einziger von ihnen kam auf mich zu. Er hob zu einen mächtigen Hieb an, der mich entwaffnet hätte, wäre mir danach gewesen diesen Schlag zu parieren. Ich wich aus und rammte ihm das Silbermesser in den Hals. Ich blickte in seine weit aufgerissenen Augen, als er spürte, wie das unheilige Leben aus ihm wich. Als ich das Messer aus dem Leib riss, vergrößerte ich die Wunde. Rauch quoll hervor. Der Soldat taumelte zurück. Er griff sich an den Hals und zerstob. Die Heiterkeit seiner Waffenbrüder wich blankem Entsetzen.

»Wer will als nächstes«, fragte ich grimmig.

Schreiend stürzten sie sich auf mich. Ich sprang zurück. So wie sie ihre Schwerter gegen mich zu führen gedachten, standen sie sich selbst im Weg. Ich wich nach rechts aus und rammte einem Soldaten das Messer in den Schädel. Ich stieß den Sterbenden gegen seine Kumpanen, die deshalb ins Taumeln gerieten. Ich sprang durch den Nebel des vergangenen Kriegers und ein weiterer fiel mir zum Opfer.

»Habt ihr genug?«, fragte ich die Verbliebenen. »Ich gebe euch die Möglichkeit zu verschwinden.«

»Du kannst sie nicht alle töten«, stellte Baldrinus fest.

»Nicht alle, aber fünf schaffe ich noch. Das könntest du sein«, ich wies mit dem Paradeschwert auf einen Soldaten in der Mitte. »Oder Du oder Du und Du ganz bestimmt!« Es wirkte tatsächlich, die Soldaten wichen zurück. Sie hatten ihre Seele aus Angst vor dem Tod, an Garvuin verkauft. Diesem Handel zum Trotz sahen sie sich nun jemanden gegenüber, der ihnen das ewige Leben streitig machen konnte. Ohne Seele würden sie nach dem Tod einfach verlöschen. Diese Angst lähmte sie.

»Nochmal, verschwindet und nichts wird euch geschehen«, bot ich an.

»Ihr glaub doch nicht wirklich, dass die Herrin euer Versagen ungesühnt lässt«, erinnerte Baldrinus sie. »Und spätestens Fürst Garvuin wird euch finden und euch strafen.«

Dieses Argument übertraf mein Angebot bei weitem.

Diesmal stellten sie sich geschickter an, offenbar erinnerten sie sich an ihre Kampfausbildung. Ihre Phalanx konnte ich nicht brechen. Ihre Mienen verhießen Tod und Verderben.

»Ich will ihn lebend«, erinnerte Baldrinus. »Wer ihm auch nur ein Haar krümmt ...«, er musste seine Drohung nicht ausführen.

Ich ließ meine Waffen fallen, es brachte nichts, sich zu wehren. Baldrinus war ebenfalls wegen des Braklar hier, vielleicht konnte ich ihn zur Vernunft bringen. Denn die Gefahr die Iga gesehen hatte, bestand tatsächlich.

Natürlich bekam ich den ein oder anderen Fausthieb ab, als ich von den Soldaten ergriffen wurde.

»Baldrinus, du darfst die Waffe nicht aus Myodas herausziehen«, appellierte ich an seinen Verstand. Doch er beachtete mich gar nicht.

»Das ist interessant«, stellte Krinak fest, der sich inzwischen über den Farudähen gebeugt hatte. »Es sieht so aus, als lebe er noch. Die Augen, sie bewegen sich.«

Der Nekromant trat zu ihm. »Wie dem auch sei, die Herrin will, dass ich ihr die Waffe bringe.«

»Baldrinus, lass das, es ist zu gefährlich. Er ist der Herr der Welten gewesen. Er wird Garvuin vernichten, weil er ihm das angetan hat.«

Baldrinus fuhr nachdenklich mit dem Finger über die Waffe. Der Holzschaft war mittlerweile zu Staub zerfallen. »Vielleicht wird er sich dankbar erweisen, wenn wir ihn befreien«, überlegte er. »Vielleicht hat er über die Jahrhunderte der Gefangenschaft bereits alles vergessen.« Der Nekromant klang wenig überzeugt.

»Wieso hat er den Braklar dann nicht früher geholt?«, hieb ich in die Kerbe, die in seiner Überzeugung entstanden war.

»Darik, du verstehst es nicht, es geht gar nicht um Garvuin. Die Herrin will diese Waffe, genau wie ich«, erklärte sich Baldrinus. »Glaubst du, wir wollen für immer seine Knechte sein? Garvuin interessiert diese

Waffe nicht. Aber wir brauchen sie, um ihn loszuwerden.«

Er griff nach der Waffe, die Myodas bannte.

»Tu es nicht!«, schrie ich.

Es gab ein schleifendes Geräusch, als die vielen Klingen aus der Brust von Myodas glitten. Die Augen des einstigen Herrschers der Welt schlossen sich und er sank erschlafft zurück.

»Na, siehst du«, triumphierte Baldrinus. Von der uralten Waffe troff das schwarze Blut des Farudähen. »Gehen wir.«

»Was ist mit den Schätzen?«, begehrte Krinak auf.

»Das ist der Schatz«, erklärte Baldrinus. »Mehr gibt es hier nicht. Glaubst du, der Herrscher der Welt, der alle Macht in Händen hält, hat Interesse an Gold und Juwelen, wenn ihm ohnehin schon alles gehört.«

»Ihr habt mich reingelegt«, knurrte Krinak.

»Ein berühmter Archäologe hätte das wissen können. Aber die Gier ...«, Baldrinus nickte verständig. Er klopfte Krinak auf die Schulter. »Mach dir nichts daraus. Komm mit zu unserer Herrin und sie wird dich auf ihre Weise entlohnen. Niemals wieder wirst du Sorgen und Ängste haben. Mit ihr werden wir zu einer neuen Freiheit gelangen.«

Ich kannte Krinak gut, er handelte überlegt. Er wusste, dass er hier nicht lebend herauskommen würde, wenn er ihnen nicht folgte. Sich seinem Schicksal ergebend willigte er ein.

»Wunderbar«, freute sich Baldrinus. »Gehen ...« Er schluckte. Mit weit aufgerissenen Augen blickte er an sich hinab. Eine mit Klauen besetzte Hand ragte durch seine Brust. Von Blut triefend ergriff sie den Braklar.

Der Herrscher der Welt war erwacht. Sein Gewand bröselte wie Staub von dem muskulösen Leib herab, als er sich erhob. Er schüttelte den sterbenden Baldrinus von seinem Arm und betrachte den Braklar in seiner Hand. Die entsetzten Blicke der Männer um ihn herum beachtete er nicht. Nach einer eingehenden Prüfung ließ er die Waffe, die ihn all die Jahrhunderte gebannt hatte fallen und sah auf.

»Ihr tragt das Mal von Garvuin«, stellte er fest. »Leere Hüllen ohne Seele. Dieser Frevel, glaubt ihr wirklich, dass Geschmeiß wie ihr ein Recht hat, sich zu uns Herrschern aufzuschwingen?« Sein Arm fuhr durch die Luft, ganz so, als wolle er sie davon schleudern. Doch nichts geschah. »Was ist das?«, Myodas besah ungläubig seine Hände.

»Er hat keine Macht mehr«, erkannte einer der Soldaten. Mit einem Kampfschrei stürzten sie sich gegen den Farudähen. Ein Schwert nach dem anderen wurde in dessen Körper gestoßen. Myodas stand da, als spürte er die Klingen nicht.

»Ihr erbärmlichen Kreaturen«, fluchte er. Seine Hände fuhren empor. Noch bevor die Soldaten reagieren konnten, packte er zwei an den Köpfen. Sie schrien und verstummten schlagartig, als Myodas ihnen den Schädel zerdrückte. Die Soldaten zerbarsten zu Nebelschwaden. Zwei weitere teilten das Schicksal ihrer Kameraden. Der einstige Herrscher der Welt tobte. In seiner Raserei vergingen die Soldaten. Selbst jene, die mich zuvor festgehalten hatten, fielen ihm zum Opfer. Sie hatten sich zwar zur Flucht entschlossen, diese beendete Myodas mit einem gewaltigen Sprung und zerriss sie, noch bevor er donnernd aufkam.

Schnaubend wandte er sich um. Krinak tat das einzig Richtige. Er warf sich zu Boden und sprach: »Myodas, Bezwinger der Welt, ich bin Euer ergebenster Diener.«

In dem Gesicht des Farudähen zeigte sich ein boshaftes Grinsen. »Du hast mich also nicht vergessen. Du sollst fortan mein Mal tragen.« Myodas wandte sich zu mir und erstarrte. »Du!«, rief er, als sei ich seinem übelsten Albtraum entsprungen. »All die Zeit, und du bist es, der mich hier erwartet. Ich habe dir versprochen, dich langsam zu töten. Das hole ich jetzt nach.«

Zu fliehen war sinnlos. Ich stürzte mich auf das Silbermesser. Warum, das wusste ich selbst nicht. Es war wohl ein Reflex von mir, jeglichem Monster mit dieser Waffe gegenüberzutreten. Ich spürte den brutalen Griff des Farudähen, als er mich an meinem Hals packte und mich nach oben zog. Myodas ergriff meinen linken Unterarm. Bereit, ihn zu brechen. In meiner Verzweiflung hob ich das Silbermesser. Er lachte schallend. Ich stieß zu. Myodas kniff die Augen zusammen, als hätte ich ihn mit einer Nadel gestochen.

»Was ist ...«, er ließ mich fallen. Das Messer steckte genau dort in seiner Brust, an der der letzte Einstich des zerbrochenen Braklar fehlte. Myodas wollte die Klinge herausziehen. Er riss verzweifelt an dem Griff, aber es rührte sich nichts.

»Von den Sieben geboren, von den Sieben gerichtet«, ich wunderte mich über den Ausspruch, der mir über die Lippen schwappte.

Myodas sah mir in die Augen, in ihnen leuchtete das Feuer des Hasses, als er auf die Knie sank. Sein Körper zerfloss und die braune, stinkende Brühe verdampfte. Es blieben nicht einmal die Knochen, als Zeugen seiner Existenz.

Verblüfft hob ich das vermeintliche Silbermesser, von dem die Überreste des einstigen Herrschers der Welt verdunsten. Nachdenklich betrachtete ich dessen Griff. Er war schlicht und passte nicht zu solch einer Klinge. Zwei Holzstücke zu beiden Seiten des Metalls angebracht und mit Leder umwickelt.

Krinak hockte auf den Knien, er war sprachlos.

Ich hob den Braklar auf und stellte fest, dass die sechs verbliebenen Klingen, auf dieselbe Weise geformt waren, wie das Messer. Sie zierten zudem ähnliche Symbole.

Eines Tages wirst du verstehen, ging mir die Stimme der Hexe durch den Kopf. Ich zerriss das Lederband um den Messergriff. Die beiden abgegriffenen Holzstücke ließ ich unbeachtet fallen. Das Messer passte genau in die Bruchstelle des Braklar. Als ich es einsetzte, glomm die Waffe auf und fügte sich zusammen, als sei sie niemals zerbrochen gewesen.

»Mich brauchst du ja nicht mehr«, stellte Krinak gehetzt fest. Eine Erwiderung blieb ich ihm schuldig. Der Archäologe stürzte aus dem Thronsaal.

Ich schritt zum Grabmal des Helden. Da lag er. Ich konnte nicht glauben, dass ich das gewesen sein sollte. Wenn auch vor hunderten von Jahren. »Wer bist du?« Ich streckte die Hand nach der verbrannten Leiche aus. Die Haut fühlte sich wie Kohle an.

»Die Frage kann ich dir auch nicht beantworten.«

Ich traute meinen Ohren nicht. Am liebsten hätte ich die Stimme ignoriert, denn das konnte nicht sein. Ganz langsam drehte ich mich um. Da stand sie, Iga, völlig unverletzt.

»Aber diese Waffe musst du mir überlassen«, sprach sie gebieterisch. »Ich will dir nichts tun Darik, aber ...« In ihrer Rechten trug sie ein Schwert, das sie Baldrinus abgenommen hatte. In der Linken führte sie ihren Dolch.

»Was soll das bedeuten?«

»Bitte Darik, versteh das nicht falsch. Du bist mir ans Herz gewachsen, ja ich hätte dich sogar lieben können, aber mir bleibt keine andere Wahl«, bedauerte sie.

»Ich verstehe nicht.«

»Die Wölfe, sie haben mich zerrissen, ich lag im Sterben. Dann kam dieser Mann. Er sagte, ich würde überleben, wenn ich ihm nur diese Waffe brächte«, erklärte sie. »Er bot mir die Unsterblichkeit und unbegrenzten Macht, ich sollte ihm lediglich auf seinem Weg folgen.«

»Dieser Mann, hatte er zufällig Hörner?!«, rief ich.

»Darik, versteh doch, es blieb mir keine Wahl«, rechtfertigte sie sich.

»Anstatt deine Seele zur Ruhe zu betten, hast du sie verkauft, für was? Für ein Leben als Hülle, als Sklavin eines Farudähen? Nein, das verstehe ich nicht.«

»Ich bin jung, ich habe von der Welt noch nichts gesehen. Auf einmal gibt es diese Wunder, von denen ich nichts verstehe, ich musste Zeit gewinnen ...« Sie straffte sich. »Aber gut, wenn du nicht verstehst ... Du hast mich ausgebildet. Ich weiß, wie du kämpfst, nun bin ich dir überlegen.«

»Iga, zwing mich nicht dazu ...«, bat ich sie. Vergebens.

Sie griff an.

Ich wich zurück und zur Seite aus. »Wir finden eine Möglichkeit, dich zu retten«, beschwor ich sie.

»Mach es mir nicht noch schwerer.« Sie war das Gewicht der scharfen Klinge nicht gewohnt. So verlangsamte sich ihr Angriff. Ich schlug ihre Waffe mit dem Paradeschwert zur Seite und empfing ihren Dolch mit dem Braklar. Der Dolch verkeilte sich in den sieben Klingen und ich riss ihn ihr aus der Hand.

Iga schrie wütend auf. Sie packte das Schwert mit beiden Händen und hieb wie ein Holzhacker auf mich ein. Ich verlor das Gleichgewicht, rutschte aus und stürzte. Mit einem gezielten Schlag entwaffnete sie mich. Mit dem Braklar konnte ich ihr nichts entgegensetzen. Sie hob zum finalen Schlag an. Ich wich zu Seite, weshalb mir die Klinge in die Schulter fuhr. Sie blieb zwei Fingerbreit darin stecken und verkeilte sich.

Iga versuchte vergebens, die Waffe zu befreien. »Was bist du nur?«

»Die Frage ist, was ist aus dir geworden ...«

»Spar dir dein Mitgefühl«, fuhr sie mich an.

»Nein, mehr habe ich nicht für dich. Es tut mir leid.«

Nun sah sie es auch. Als ich ihr den Dolch entwunden hatte, hatte ich mit dem Braklar ihre Hand verletzt. Dunkler Rauch brach unaufhaltsam aus dem unscheinbaren Schnitt. Iga bemerkte entsetzt, wie ihre Lebenskraft schwand.

»Darik, Hilfe ...« Sie blickte mich flehend an. Iga sank in die Knie. Sie versuchte verzweifelt, ihr Handgelenk abzudrücken.

Den Schmerz, als ich mir das Schwert aus der Schulter riss, spürte ich kaum. Umständlich kam ich auf die Beine. Ich legte einen Arm um sie. Iga sank mir entgegen. »Alles ist gut«, log ich.

»Ich habe Angst«, flüsterte sie. Ihre Seele gehörte nun Fürst Garvuin. Ihr Intellekt würde verlöschen, das wusste sie.

»Ich werde deine Seele befreien«, schwor ich. Ein letztes Mal sah ich in ihre grünen Augen, sie standen weit offen. Iga hielt sich verzweifelt an mir fest, bevor sie endgültig zu dunklem Nebel zerfloss. Der schwere Rauch rann mir durch die Finger.

Einmal mehr hatte dieser Ort, die Bezeichnung Grab verdient.

Ich konnte nicht sagen, wie lang ich dort kniete, bis ich die Kraft fand, mich zu erheben. Mein zähes Blut war über der Schulterwunde bereits getrocknet. Auch sie würde mich noch lange begleiten. Doch war dieser Schmerz nichts im Vergleich zu der Wunde, die Garvuin in mein Herz geschlagen hatte.

Als ich mich erhob, fiel mein Blick noch einmal auf den toten Helden. Aus dessen Leib sprossen grüne Triebe. Überrascht befühlte ich sie. Die scheinbar verdörrten Ranken, die aus seinem Körper liefen, erwachten zu neuem Leben. Es knackte, als die schwarze Schicht von ihnen herunterbrach und ein sattes Grün zum Vorschein kam.

Verblüfft beobachtete ich das Schauspiel, wie die Kletterpflanzen diesen Ort in Besitz nahmen. Selbst das matte, silberne Licht wich einem grünen Schimmer.

***

Die Farudähenfürsten, die in der Eingangshalle so plastisch dargestellt waren, wurden nun ebenfalls von

Ranken überwuchert. Allein Fürst Garvuin befielen sie nicht.

Ich trat in die Tempelstadt und staunte.

Einige hundert Menschen erwarteten mich, vor den Toren des Palastes. Sie waren blass und ausgemergelt, dennoch schienen sie voller Leben. Als sie mich sahen, brachen sie in Begeisterungsstürme aus. Ich verstand nicht, was sie riefen. Sie bedienten sich einer alten Sprache, die nur entfernt an den Dialekt erinnerte, den wir heute sprechen. Jetzt weiß ich, was sie skandierten. Hätte ich es damals verstanden, dann hätte es mich sehr verstört. Sie riefen: »Unser Held ist neu erwacht!«

Da trat ein alter Mann nach vorne, wie alle besaß er schütteres weißes Haar. Auf seinem Kopf zeigten sich bereits kurze Stoppeln, die verkündeten, dass ihm bald volles Haupthaar wachsen würde. Er stütze sich demonstrativ auf einen Stock, sah jedoch nicht aus, als ob er ihn tatsächlich benötigte. Es schien, als wolle er damit nur sein Alter und die damit erlangte Weisheit unterstreichen. Seine Kleidung war die eines Würdenträgers, auch wenn sie teilweise verrottet war.

Als er vortrat, verstummte die Menge. »Du bist unser Held, aber kein Kind unserer Zeit«, er bemühte sich um eine klare Sprache. So verstand ich zwar die Worte, aber nicht deren Inhalt.

»Komm Darik, gehen wir ein Stück«, bot der alte Mann an.

Ich war froh, dass er mich von der Masse wegführte. Die Aufmerksamkeit war mir unangenehm. Es schien alles so unwirklich zu sein, wie ein Traum, der sich weigerte, mich aufwachen zu lassen.

»Du hast sicher viele Fragen«, meinte der Alte.

Ich nickte.

»Die habe ich auch, aber ich will mein Möglichstes tun, die deinen zu beantworten«, versprach er. »Nachdem du den Herrscher der Welt getötet hattest ...«

»Halt«, hier musste ich bereits unterbrechen. »Ich soll ihn getötet haben?«

»Ich verstehe, du hast auf deiner Reise hierher, deine Vergangenheit noch nicht offengelegt«, er nickte wissend.

»Dann rede alter Mann! Sag mir, wer ich bin, wenn du so viel zu wissen glaubst«, fuhr ich ihn an.

»Es muss schrecklich sein, nicht zu wissen, wer man ist«, sprach er nachsichtig.

Am liebsten hätte ich ihn gepackt und geschüttelt.

»Du bist das Kind eines Daemir, eines Naturgeistes«, offenbarte er mir.

»Was soll das bedeuten?«, ebenso hätte er mir sagen können, dass ich das Kind eines Wyvern war.

»Bevor du kamst, herrschten die Farudähen, sie bekriegten sich untereinander. So lange bis einer von ihnen alle anderen unterworfen hatte.«

»Myodas«, soweit kannte ich die Geschichte.

»Die Farudähen unterjochten auch die Natur«, ergänzte er.

»Warum das?«

»Wenn auch eine passive Macht, so ist sie doch die stärkste Kraft«, wusste der Alte. »Um sich gegen den Angriff der Farudähen zu wehren gingen sie ... *Bündnisse* mit den Menschen ein.«

»Bündnisse?«, fragte ich nach, weil er das Wort so seltsam betonte.

»Ja«, bekräftigte er. »Aus diesem gingen Geschöpfe wie du hervor. Halb Mensch halb Naturgeist. Damit die Natur eine Gabe des Menschen erhielt, die nur er innehatte.«

»Und die wäre?«

»Zerstörung«, offenbarte er.

»Du willst mir sagen, ich bin ein Werkzeug der Vernichtung«, vergewisserte ich mich. »Aber ich habe Waldgeister auch töten gesehen.«

»Wenn sie von den Farudähen korrumpiert wurden, ja. Die Daemiren benötigten allerdings Kämpfer, denen am Erhalt der Welt gelegen war. Die Farudähen haben ihre eigenen Sphären, zu denen sie zurückkehren können. Für sie ist diese Welt nur eine Provinz, die man ausbeuten kann.«

»Was wollen die Farudähen hier, wenn das nicht ihre Welt ist?«

»Die Seelen der Menschen, sie hielten sich die Menschen, wie die Bauern Schweine halten. Die Seelen der Menschen machen sie stärker. Zumindest scheinen sie nahrhafter zu sein, als die von Tieren. Aber welches fühlende Wesen wählt bewusst das Leben als Schlachtvieh?«

»So hat sich die Natur mit den Menschen verbündet, um diese Schreckensherrschaft zu beenden«, fasste ich zusammen.

»So ist es«, stimmte er zu. »Du warst der Anführer von vielen Revolten gegen Myodas. Aber erst bei deinem Alleingang hast du ihn bezwungen.«

»Damit«, ich zeigte ihm den Braklar.

»Ja, das ist die Waffe, die Myodas im Leib steckte«, bestätigte er. »Wir wussten nicht, was es ist, noch woher du sie hattest.«

»Was ist nach meinem Tod passiert?«

»Diese Stadt wurde für Myodas Kinder errichtet. Aber nur wenige gelangten in unsere Welt, da ihr Vater seine Macht verlor. Die Grabmäler im unteren Teil der Stadt waren einst ihnen gewidmet. Den Kindern von Myodas, die bei deinen Revolten starben. Sie hatten noch nicht ihre volle Macht erlangt und konnten deshalb, wenn auch schwer, getötet werden. Ich glaube, dass Myodas nicht vor hatte, sie jemals ganz aufsteigen zu lassen. Denn sonst hätte er sich seine eigenen Konkurrenten um die Macht erschaffen.«

»Ihr wusstet, dass er nicht tot war«, schlussfolgerte ich.

»Ja, er schien jedoch gebannt. Diese Stadt sollte eine Pilgerstätte werden. Wir machten uns daran die Gräber umzugestalten und jene dort beizusetzen, die deinen Feldzug unterstützt hatten. Wir hofften, wenn dies ein belebter Ort würde, könnten wir rechtzeitig bemerken, wenn Myodas sich aus seiner Fessel befreit.

Nach drei Jahren rührte sich etwas. Jeder Besucher und jeder Priester dieser Stadt spürte seine Kräfte schwinden. Wir befürchteten, das Myodas erwachte, doch wir konnten den Ort nicht mehr verlassen, um die Welt zu warnen. Unser Äußeres verwelkte, aber wir behielten unsere Seelen. Sein Versuch sich zu befreien misslang. Oder er geriet ins Stocken.«

»Warum hat niemand versucht, euch zu befreien?«

Der Alte sah zu Boden. »Wir sagten uns jeden Tag, dass es keine Möglichkeit dazu gab. In Wahrheit hielt man uns wohl für Untote. Da wir den Ort nicht verlassen konnten, stellten wir keine Gefahr da. Vermutlich hat man uns vergessen. Es ist mir nicht möglich, zu sagen, wie lange es her ist, dass jemand hier war. Wir flehten die Daemiren an, uns zu erretten, doch auch sie hatten diesen Ort verlassen. Aber jetzt ist alles gut. Du hast offenkundig die Macht des Farudähen gebrochen«, seine Augen glitzerten.

Wir erreichten einen Platz, auf dem es einen Brunnen gab. Hier war ein kleines Fest im Gange, das kräftig mit Wasser begossen wurde.

»Nichts ist gut«, flüsterte ich und hielt den Alten zurück. »Garvuin erhebt sich und versucht diese Welt zu unterwerfen.«

»Der Seelensammler«, benannte er den Farudähenfürsten. »Er hatte schon immer eine besondere Stellung. Irgendwie gelingt es ihm, durch die Welten zu schreiten. Eine Fähigkeit, die außer ihm nur Myodas besitzt ... besessen hat. Allerdings konnte Garvuin sich nie lange genug in einer Welt halten. Deshalb sammelte er Seelen, um die Macht von Myodas zu mehren. Bis er beschloss, sich gegen seinen Herren zu wenden«, er blickte mich forschend an. »Du wirst ihn doch aufhalten?«, vergewisserte er sich.

»Ich will es versuchen«, stimmt ich zu.

»Das musst du, es ist deine Bestimmung!«

Ich seufzte. Im Grunde hatte ich mich immer gefragt, was es wohl bedeutete, solch einen Auftrag von Geburt an innezuhaben. Jetzt, da ich es wusste, war ich nicht mehr sehr erpicht darauf. Selbst der Held in solch einer Geschichte zu sein, bereitete mir Schmerzen in den Gelenken.

**

Natürlich hatte man mich zu den Festlichkeiten in der alten Stadt eingeladen, doch ich hatte eine Verabredung mit dem Schicksal. Auf meinem Weg durch die Gräber musste ich feststellen, dass dieser Ort sich komplett gewandelt hatte. Überall grünte es, die Blumen reckten ihre Köpfe der Morgensonne entgegen. Irgendwie spiegelte die Decke den Himmel von draußen wieder. Es wehte sogar ein frischer Wind. Alles war mit Pflanzen überwuchert. Hier hatten die Pilger eine Ewigkeit verbracht und darauf gewartet gerettet zu werden. Den einst toten Bäumen sprossen die Blätter. Es zog mich zu einem von ihnen. Ich befühlte seine harte, glatte Rinde und roch das frische Grün. Bäume hatten schon immer eine beruhigende Wirkung auf mich. Sie standen für Kraft, Geduld und vor allem für Ruhe.

In der freien Natur war ich wirklich zu Hause.

»Unser Sohn ist zurückgekehrt.«

Ich blickte auf. Oben in den Ästen saßen viele kleine durchscheinende Gestalten mit langen Segelohren. Sie besaßen nicht mehr Substanz als ein Schatten und doch konnte ich ihre menschenähnlichen Gesichter deutlich erkennen. Mit ihren langen Armen und kurzen Beinen sprangen sie aus der Baumkrone herunter und hockten sich auf einen Ast auf Augenhöhe.

Ich habe zeit meines Lebens allerhand seltsames gesehen. Doch diese Gestalten ... an ihnen war etwas anders. Von diesen Geschöpfen schlug mir eine Wärme entgegen, die ich so noch nie verspürt hatte.

»Hallo«, mehr brachte ich nicht über die Lippen.

Die Naturgeister grinsten und sahen mich mit großen Augen an. »Unser Sohn«, wiederholten sie.

»Ihr habt mich geboren?«, vergewisserte ich mich. Schon als ich die Frage stellte, kam ich mir töricht vor.

Sie lachten. »Nein«, gluckste einer. »Das war ein Mensch. Die Erinnerung an sie ist die Einzige, die du nie verlierst.«

»Ich dachte, sie hätte mich weggegeben, als ich noch sehr klein war«, den Schmerz darüber hatte ich nie verwunden. Wer hätte das auch vermocht?

Die Heiterkeit der sieben Gestalten wandelte sich in Betroffenheit. »Das darfst du nicht glauben«, sprach eine andere der Kreaturen.

»Sie ist einer der freundlichsten Menschen gewesen. Du hast die Zeit bei ihr verbracht, bis du ein junger Mann warst. Aber das ist lange her, zumindest für einen Menschen«, erklärte eines der Geschöpfe.

»Wie lange?«

»Etwa zweiundfünfzig Menschenleben, damals herrschten noch die Farudähen über die Welt.«

»Aber wenn es wirklich stimmt, dass ich Myodas getötet ... oder zumindest gebannt habe, ist das nicht erst ...« Ich überschlug, wie lang wohl ein Menschenleben währte, »zwanzig Menschenleben her.«

»Das ist schon richtig«, bestätigte mir einer der Daemiren. »Den Kampf führst du jedoch schon länger, sogar durch mehrere von deinen Leben. Die Erinnerung an deine Mutter blieb erhalten, damit du nicht vergisst, für was du kämpfst.«

Ich sah zu Boden. Das Gegenteil war der Fall. Ich hatte immer geglaubt, sie hätte mich verstoßen. Deshalb hatte ich ein Leben als Außenseiter, als Vagabund, als Taugenichts gewählt. Damit ich nicht nochmal auf solch eine schreckliche Weise zurückgewiesen werden konnte.

»Vielleicht war es ein Fehler, über die Zeit sind die Erinnerungen an deine Mutter verblasst. Es beschämt uns, dass nur noch dieses eine Fragment übrig geblieben ist«, gaben sich die Daemiren die Schuld.

»Daran ist jetzt nichts mehr zu ändern«, ich fuhr mir über die Augen. »Danke, dass ihr das klargestellt habt.« Ich wandte mich ab.

»Darik, Junge warte«, rief mich einer der Geister zurück.

»Wir müssen noch über etwas anderes mit dir sprechen.«

»Es geht um dein Vorhaben.«

»Ja genau.«

Ich drehte mich um. »Was gibt es dazu noch zu sagen?«

»Einer der Unseren befindet sich in der Gewalt der Frau, zu der du auf dem Weg bist.«

»Er ist durch eine mächtige Fessel gefangen. Aus Seelenkraft und dämonischer Macht. Wenn er sich auflehnt, dann wird er nicht einfach sterben, sondern wird in die Welt der Farudähen gezogen und dort ewige Qualen   erleiden.«

»Was kann ich tun, um ihn zu befreien?«

»Nimm das hier«, das kleine Wesen streckte seine noch viel kleinere Faust aus.

Ich hielt meine Hand darunter, ein Samenkorn fiel hinein. So wie es meine Hand berührte, sprang sogleich ein grüner Spross heraus. Er schlang sich um meine Hand, wandt sich unter der Armschiene hindurch, in mein zerrissenes Hemd und legte sich um meinen Körper. Wie Efeu um einen Baum.

»Ein Teil unserer Macht. Nutze sie, um ihn daran zu erinnern, wer er ist.«

»Und wie stelle ich das an?«, fragte ich.

»Du wirst es wissen, wenn es so weit ist.«

»Wunderbar«, erwiderte ich lakonisch.

»Vergiss nicht, dass wir dich lieben«, sprach einer der Waldgeister, als sie verblassten, um zu entschwinden.

»Wartet«, hielt ich sie zurück. »Bin ich der Einzige meiner Art?«

Eines der Geisterwesen erbarmte sich und blieb alleine auf dem Ast sitzen. »Mittlerweile ja. Uns entsprangen viele deiner Art, doch die Farudähen spürten sie auf und vernichteten sie. Du magst eine gewisse Unsterblichkeit besitzen, doch auch deine Existenz kann zerstört werden, auch wenn das nicht besonders leicht ist.«

»Dann bin ich ganz allein ...«

»Nun«, der Waldgeist zögerte. »Die Natur kennt viele Mächte, einige davon haben ähnliche Kinder wie dich geschaffen, um die Farudähen von dieser Welt zu vertreiben. Von ihnen gibt es ebenfalls nur noch wenige, aber es gibt sie.«

Als ich aufsah, war der letzte Naturgeist verschwunden. Ich blieb zurück, mit wirren Gedanken und Schwere in meinem Herzen.

Die Nacht in der Hölle

Das Wasser strömte wohltuend um meine Füße. Ich spreizte die Zehen, um es hindurchfließen zu lassen. Zum ersten Mal seit langem überkam mich das Gefühl der Leichtigkeit. Der Frühling neigte sich dem Ende, um dem Sommer im Jahreszyklus Raum zu geben. Damit vergingen die schillernden Farben, um einem satten Grün Platz zu machen. Wenn man sich umsah, mochte man glauben, dass der Sommer nun auf ewig die Natur beherrschte. Dennoch würde die kalte Jahreszeit kommen. So wie mein persönlicher Winter früher nahte, als mir in diesem Moment bewusst war.

Der Fluss zog sich plötzlich von meinen Füßen zurück. Ich schreckte aus den Gedanken hoch. Der Wasserstand im Jiega sank rapide. Bevor er eine Frage dazu erlaubte, mischten sich rote Schlieren in den Strom, bis er gänzlich davon überspült wurde. Es vergingen nur wenige Augenblicke, da trieben die ersten Leichen vorbei. Einfache Bauern, gefolgt von einem Herold. Zumindest glaubte ich, dass es einer war. Seine Kleidung wirkte offiziell, wenn sie auch mit Blut durchtränkt keinen Rückschluss auf die Farben zuließ. Ihm folgten leicht gepanzerte Soldaten.

Krieg!

Und ich wusste bereits, wer dort gegen wen stritt. Offenbar hatte der Kaiser bemerkt, dass sich eine seiner neueren Provinzen von ihm abzuspalten suchte. Der Verwaltungsapparat des Kaiserreichs war langsam, wenn er aber einmal in Gang gekommen war, glich er, in seiner Unaufhaltsamkeit, einer Lawine.

Es war davon auszugehen, dass der Kaiser nicht viel über die Farudähen wusste. Denn sonst hätte er seine Magier entsandt. Indem er Soldaten schickte, spielte er Fürst Garvuin genau in dessen gierige Finger. Seelen, darum ging es ihm und mit einem einzigen Heer würden ihm ohne Mühe fünfhundert in die Hände fallen.

Ich ergriff meinen Rucksack und rannte los. Natürlich war ich zu spät. Aber vielleicht konnte ich wenigstens etwas Schaden abwenden.

Bereits nach der vierten Anhöhe, die ich überwand, war mir klar, dass ich von der kaiserlichern Armee niemanden mehr retten konnte.

Das Heer war nicht geschlagen, sondern vernichtet worden. Die Ebene vor mir lag voller Leichen, die das niedergetretene Gras mit ihrem Blut tränkten. Der Boden war übersättigt, er vermochte nicht mehr davon aufzunehmen.

Im Jiega türmten sich die Leichen zu einem Damm auf. Das Wasser trat über das Ufer und würde in kurzer Zeit das Schlachtfeld überspülen. Hinter dem Schauplatz erhob sich ein Wald, dessen Blattwerk dunkelgrün, fast schwarz war. Die Abendsonne hatte dort ihren Kampf aufgegeben. Selbst wenn er noch im Licht lag, so schien dies keine Wirkung auf den Hain zu haben. Der Wald war so dicht, dass das Licht sich darin zu verlaufen schien.

Das gesamte Fürstentum Galbur war mit diesem Wald überwuchert. Dabei machte er vor den Landesgrenzen jedoch keinen Halt.

Ich konnte beobachten, wie an dessen Rand unentwegt neue Bäume wuchsen. Sie verbreiteten sich fast so schnell wie das Wasser des Flusses.

Jeder Mensch, der nur mit etwas Vernunft begabt war, würde bei diesem Anblick umkehren. Ich hingegen schritt darauf zu. Widerwillig watete ich durch das rote Wasser, wobei sich meine Haut zusammenzog, als wolle sie nichts davon in den Körper lassen. Blutschlieren legten sich wie Algen um meine Unterschenkel.

Das Gefühl, als ich endlich einen nackten Fuß auf den trockenen Waldboden setzte, kannte ich gut. Hier herrschte die altbekannte Macht, die den mordenden Wald zum Anfang meiner Reise befallen hatte. Nun wusste ich, worum es sich handelte, auch warum er mich damals verschont hatte.

Während ich durch das Unterholz schritt, breitete dieses sich zu allen Seiten aus. Der Waldgeist suchte den Anschein zu wahren, dass sein Hain bereits ein beträchtliches Alter besaß. Die Bäume knarrten verräterisch in ihrem unnatürlich schnellen Wuchs.

»Verschwinde!«

Zunächst glaubte ich, der ruhelose Geist des Priesters sei zurückgekehrt. Doch dann sah ich sie, die glühenden grünen Augen, mit den gezackten Umrissen. Sie stierten mich an. Der Baum beugte sich knarrend zu mir herab. Der ersten Hand aus Zweigen wich ich aus, die zweite bekam mich zu packen. Meine Hüfte umschließend hob mich der Baum empor.

»Du?«, hörte ich ihn sagen. »Ich erinnere mich an dich.«

»Darik, ich bin eines eurer Kinder«, stimmte ich zu. Ich wusste, dass es kein Entkommen gab, deshalb wehrte ich mich nicht.

»Du musst hier verschwinden«, sprach er. »Schnell!«

»Ich kann nicht, Garvuin drängt in diese Welt. Ich kann ihn nicht gewähren lassen«, ich sah ihm tief in die unwirklichen Augen. »Du weißt, zu was er fähig ist.«

»Wenn ich mich ihm widersetze, wird er mich in sein Reich ziehen. Darik, ich bin verraten worden. Unserer Macht können sich die Farudähen nur bedienen, wenn wir von Menschen an sie verkauft werden«, flüsterte er. »Jetzt bin ich für immer an das Farudähenreich gebunden. Selbst wenn du Fürst Garvuin töten könntest, wären mir ewige Qualen sicher. Ich kann dich nicht passieren lassen. Jetzt geh, bitte, er ist bereits auf dich aufmerksam geworden«, der Waldgeist setzte mich ab und schob mich zum Waldrand.

Dieser Kraft vermochte ich nichts entgegenzusetzen.

»Nein!«, rief er erschrocken aus. »Ich kann ihm nichts ... Ja Meister!«

Ich wurde erneut gepackt, diesmal mit brachialer Gewalt, und in die Luft gehoben.

»Darik, es tut mir leid«, sprach der Waldgeist.

Eine zweite Hand aus Ästen und Zweigen legte sich um meinen Oberkörper, offenbar wollte er mich wie einen Ast in zwei brechen.

»Halt!«, rief ich panisch. »Ich muss dir noch etwas zeigen.« Ich befreite meine Hand und öffnete sie. Darin sprossen einige Blätter von der Ranke die seit der Nacht im Grab um meinen Körper wuchs. Der Waldgeist stockte.

»Oh«, überrascht ließ er mich fallen. »Ich kann es nicht ...«

Offenbar stritt er mit Garvuin.

»Ich weiß, was das bedeutet ...«, ergab er sich. »Durch mein Ende, erschaffe ich neues Leben.«

Ich glitt aus seinen Händen. Auf Knien sah ich zu den Augen auf. Sie kniffen sich in Erwartung der Strafe zusammen und erloschen.

Noch niemals hatte ich so etwas gespürt. Mir war so, als würden mir hundert Äxte ins Herz schlagen. Ich verkrampfte mich. Der Boden erzitterte unter mir.

So fühlte sich das Verenden eines Daemir an. Nein, er war nicht vergangen, er war in eine andere Welt entschwunden. Eine Welt voller Feinde, die sich alle an seinem Leiden erfreuten.

Die Blätter an den Bäumen verwelkten und fielen herunter. Jeder Strauch und alle anderen Pflanzen dieses Waldes verdörrten. Der Wind genügte, um die dünnen Zweige zu Staub aufzulösen und davonzutragen. Der gesamte Ort war gestorben.

Die Ranke um meinen Körper regte sich. Sie lag mir bereits um die Hände, Beine und Füße.

Die Bänder des Rucksacks schnitten mir in die Schultern, deshalb legte ich ihn ab. Ich nahm allein den Braklar heraus. Die wirksamste, wenn auch unhandlichste Waffe. Als hätten die Ranken meine Gedanken vernommen, sprossen sie von meiner Hand nach oben und nach unten. Sie verknoteten sich ineinander. In wenigen Augenblicken hatte ich einen hölzernen Stab in der Hand, an dessen Spitze die Zweige grün auseinanderklafften. Ich stellte den Braklar hinein, er wurde sogleich von allen Seiten umschlossen. Nur die sieben Klingen ragten hervor.

Das Laub raschelte unter meinen Schritten. Das Blattwerk verging ebenfalls, bis nur noch Asche davon übrig blieb. Es schmerzte mich, den Wald verenden zu sehen. Es tat allerdings weit mehr weh, den Naturgeist in den Fängen eines Farudähen zu wissen. Jetzt war er in eine trostlose Welt hinübergegangen, in der es nur Qualen gab.

Im Boden knackte und grollte es. Schmale Risse taten sich unter der Asche auf. Dies spürte ich, weil sich einer davon unter meinem linken Fuß befand. Ich wich zur

Seite. Dunkler Rauch brach hervor, wie von brennendem Pech. Während um mich herum sogar die Bäume verwehten, materealisierten sich in dem Dunst Soldaten. In voller Rüstung, mit Schwert und Schild bewaffnet. In wenigen Augenblicken war ich von etwa dreißig Männern umzingelt. Mit meinem Stab aus grünem Holz war ich ihnen weit unterlegen. Ich spürte, wie die Ranken sich von meinen Füßen wanden und in den trockenen Boden gruben, als wollten auch sie mich verlassen.

»Gib auf, und du erfährst einen schnellen Tod«, stellte einer der Krieger in Aussicht.

»Ich könnte mir vorstellen, dass eure Herrin mich lebend will«, klammerte ich mich an den letzten Hoffnungsschimmer.

»Du wirst ihr lästig«, grinste er. »Ich habe Befehl, dich fortzuschaffen und zu töten.« Er hob das Schwert.

»Warum?«, fragte ich.

Das brachte ihn völlig aus der Fassung. »Was warum?«

»Warum tut ihr das, ihr habt eure Seele aufgegeben, nur um einem Farudähen zu dienen, der Eure Heimat zerstören will. Ich kenne mich mit Menschen nicht sonderlich gut aus, aber dies scheint mir wenig sinnvoll.«

»Halt dein Maul!« Mit einem Schrei stürzte er sich auf mich. Er kam jedoch nicht weit. Unbemerkt waren seine Füße von grünen Wurzeln umschlossen worden, die ihn zu Fall brachten. Die anderen teilten sein Schicksal. Wütend schlugen sie nach dem jungen Holz.

Schmerzen zuckten durch meinen Körper, als würden sie mir in die Finger hacken.

Es bereitete mir kein Vergnügen, aber ich musste den Soldaten ein Ende bereiten. Ein kleiner Schnitt mit dem Braklar, an den ungeschützten Gesichtern und Hälsen genügte. Keiner war in der Lage sich ernsthaft zu verteidigen.

Jeder Infanterist, der sich mir in den Weg stellte, hatte kaum Zeit dies zu bereuen. Reue empfand lediglich ich. Ich hatte keinen Weg gefunden, um sie zu retten.

Alsbald stand ich vor der Burg. Sie war einst von Wald umgeben, doch dieser war nicht mehr. Die verfallene Festung war an vielen Stellen mit dunklem Stein ausgebessert worden, sodass ich sie kaum wiedererkannte. Der Versuch, ihren einstigen Glanz wiederherzustellen, war gescheitert. Die Burg sah mehr aus wie die Heimstätte eines bösen Königs. Zumindest wie sie in Märchen beschrieben wurden.

Ich trat über die Zugbrücke in die Festung. Niemand hielt mich auf. Ich meinte, entsetztes Kreischen von den Wehrgängen zu hören, von Männern, die überraschend überwältigt wurden und für immer verstummten.

Etwas riet mir, dem nicht nachzugehen, sondern die Pflicht zu erfüllen, wegen der ich gekommen war.

Meine Schritte lenkten mich zum Thronsaal. Die schwere Tür knarrte, als ich sie aufzog. Da saß sie. Mailien, zumindest ihr Körper. Elsa hatte ihn in ein blaues Kleid gezwungen. Die Statur des Körpers war dafür kaum gemacht. Die Schultern zu breit, die Hüften zu schmal. Neben ihr auf dem Thron saß der junge Fürst. Sein Leib war ausgezehrt, als habe er Monate nichts gegessen. Dennoch schmachtete er verzückt seine Herrscherin an. So ungleich die Zwei erschienen, hatten sie doch etwas gemein. Sie beide waren ihrem Untergang verfallen.

Ich baute mich vor ihnen auf wie ein Herold zu einer Audienz. In meiner Hand lag der Stab, an dessen Spitze der Braklar funkelte. Ich hatte damit gerechnet, dass ich etwas fühlen würde, wenn ich Elsa wieder sah. Wut, Zorn, Hass, meinetwegen auch Angst, doch mein Herz war seltsam still.

»Du«, knurrte Elsa wie ein Wolf. Sie hatte nichts Damenhaftes an sich. Die langen Jahre, die sie als Greisin verbracht hatte, konnte sie nicht ablegen. Selbst in dem jugendlichen Körper wirkte sie alt und verbraucht. »Ich habe ihnen gesagt, sie sollen dich töten!«, fuhr sie mich an, als gäbe sie mir die Schuld dafür, dass ich lebte.

»Elsa, es ist aus. Du hast lange genug den Traum eines kleinen Kindes gelebt, das nichts vom Leben versteht. Sieh an, wohin es dich gebracht hat!«, forderte ich sie auf. Auf der Reise zu meinem letzten Kampf hatte ich viel Zeit gehabt, mich hierauf vorzubereiten. Ich hatte alles durchdacht und abgewogen. Doch die Worte, die nun aus meinem Mund kamen, waren nicht jene, die ich mir zurechtgelegt hatte.

Mailiens ... Elsas Gesicht verzog sich zu einer hasserfüllten Fratze, die ihre Schönheit gänzlich verblassen ließ. »Finn, halte ihn auf!«, kreischte sie.

»Er ist nicht mehr dein Sklave.« Die Erinnerung an den Daemir, der sich selbst geopfert hatte, um mich passieren zu lassen schmerzte.

Wütend sah sich Elsa um, als suchte sie nach ihrem Freund, den sie einst durch die Macht des Seelensammlers unterworfen hatte.

»Töte ihn!« Verlangte sie von ihrem willenlosen Gemahl.

Dieser erhob sich schwerfällig wie ein Greis. Pirmin zog einen langen Dolch hervor. Eine Zierwaffe, die man ehrenhalber trug, mit einer Klinge, die nicht sonderlich scharf geschliffen wurde. Er stürzte auf mich zu. Ein Schlag mit der stumpfen Seite meines Stabes brachte seinen Kampfeswillen zum Erliegen. Wie ein nasser Sack ging er zu Boden. Er bemühte sich redlich, aufzustehen, doch ihm fehlte die Kraft dazu.

»Du weißt nicht, was du tust«, beschwerte sie sich bei mir. »Wenn er dich bekommt, dann gelangt er in diese Welt.«

»Was?«, fragte ich verwirrt. Zum ersten Mal seit ich zurückgekommen war, kam ich aus dem Konzept. »Was redest du da?«

»Du musst verschwinden!«, dieser Befehl klang fast wie eine Bitte. »Er darf dich nicht bekommen. Deine Seele und die, dieser abstoßenden Frau«, sie blickte an sich hinab, »benötigt er, um endgültig in dieser Welt Fuß zu fassen. Wenn er dich mit in den Untergrund reißt, dann gewinnt er.«

»Schade, schade, schade«, kam es bedauernd aus dem Schatten. Fürst Garvuin trat hervor. »Glaubst du vielleicht, ich wusste nicht, dass du mich verraten würdest. All die Zeit, die du nun herrscht, weinst du jeden Abend bittere Tränen in dein Kissen und verwünschst dein Schicksal.«

Sie wich vor ihm zurück.

»Dabei solltest du mich bedauern. Ich bin nur der Erfüllungsgehilfe von euch erbärmlichen Kreaturen. Da gebt ihr eure Seelen auf, um das zu bekommen, was ihr euch wünscht und dann verzweifelt ihr an eurem eigenen Wunsch. Ihr seid erbärmliches, widerliches Geschmeiß. Euch auszulöschen, ist noch eine Gnade«, er betrachtete Elsa abfällig. »Sieh dich nur an. Wo ist das Mädchen, dass genau wusste, was sie wollte?« Mit kalten Augen musterte er sie. Gemächlich, als besäße er alle Zeit der Welt, schritt er auf sie zu.

Elsa kam nur zwei Schritte weit, sie stolperte über ihr Kleid und kroch auf dem Boden davon. »Nein, geh Weg! Finn!«, kreischte sie verzweifelt.

»Er weilt nicht mehr in dieser Welt. Dein kleiner Freund hat sich geopfert, um wiedergutzumachen, was du angerichtet hast.« Garvuin bekam sie zu packen und zog sie mit festem Griff um ihren Hals auf die Beine.

Ich nutzte die Gelegenheit. Im Sprung stieß ich den Stab nach vorn. Er verharrte mitten im Angriff.

Schneller als es meine Augen nachvollziehen konnten, hatte der Selensammler den Stiel der Waffe ergriffen.

»Na sieh mal an, er ist vollständig«, zählte Garvuin die Klingen am Braklar. »Elsa, es gibt nur einen Grund, warum du deine Seele auslösen durftest. Sie ist nichts Besonderes, sondern genau so erbärmlich wie alle Menschenseelen. Nein, du hast sie zurückerhalten, damit du mir sie für einen neuen Handel verkaufen kannst. Du weißt, was ich will.«

Ihre Augen wanderten entsetzt von Garvuin zu mir.

Ich fühlte die Kraft des Seelensammlers. Es war unmöglich, ihm den Speer zu entwinden. Feuer, ich spürte es ganz deutlich, zwischen seinen Fingern geriet das junge Holz in Flammen. Ich ließ los und packte den Stab an der Spitze, um diese abzubrechen und sie in Garvuins Leib zu rammen.

»Tu es Elsa«, verlangte er. »Du bist schwach, mir unterlegen, du warst immer nur eine Dienerin, gib mir deine Seele für einen letzten Handel.«

»Du bekommst sie, wenn ihr damit zur Hölle fahrt«, presste sie hervor.

Der Stab knackte. Garvuin riss die Augen auf.

Ich spürte wahnsinnige Kräfte an mir reißen. Es wurde dunkel. Eine alles verzehrende Hitze umgab mich, ich verging in einem Feuersturm.

Hart schlug ich auf. Unter mir spürte ich scharfkantigen Fels, er war so heiß, dass die Berührung damit schmerzte.

»Ein ungewöhnlicher Wunsch«, überlegte Garvuin, er stand keine zehn Schritt neben mir. Er sah sich um, wie ich es in einem Wald getan hätte, als gäbe es an diesem Ort eine Schönheit zu bestaunen, die nur er sehen konnte.

Überall um uns herum türmten sich Felspodeste auf. Um diese züngelte ein Flammenmeer. Man hätte fliegen müssen, um auf die anderen Ebenen zu gelangen. Über dem Rauschen der Flammen lag noch ein anderes Geräusch. Zunächst klang es wie Gesang. Als ich verstand, was ich auf den anderen Steinpodesten sah, wurde mir klar, dass es sich um Schreie der Qual handelte. Pein, welche die gesammelten Seelen litten. Überall erkannte ich sie. Manche leuchteten hell, einige waren nicht mehr als dunkle Schemen, anderen so klar definiert, dass man menschliche Körper darin erkennen konnte. Eines hatten sie alle gemein, sie waren mit flammenden Bändern umschlossen. Die Feuerfesseln liefen auf dem Podest zusammen, auf dem wir uns befanden. Wie eine Krake mit tausenden von Armen. Über dem Knotenpunkt schwebte sie, Mailiens Seele, silbern und klar, auch sie wand sich in den Flammenfesseln.

»Wunderschön, nicht war?«, fragte Garvuin verzückt.

Ich richtete mich auf. Die Hitze zehrte mich aus. Ich spürte, wie meine Kraft wich. Sie verdunstete mit dem Wasser durch meine Haut. »Du bist wahnsinnig.« Ich begriff erst jetzt, dass der Stab noch in meiner Hand lag. Ich stützte mich darauf und schritt auf Garvuin zu.

»Weißt du Darik, es ist fast eine Ehre für mich, dass du den Abschluss meiner Sammlung bildest. Du bist eine der wenigen verwobenen Seelen, die noch geblieben sind. Meine Brüder habe sie in ihrem Wahn ausgelöscht. Ich dagegen wusste, dass wir einst auf euch angewiesen sein würden. Denn eure Seelen sind die letzte Möglichkeit zum Übergang von unserer, in eure Welt, nachdem du die alte Pforte gebrochen hast. Alles verläuft genau nach Plan«, resümierte er.

Es kostete ihn keinerlei Mühe, meinen Angriff abzuwehren. Er lächelte mich an. »Dein Kampfeswille ist beeindruckend. Aber das wusste ich, ja«, er zog den Stab nah zu sich heran. »Damals als ich dir diese Waffe gab, wusste ich, dass du als einziger in der Lage warst, Myodas zu töten.«

Er brach den Stab wie trockenes Holz und warf den Braklar über die Kante. Ich stolperte ihm nach, um die Waffe aufzufangen, und musste mit ansehen, wie sie unwiederbringbar im Flammenmeer ertrank. Die einzige Möglichkeit Garvuin aufzuhalten.

»Ich habe dich beobachtet. Aus jedem Feuer, jeder Flamme«, berichtete er. »Ich habe an deinem Leben teilgenommen, als wärst du mein Sohn. Und jetzt ist der Moment gekommen, an dem du nachhause kommen musst.«

»Nein!«, regte sich der Trotz in mir. Ich tauchte unter seinem Arm ab, der mich zu packen versuchte und stürzte zu dem Knotenpunkt, an dem alle Feuerfesseln zusammenliefen. Eine Steinsäule war in den lodernden Flammen zu erkennen. Es kostete mich alle Überwindung, um dort hinein zu greifen. Die Flammen griffen sogleich auf meine Haut über. Sie stoben an mir nach oben, wie an trockenem Holz. Ein Hieb traf mich in die Seite. Schwer getroffen rollte ich über den Boden. Die Haut an meinem Arm war Schwarz. In meiner zu Kohle verbrannten Haut taten sich tiefe Risse auf, zarte Pflänzchen sprossen daraus hervor. Sie wucherten um meine tote Hand. Ich richtete mich auf und schlug nach Garvuin. Er wich nicht aus, sondern empfing meinen Angriff mit einem Lächeln. Dieses verlosch, als ich sein Gesicht traf. Er wurde zu Boden gerissen. Mein steif gewordener Arm brach bei dem Schlag ab. Aus dem Stumpf wucherten Schlinggewächse, die einen Hammer bildeten. Erneut schlug ich auf Garvuin ein.

Er wand sich am Boden. Blut troff ihm aus Nase, Mund und Ohren, als er zu lachen begann. »Das sind also Schmerzen und davor haben die Menschen solche Angst!«

Ich sah meinen zerborstenen Arm zwischen den schroffen Felsen liegen. Aus ihm sprossen Sträucher und Schlinggewächse, die sich zwischen die Steine gruben. Ein junger Baum ragte bereits eine Elle aus dem Strauchwerk hervor. Der Steinboden brach auf, und

306

verging zu schwarzer Erde, aus der sogleich unterschiedliche Pflanzen sprossen. Grüne Wiese breitete sich aus.

»Was ist das?«, rief Garvuin erbost. Er schleuderte mich zur Seite. Ich rollte über das weiche Gras. Dabei bemerkte ich kaum, wie mir das Blut aus dem Loch in meiner rechten Seite quoll.

Wütend stürzte sich Garvuin auf die Pflanzen, in seiner blinden Wut versuchte er, sie auszureißen. Wie ein Irrer zog er an Baum und Sträuchern. Er beendete sein unsinniges Treiben erst, als er mich erblickte, wie ich erneut am Knotenpunkt der Feuerfessel stand.

Ein letztes Mal meldete sich die Furcht vor den Flammen. Dann schlug ich zu. Der Stein innerhalb der Fessel barst und stürzte in den Abgrund. Die Feuerfesseln erloschen. Ein erleichtertes Seufzen erklang, von jeder Seele die befreit wurde.

Das Feuer griff auf meinem Körper über. Das Letzte was ich sah, war Garvuin, wie ihm gewahr wurde, dass sein Reich und seine Macht gebrochen war. Ich meinte, Regen zu hören, wie er auf den Steinboden niederging.

Die Kraft verließ mich, meine Knie brachen ein. Das Feuer knisterte in meinen Ohren, bevor ich endgültig verging.

***

Wie aus einem langen Schlaf erwacht kam ich zu mir. Um mich herum war es dunkel. Ich vermochte mich kaum zu bewegen. Mit einem Ruck riss ich mich los. Ich hörte das Bersten von Rinde und spürte eine zähe Schicht auf meiner Haut, die meine Finger zusammenklebte. Mit einem reißenden Schmatzen spreizte ich sie. Mein Gefängnis brach auf und gab mich frei. Ich trat unsicher hinaus und stürzte. Meine Beine waren so ungelenk, als sei ich noch nie einen Schritt gegangen. Ich spürte die warme Sonne, welche die zähe Schicht aufheizte, die mich wie ein Kokon umgab. Ich hörte die Vögel zwitschern und befreite meine Nase von der Substanz. Es roch nach Harz, Erde und Wiesen.

»Vater, Mutter, er ist aufgewacht«, das Mädchen klang, als konnte es nicht glauben, was es sah.

»Marie, lauf und hol deine Brüder«, verlangte eine Stimme, die zu einem älteren Mann gehören musste.

Vergebens versuchte ich meine Augen zu öffnen, um mir ein Bild machen zu können, wo ich mich befand. Doch als ich sie freibekam, vermochte ich nichts zu sehen, außer graue Schlieren. Wie dichter undurchdringlicher Nebel.

»Es ist gut, Darik«, versicherte der Mann sanft. Ich spürte, wie er mir eine Decke um die Schultern legte.

Da trafen die anderen ein. Kräftige Arme ergriffen mich und halfen mir auf die Beine. Ungelenk folgte ich dem sanften Ziehen. Hätte man mich nicht gestützt, so wäre ich mehrfach gestürzt.

Ein Schatten legte sich über mich, der Erdboden wich breiten Holzdielen.

»Legt ihn hierhin, er braucht Zeit«, ich kannte diese Stimme. Sie klang anders, älter. »Marie, bring einen Eimer Wasser.«

Ich hörte die trippelnden Schritte des davoneilenden Mädchens. Sacht wurde ich auf das Lager gebettet. Vergeblich versuchte ich, mich an die Frau zu erinnern. Woher kannte ich sie? Aber die Vergangenheit, die noch vor kurzen so deutlich vor mir gelegen hatte, begann zu verwehen, wie Sand im Wind.

Ich spürte, wie jemand meine Hand ergriff. Meine Finger erwiderten den sanften Druck.

»Unsere Erinnerungen machen uns zu dem, was wir sind ...

Epilog

Als ich meinen Bericht geendet hatte, war von meinen Erinnerungen nicht mehr als eine Ahnung übrig. Dafür klärte sich mein Sichtfeld. Ich sah eine Holzdecke. Die Sonne blickte zum Fenster herein. Neben meinem Bett saß eine Frau. Weiße Strähnen mischten sich unter ihre braunen Haare, erste Falten zeigten sich in ihrem schönen Gesicht. Ihre dunklen Augen blickten mich gütig an.

»Ich werde dich daran erinnern, wer du bist Darik«, versprach sie. »Dies ist das mindeste, was ich für dich tun kann.«

Ich verstand nicht, von was die Frau sprach, aber Wahrheit lag in ihren Worten.

»Mama, wer ist das?«, fragte ein Mädchen von vielleicht sechs Jahren von der Tür aus. Wenn auch jung besaß sie eine Ausstrahlung, die mich in ihren Bann schlug. Nur schwer riss ich mich von ihr los.

Die Frau zog das Mädchen auf ihren Schoß. Mit glitzernden Augen sah sie mich an. »Das Marie, ist der Mann, dem wir alles verdanken ...«

Danksagungen

Was in unserer Welt häufig außer Acht wird, ist: Dankbarkeit. So habe ich in der ersten Auflage dieses Buches die Danksagungen komplett vergessen. Dabei ist es so wichtig, sich jedes Mal daran zu erinnern, dass es vor allem einen Menschen gibt, ohne den dieses Leben nicht möglich wäre, deshalb gebührt mein größter Dank, immer meiner Frau, Christina.

Natürlich sei auch ein herzliches Dankeschön an dich gerichtet. Es freut mich sehr, dass du Darik eine Chance gegeben hast. Er sollte eine ganz andere Art von Held sein, in einer experimentellen Geschichte. Ich hoffe, es hat dir gefallen, denn es reizt mich weitere Abenteuer von Darik zu erzählen.

Dein Lucian

Buchempfehlung: